有爱的青春陪伴者

时 巫

Shi Wu

欢脱萌系写手，传说中的人肉撒糖机。
擅写校园温暖爆灯的甜萌故事，
文字风格鬼马生动，
脑洞常常开到外太空，无人可挡。
多在《花火》《爱格》等杂志上发表短篇小说。
已出版长篇小说《拯救男神大作战》《喃喃》等

ZUOZHEJIANJIE

001/ Chapter 01
富二代？还是男保姆？

021/ Chapter 02
放心，我会对你补偿的！

038/ Chapter 03
她竟然非礼了他！

059/ Chapter 04
他优秀自持，怎么会和她物以类聚呢？

目 / 录
YUJIANNI,ZHENGESHIJIE
DOUBUDUILE

077/ Chapter 05
只要他不是处女座，我就对他告白

097/ Chapter 06
给你一个机会，当我男朋友吧！

117/ Chapter 07
顾安安，你想始乱终弃吗？

133/ Chapter 08
等你毕业，你去哪里，我就去哪里

158/ Chapter 09
原来谈恋爱，是这样美好的一件事情

174/ Chapter 10
男朋友竟然成了自己 BOSS

199/ Chapter 11
只要你马拉松跑第一，我就原谅你

218/ Chapter 12
他爱了你整整二十年，我要怎么比？

237/ Chapter 13
你要记着，那个让你揪着心肝疼的，才是男主

249/ Chapter 14
我现在就能回答你……我爱你

266/ Chapter 15
以后你们四只处女座的，就可以一起来欺负我了

277/ 番 外
你好，陆太太

富二代？还是男保姆？

YUJIANNI,
ZHENGGESHIJIE
DOUBUDUILE

七月伊始,景川迎来了这个夏天强度最大的一场台风,张牙舞爪,把顾安安挂在阳台上的小碎花内裤们吹向了茫茫人海。

顾安安忧伤地趴在自家阳台黑色的雕花铁栏杆上,伸长了手,以一个极其悲壮的姿态目送自己的内裤在漫天风雨中飘远。

在为"小碎花"默哀三分钟后,顾安安掏出手机,试图给苏维扬打电话求安慰。

这是七天里,她给苏维扬打的第一百三十八通电话,然而电话彼端,依旧是那个一口英式英语的女人机械地告知她,苏维扬的手机号码不在服务区。

在这种丢失了心爱内裤的伤感时分,她是多么急需青梅竹马准男友的安慰啊,可是他居然不在服务区!太过分了,安安恨不得能立刻瞬间移动到太平洋的彼端,揪着苏维扬的耳朵,给他上一堂名为《论如何成为一个二十四孝准男友》的教育课。

按照最后一次通话时的约定,苏维扬七天前就应该带着英格兰大包小包的特产,回到祖国和她的怀抱,为他们缓冲已久的关系正名。然后,她就可以享受奴役他、糟蹋他的美好生活。

然而计划很美好,现实很骨感,从小就嚷嚷着非她不娶的苏维扬非但没有按时归来,还相当无耻地闹失踪了!手机不通,QQ没有回复,活像人间蒸发。

又不是被高利贷追债,这种不通知一声就闹失踪的行为简直丧心病狂!

安安表示很愤怒,她咬牙切齿地挂断电话,正打算编辑一条长信息过去兴师问罪,周晓媛的电话就打了进来。

"喂。"安安接起电话,"有什么事快说,别妨碍我给人上教育课。"

电话那头的周晓媛一副十万火急的样子,说话还有些气息不稳:"安安,出大事了,你快来川一路 58 号。"

"怎么回事?你杀人放火了还是打家劫舍了?"安安听出了周晓媛的声音不同寻常,也跟着紧张起来。

"我出事了!你别问了,赶紧过来就是了。"

周晓媛慌里慌张的,语速飞快,安安还没来得及问清楚究竟出了什么事,那头已经挂断了电话。

安安听着电话里仅剩的忙音,脑海里已经把暑假里看过的《犯罪实录》所有案例过了一遍,放下电话之后,她后背已经出了一层冷汗。

周晓媛可是个美人,腰细腿长颜值高,最要命的是,她还是个传说中穷得只剩下钱的富二代,简直是歹徒作奸犯科的不二人选。

安安被自己的自动脑补吓得团团转,根据她的推测,这种情况,周晓媛不是已经被劫财劫色,就是即将被劫财劫色。

她脚步匆忙地往外走,背起包包立刻飞奔下楼。

外面正风雨飘摇,安安骑着自家粉红色的小绵羊,在风雨里左突右窜,恨不得飞起来才好。

等到达川一路的时候,安安整个人已经从头到脚都被雨打湿,那叫一个透心凉。

川一路是景川市小别墅的集中营,一眼望去,什么古今中外的奇葩设计都有。安安开车转了一圈儿,终于在一栋设计清雅的二层别墅前,看到了那大大的门牌号——58 号。

狂风暴雨夹杂着偶尔一两道明晃晃的闪电,让整栋别墅看上去活像恐怖片场景。别墅外的铁栅栏门没有关,安安停好车,想都没想就奔了进去。

拨了周晓媛的手机,没有人接听,安安心急如焚,干脆撸了袖子就跑上去砸门:"晓媛,你在不在里面啊?你吼一声啊!"

回应安安的是更加滂沱的雨声，为了周晓媛的生命财产安全，安安立刻抬脚踹门，心里一急，港台剧的台词都出来了："里面的人听着，你们已经被包围了，快放下武器，把人质交出来。"

她从小中气足，又是擂门，又是狂按门铃，加上一通吼，竟然把风雨声给盖了过去。

陆尧希昨天刚从美国回来，坐了十几个小时的飞机，正趁着台风天在倒时差，睡到一半，就听到门外乒乒乓乓地响，吵得人无法安眠，只能烦躁地起身下楼开门。

安安本来整个人趴在门上边吼边听动静，那扇漆成白色的桃木门却突然被打开，她一个踉跄，一头撞到一个坚实裸露的胸膛，唔，手感还不错。

等等，裸露的胸膛？！

安安猛地抬起头，立刻往后退了一步，差点儿没惊出内伤："……你！"

陆尧希站在门口，睡眼惺忪，皱着眉头十分不悦地看着她。

他头发有些凌乱，身上只随意扎了件睡袍，睡袍松散，露出里头小麦色的胸肌，方才被安安那湿答答的脑袋一撞，残留了几颗水珠。

陆尧希低下头，嫌恶地拿袖子擦了擦胸口的水珠，觉得不够干净，又擦了擦，这才又抬头看她。他哑着声音开口，带着睡眠被打断的烦躁："找谁？"

他沙哑暧昧的声音让安安很崩溃。没吃过猪肉也看过猪跑啊，安安看过那么多言情小说加爱情电影，哪能不明白，一个男人这副样子出现在门口意味着什么。

周晓媛这是已经被吃干抹净的节奏啊！

身为中国好闺密，就算周晓媛只剩下一副骨头安安也得把她给捞出来。安安深呼吸一口气，让自己镇定下来，低着头在包包里翻东西。

见安安半天不作声，陆尧希一脸的不高兴，眼看就要把门甩上。

说时迟那时快，安安低呼了一声："找到了。"

千钧一发之际,安安一把抓起那瓶在包里找到的防狼喷雾,毫不迟疑地就往陆尧希脸上喷。

传说中的高端进口防狼喷雾啊,是苏维扬四年前出国之前给她买的。加大加辣不加价,他整整买了一打,如果不是她阻止,他差点儿就要给她弄一根狼牙棒防身。

那个时候苏维扬还痞笑着对她说:"虽然你这姿色色狼可能看不上,但不怕一万就怕万一,兴许会遇到像我一样瞎的呢?"

好歹是苏维扬一片心意,安安默默地把防狼喷雾揣兜里,然后用花拳绣腿把小觑她美色的苏维扬殴打了一顿。

但万万没想到,果真如苏维扬所说,不怕一万就怕万一,那瓶防狼喷雾在她包里放了那么长时间,终于被派上用场了。

陆尧希丝毫没有防备,被准确无误地喷中了眼睛,闷哼一声,一手飞快地捂住了眼睛。

大白天的谁会闲着没事拿个防狼喷雾到处乱喷啊?!一定是仇人!仇人!

陆尧希捂着火辣辣的眼睛,完全蒙了,他才回国第一天就被袭击了,什么深仇大恨,居然想毁他的容?

就是现在!趁着陆尧希呆愣着不动,安安一把将人推开,匆匆忙忙地跑进屋子里,挨个儿房间找人:"周晓媛!你在哪里?快出来,我来救你了!"

房子里干净整齐,没有搏斗过的痕迹,也没有人回应安安。

安安跑上又跑下,连马桶盖都掀起来看了一眼,别说周晓媛了,这房子干净得连根头发都找不着。

安安干脆一扭头,又跑回门口,就见陆尧希靠在玄关的墙上,手里不知道什么时候捏了手机,屏幕还亮着,看样子是刚打完电话。

难不成还有犯罪同伙?

安安一咬牙,冲上去揪住他的衣领就吼:"快说,你把晓媛藏哪里

去了,你知不知道诱拐良家妇女是犯罪!"

话音未落,安安的双手已经被陆尧希揪住,一个一百八十度大转身,她反过来被压在了墙上。

她素来不爱和人针锋相对,全凭着一股怒气在支撑着她虚张声势,此刻束手就擒,她整个人瑟瑟发抖,就差没把自己抖成了帕金森患者。

陆尧希的眼睛周围一片灼红,红色几乎蔓延了他大半边的脸,他死死闭着眼睛,嘴唇紧紧抿住。安安不用看,也能感受到他一身的杀气。

"犯罪?"陆尧希的声音很冷,"你私闯民宅,无故伤人,究竟是谁在犯罪?"

安安拼命挣扎,还试图吓唬他:"走开,别逼我出手,我一出手自己都怕的!"

陆尧希没被她威胁到,反而轻巧地笑:"这么巧?我也是。"

男生本来就力气大,安安挣脱不过,动手不赢,她干脆动口,嘴一张,就朝陆尧希的脖子上咬过去。

有了前车之鉴,陆尧希这次机灵多了,脖子一闪,躲开了她的攻击。

陆尧希一避开,安安就只能咬到他的肩膀。肌肉很结实,她一口下去,瞬间磕到了牙,疼得她龇牙咧嘴。

没事练这么壮干什么啊?!

动手动脚加动口都打不赢,安安有些慌了,一会儿等他的救兵杀到,别说救晓媛,她怕连自己都得搭进去了。

她一急,什么都顾不上了,拼了命挣扎。

打不过,她就喊,扯开嗓子求救:"来人啊,救命啊,非礼啊!"

她喊得声嘶力竭,凄厉无比,直冲云霄。虽然下一刻就被他捂住了嘴,但这么一喊还是起到了应有的效果,因为没过一会儿,安安就听到没关好的门外传来一声愤怒的质问。

"安安?真的是你!你在干什么?"

捂着她嘴的大手稍微松了松,安安想都没想就回答:"废话,没看到我在伸张正义啊？"

说完她才觉得不对，这声音怎么那么耳熟？再扭头一看，她顿时一口老血堵在了胸口。

门外一脸震惊盯着自己的人，不是她苦苦寻找的周晓媛又是谁？周晓媛手里还捏着个吃了一半的苹果，看她衣冠整齐，脸色比自己还要红润，哪里像是出事的样子嘛！

周晓媛的身后，还跟着一堆猪朋狗友，此刻正一脸好奇地往里张望。

安安觉得世界崩塌了，她一定是被坑了！

看着面前一根头发都没少的周晓媛，安安很不淡定。

"周晓媛！你不是被人绑架了吗？"

"谁告诉你我被人绑架了？"周晓媛很嫌弃地白了安安一眼，"让你别看太多《犯罪实录》，看傻了吧！"

"你说你出事了啊！"安安瞪大眼睛，突然有一种很不好的预感。

"哦，我刚不小心掉泳池里了，刚烫的头发可能要坏掉了，急死我了，让你来陪我去一趟美发店。"

安安压抑住自己扑过去把周晓媛掐死的冲动，再次确认："这就是你说的大事？"

周晓媛很傻很天真地点点头："嗯啊，没错哦。"

安安瞬间欲哭无泪，川一路本来就是周晓媛和她那群富二代朋友的聚集地，自己一定是疯了，才会傻到以为她真的出了事。

安安哀怨地望向周晓媛："你打电话的时候不能好好说话吗？抖什么？"

"我冷啊。而且我是在隔壁屋子啊，你跑这里来干什么？这男的谁啊？"周晓媛反客为主，指着一旁已经气僵了的陆尧希，毫不客气地问。

究竟是谁报错门牌号的，让她闹了个大乌龙？她现在还被人压制在墙上，周晓媛居然还站在一旁若无其事地审问她。安安觉得自己一定已

经被气得内伤了。

误交损友毁一生啊!

安安尴尬地扭过头来看陆尧希,一对上面前那一张被防狼喷雾灼伤的脸,她心里的愧疚和不安就疯了一样往上涌。那防狼喷雾放了四年了啊,都不知道过期了没有。

陆尧希一直闭着眼,看不见安安,自然也看不见她此刻一脸的纠结。

"弄清楚了?"陆尧希缓缓开口,声音虽稳,却杀气不减。

安安看着他紧闭的眼睛,立刻慌了:"我以为我闺密被人劫走了……其实都是误会,呵呵,不打不相识,不如……我先送你去医院洗洗眼睛?"

陆尧希却不领情:"不必,我们大可以先去趟附近的警局,讨论一下犯罪的问题。"

安安的腿彻底软了:"这么严肃的问题大家就别讨论了好吗?"

安安明显是私闯民宅外加人身伤害,警察叔叔一定会把她关起来的,她的光明前途不就毁了吗?

安安在心里哀号:神啊,快随便派个男人来拯救她吧。

安安心里正号叫着呢,就见白子原趾高气扬地从周晓媛身后,走了出来。

白子原是周晓媛的表哥,性别男,爱好女,欺善怕恶的纨绔子弟一枚,因此安安从来不待见他。

"等等,我记得这房子的主人是游知书吧?你谁啊?我就住隔壁,怎么没见过你啊?"白子原一副居高临下的态度,盯着陆尧希毫不客气地发问。

安安很嫌弃地看了白子原一眼,绝望地在心里继续哀号:神啊,你怎么派了这么一个不靠谱的人,这也太随便了!

白子原看了眼安安被扭住的手,心疼极了:"哎呀,你有没有风度,怎么打女人?"

陆尧希置若罔闻,板着脸扭着安安的手摸索着往外走。

"我跟你说话呢,你听见没?"白子原大步走过来,推了陆尧希一把,没想到陆尧希纹丝不动,他倒是后退了好几步。眼见完全不是一个级别的,白子原立刻装腔作势地问了句,"我听说这家这几天新请了个男保姆,就是你吧?"

男保姆?安安惊讶地看向陆尧希,不淡定地震惊了。

在安安的认知里,男性是一种自尊心极强的生物,这种明显很女性化的职业,怎么会有男人愿意做呢?这人一定是走投无路才来当保姆的。

安安自动帮陆尧希脑补了一个穷困落魄的身世背景,顿时觉得自己的鲁莽简直罪不可恕。

陆尧希对白子原的话充耳不闻,回国的第一天,觉都没睡好,还被人对着他引以为傲的俊脸喷防狼喷雾。

他陆尧希究竟哪里像狼了?!

陆尧希不愿意和女人动手,也不愿意和这些人废话,只拉着安安往外走:"你跟我走。"

周晓媛旁观了半天,终于想起来得解救自己的好友:"这位小哥,你先把我朋友放了。这事我们坐下来慢慢谈。"

陆尧希却丝毫不给面子:"不想谈。"

周晓媛皱眉,干脆把土财主白子原推过去。

安安一看见白子原那副趾高气扬的模样就知道糟了,立刻扭头,用她自认为最诚恳的语气对陆尧希说:"对不起,我真是一时情急才……总之,我一定会对你负责的!"

伤了他,哪有道个歉就算了的道理,他像是这么大方的人吗?陆尧希反笑:"你跟警察说去。"

"一个小小的保姆嚣张什么?别敬酒不吃吃罚酒,你老板没告诉你,这里的人都是你得罪不起的吗?"白子原使了个眼色,让外面的人把门给堵住。

陆尧希问:"哦?有多得罪不起?"

"听过 ST 吧？上市公司亚太区总裁白贤，就是我爸！整个景川就没谁不认识他的，我警告你啊，这事要么就这样算了，要不然……哼！"

白子原边说边从裤子里掏出钱包，一副要用人民币把人砸死的姿态。

ST 白贤，真不巧，他不仅仅认识，还熟得很。陆尧希挑起嘴角，正要说话，却被外头突然传来的戏谑声打断。

"我家什么时候这么热闹了？"

游知书皱着眉穿过围观人群，一脸的不愉快。这陆尧希一回国就没消停过，先是把他从他自己家里赶出去，鸠占鹊巢，现在又在他约美女吃饭的时候夺命追魂 CALL，好好的一场约会被搅黄，游知书的脸色自然好不到哪里去。

游知书不耐烦地走进屋子，就见陆尧希衣冠不整，半张脸灼红，手里还拎着个一脸可怜巴巴的小姑娘。

"阿希，怎么回事？你被人寻仇还是被人追债啊？"游知书戏谑地问道。

陆尧希抿紧嘴唇不说话，让游知书知道他被一个手无寸铁的小女孩儿成功偷袭，那太没面子了。

"游知书，咳，知书啊。"一见到这一家的主人，白子原立刻把肥胖的身子挤过来攀交情，"你看，你家新请的保姆也太不懂事，不就是一场误会，我赔钱就好了嘛，他抓着我朋友不放是几个意思啊？"

白子原伸手过来握着游知书的手，一副"你爹有钱我爹有钱，大家都是二世祖，就不要计较这么多"的模样。

"我家保姆啊？"游知书闻言差点儿失笑——ST 集团的未来接班人，怎么突然就成了男保姆？

他再看看陆尧希，丝毫没有辩驳的意思，嘿，这下好玩了。

游知书笑了笑，附和道："这家伙是挺不懂事的，前几天把我一个长辈给得罪了，今天还闹这么一出，要是传出去还不是损了我的脸面，就知道给我找麻烦。"

这话一出，抓住安安的那只手紧了紧。

安安也跟着紧张起来，完了完了，自己闹的乌龙，却要害对方被老板骂了。

游知书这句话信息量略大，别人没听懂，陆尧希可是听得明明白白。

陆尧希这次回国是瞒着他家老头子的，老头子一心想要培养他做接班人，可他玩心未泯，却要把他绑在办公室里，他不乐意，非常不乐意，留下一句"这接班人谁爱当谁当"，随即打包自己离家出走。老头子气得够呛，却还锲而不舍地逮人，他走到哪儿老头子逮到哪里，一逮到就要动用家法。

他一怒之下，干脆回国，投靠发小游知书，好不容易成功地避开了老头子。

而白子原的总裁老爹白贤在美国的时候，老是被老头子派来和他畅聊人生，冲着这一点，他就更不能在白子原面前表露身份。

这事要是稍微传出去一点儿风声，以老头子那耳目遍布的手段，他躲在游家的事肯定得泄露，你追我跑，他都烦透了。

如此想来，还不如将错就错，让别人把他当男保姆算了，为了自由，他决定暂时忍一忍。

安安见陆尧希半天一动不动，脸色却变了好几回，她蹲在他脚边，悄悄地掰他的手指，想挣脱他的钳制，正一心一意地掰着呢，没想到他突然就放开了手。

他放手放得突然，安安无处借力，当场跌了个四脚朝天。

周晓媛连忙过来扶，低声问："哎哎，老实说，你是不是看人家帅，故意跑错门的？"

安安正伸出手想抱抱周晓媛求安慰，闻言僵硬着脖子，扭过了脸，自己是为了来救她才落了个这样的下场好吗？损友什么的，最可恶了！

陆尧希摸索着进房间，随便换了套衣服，出来便使唤游知书："送我去医院吧。"

安安本来惴惴不安地等着,闻言一愣,他言下之意是这件事就这么算了?嗯,这人好大方,她对他的好感值瞬间飙升。

游知书笑着把一群围观群众送出去,再过去扶陆尧希,忍着笑低声问他:"你究竟对人家小姑娘做了什么才被当色狼喷的?"

陆尧希咬着牙回他:"闭嘴。"

陆尧希表情冷冷,心里却翻天覆地,他从小到大就没这么憋屈过,作为受害人,有理还不能讨公道,简直比窦娥还冤。

他被游知书搀扶着走出去,说服自己息事宁人。

好戏散场,一群人鱼贯而出,安安看着陆尧希通红的眼,想了想,还是跟了上去。

她是那种做错事就拍拍屁股走人的人吗?她不是!

她立刻跑去另一边扶着陆尧希:"你别怕啊,你的医药费,我和周晓媛会负责的。"

跟在后头的周晓媛闻言无语凝噎:"关我什么事啊?你自己走错房间,你自己负责不行吗?"

安安一眼瞪过去,用眼神秒杀她,我走错房间还不是因为你!

陆尧希脚下顿了顿,把被安安搀扶着的手抽出来,似乎很厌恶安安的触碰:"不必。"

"不就一个小保姆,这么傲气干吗?"白子原过来拉了拉安安,"医药费我帮你赔,别管他了,来我家玩嘛。"

安安不悦地推开白子原的手:"不用你赔,我和周晓媛有手有脚,我们能自己负责。"

周晓媛:"……"

为了安抚自己的良心,安安还是厚着脸皮上了游知书的车,不就是医药费吗?怕什么,周晓媛家有的是钱。

周晓媛站在后面抖了抖,看向一边傻站着的白子原:"我怎么有种非常不祥的预感啊?"

游知书的车很豪华，一看就跟白子原一样，是含着金钥匙出生的富二代。

安安小时候上过贵族学校，那时候，还是顾先生一时想不开把她送进去的，所以她才认识了苏维扬，也认识了周晓媛这个专业坑队友二十年的最佳损友。

贵族学校里的有钱人就跟大白菜一样稀松平常，有钱人也是人啊，也是两只眼睛一个嘴巴，除了偶尔喜欢坐飞机去伦敦广场喂喂鸽子散散步什么的，其他时候也和普通人没什么区别嘛。

安安心很大，对有钱人的认知也很简单，所以她浑身湿答答地坐在这样豪华的名车里，一点儿心理压力都没有。

安安朝陆尧希的身边挪了挪，瞄了瞄陆尧希的脸，发现人家闭着眼睛压根儿看不见，干脆又凑过去一点儿，认真观察他的伤势。

唔，红了点儿，估计已经有八成熟了。

陆尧希闭着眼睛，却像长了眼睛似的，冷冷地开口："离我远点儿。"

安安低头看了看自己湿答答的衣服，自认为很体贴地和他拉开距离。

游知书看着后视镜笑："阿希，对女孩子能不这么凶巴巴的吗？"

陆尧希皱了皱眉头："开你的车！"

他叫阿希？安安立刻竖起耳朵，可是身为一个保姆，他对自己老板的态度也太随意了吧。

安安不由得对如此善待员工的游知书有了些许好感，她朝游知书笑："我叫顾安安，喊我安安就可以了。"

游知书哈哈大笑，丝毫不顾后座坐了个伤患，也不管安安就是罪魁祸首，居然就这样和安安愉快地聊了起来，把今天发生的事从安安嘴里套了个一清二楚，就差没把人家祖宗十八代打听出来。

陆尧希沉着脸，片刻不得安宁，等到达医院，他的脸已经可以和锅底媲美。

　　一下车,陆尧希甩上车门就走,但眼睛睁不开,走了两步,只能乖乖等着人来扶,感觉更憋屈了!
　　游知书悠闲自得地在前面开路,把他丢给了安安。
　　安安倒是很乐意扶着陆尧希的,但这人不老实,她靠得近一些,他就要甩开她。
　　安安有些怒了,她又不是苍蝇,这龟毛的样子怎么跟处女座一样一样的。安安干脆一把扒拉住他,让他死活都甩不开。
　　他们一路搏斗着进医院,好不容易把陆尧希送入急诊室。
　　安安和游知书站在走廊等,两人自然而然地又聊了起来。
　　"我还是第一次见到活生生的男保姆耶。"安安对陆尧希的职业好奇心爆棚。
　　游知书笑了笑,编起故事来眼睛都不眨一下:"阿希是我发小,以前家境不错,可惜家道中落,家里欠债,没钱交学费辍学了,他来投靠我,我就把他留下来了。"
　　安安低着头折腾自己的手指,在心里默默鄙视自己,她不但先伤害了他的身体,还默许白子原伤害了他的心,简直道德丧失啊。
　　安安怀着愧疚不安的复杂心情,往急诊室那边深深地望了一眼,她要怎么补偿好呢?
　　游知书把她的表情尽收眼底,眼里闪过一丝玩味。陆尧希仗着自己和他十多年的情谊,从美国跑到这儿来折腾他,饭吃了一半就被急召回来救死扶伤,太烦人了。
　　与其自己被他折腾,不如另外找个人来折腾他,这个主意真是极好的。
　　游知书假装看了看手表:"我还有点儿事要处理,可能得先走了。"
　　"没事,把他交给我吧,一会儿上完了药,我送他回家。"安安豪气万丈地拍了拍胸脯。
　　游知书意味深长地笑着:"那我就把我们家阿希,交给你了啊。"

这话听着怎么跟长辈帮自己孩子托付终身似的？尽管别扭，安安还是爽快地答应下来："没问题啦！我一定会对他负责的！"

女孩儿的声音如铜铃一样清脆，语气认真地做着保证。

在急诊室里上药的陆尧希猛地打了个喷嚏，不知为何觉得背脊发凉，他突然有种很不祥的预感。

万家灯火照亮半个夜空的时候，安安才刚刚从医院回到家里，她抬头看了看时钟，已经是晚上八点。

顾家女王坐在沙发上，表情严肃，一副准备严刑逼供的模样。

女王大人抄了个平底锅："一整天都跑哪里去了？电话也不接！让你收衣服，衣服呢？啊？"

安安看了一眼被暴风雨摧残过的阳台，晾衣杆上干干净净的，一件衣服都没留下，估计都和她的小碎花内裤红尘做伴去了。

女王很生气："顾安安，你这副丢三落四的样子哪里像我？你究竟是不是我亲生的？"

旺财趴在女王大人腿上，"汪汪汪"地应和着，叫喊得比谁都大声，以此证明它也和女王大人一样的愤怒。

禽兽！太没义气了，安安揪着两只耳朵乖乖受审，决定以后再也不给旺财骨头吃了。

安安无力地求着情："发生这种事情大家都不想的，不如先让我吃个晚饭吧？"

不提晚饭还好，一提女王大人就更怒了，她按定量煮好的饭，安安居然不回来吃，剩了一块在饭锅里，让强迫症的她格外抓狂。

女王很生气，安安很忐忑。

没办法，安安原本也很想速战速决回家吃饭的。但陆尧希简直是个别扭的小孩儿，听说游知书弃他而去之后，他的脸就顿时变得比包大人还黑。

特别是眼科医生给陆尧希戴上个医用眼镜之后,他怒气勃发的脸就显得更加诡异,跟个近视了的绿巨人似的。美貌的脸变得跟小丑一样滑稽,陆尧希无论如何也摆不出好脸色,于是他们一下午的相处就显得格外艰难。

"阿希,医生说你看东西暂时还不是很清楚,还是我扶你吧。"

"你别碰我!"

"阿希,我捡了这根棍子给你当拐杖耶。"

"拿开!我又没瞎!"

"阿希!你等等,前面是……"

"你走开……嗷……"

于是,她眼睁睁地看着他,急匆匆地撞上了前头的电线杆……

原本受伤的脸伤上加伤,安安无可奈何,拖了捂着鼻子凌乱在风中的陆尧希,再次进了急诊室。

折腾了半天之后,陆尧希脸上已经跟抽象画一样,一块红一块青,相当后现代。

陆尧希上完了药,站在反光的玻璃门前照了半天,只能模糊视物的他,盯着玻璃门看了许久,只能看到一张五颜六色的人脸,格外惊悚。于是不能接受这个事实的他,又站在玻璃门前冷静了好久好久。

为了避免再次发生这样的悲剧,他终于勉为其难地让安安扶着走。

眼见天色黑了,安安也不敢耽搁,而周晓媛正在千里之外的美容店里美容美发,只托人送来了信用卡,安安只能自力更生,咬牙切齿地决定绝不要给周晓媛省钱。

安安想送陆尧希回游知书家,没有坐骑,便选择了搭公交车,可是陆尧希却嫌弃公交车人多、细菌多,死活不愿意上车,傲娇地扭头就走。

他一定是觉得脸色半边红半边白的很丢脸,在找借口远离人群。安安设身处地想了想,豪气地决定打车送他回家,反正一卡在手,天下我有。

但即便如此,陆尧希还是诸多挑剔,稍微有点儿脏破的车,他都不愿意坐。就算觉得他是在刁难她,安安这次却好脾气得不得了,谁让她心虚呢,他就算是折磨她都是应该的。

最后安安只能陪着他,站在医院门口默默地等,外头风雨飘摇,等了半天,好不容易等到了一辆崭新的计程车,这才把他顺利送了回去。

一路上安安都试图和他搭话,好话说了,道歉的话也说了,可是陆尧希不为所动,坚守城池,愣是一句话都不应答。

实在太难搞了,脸皮厚如安安,也觉得相当头疼。

送到家门口,安安试图索要陆尧希的手机号码,她下定决心要负责到底,在陆尧希好起来之前,她必须得时刻关心他的伤势。

但陆尧希脸上表情不变,手脚却极快,刚踏入屋子,就毫不犹豫地把门甩上,将安安关在了门外。

安安碰了一鼻子灰,尴尬地摸了摸鼻子安慰自己:咳,正常人无辜躺枪,生气是正常的,是正常的。

安安跟小贼一样在他家门口左顾右盼,流连了好久。

医生说,她的防狼喷雾是加辣版,她喷得又狠,好像不要钱似的,导致陆尧希伤势有些麻烦,伤到了眼睛,彻底恢复也要一个星期左右。也就是说,这个星期里,陆尧希很不幸地成了半个瞎子。

唉,真是孽缘。

安安摸了摸口袋里所剩无几的现金,一咬牙,去附近的新街口买了碗炖汤准备雪中送炭。折腾了一天,陆尧希和她都没吃晚饭。

她想敲门,但又怕刺激到陆尧希,他情绪那么不稳定,这夜黑风高的,也太危险了。

安安把炖汤挂在门把上,写了张字条塞进门缝里。除去各种修饰词,大意就是:青山不改,绿水长流,你好好养伤,我明天再来看你哈。

安安一路饿着肚子回了家,以为能享受一下父母的关爱呢,谁知一

踏入家门，就遭遇了三堂会审。

等女王大人各种引经据典地和安安上完了人生大课，时针已经指向了九点。安安捧着顾先生给煮好的面进了房间，不由得捂住了额头。

她的房间又被收拾过了，弄乱的枕头被子，都被整齐放回了原位，书架上的书按照字母和高低顺序整齐排列，窗户上的玻璃纤尘不染，房间里隐隐还有一股消毒水的味道。

这么整洁有序，完全不是她不羁随意的性格啊，不用想，也知道一定是顾先生动手收拾过了，她又不是病毒携带者，至于每天都给她房间消毒吗？

安安委屈地朝外头喊："不是说别给我收拾房间了吗？你们懂不懂什么叫凌乱美啊？"

正在洗碗的顾先生闻言跑了过来，手里还拎着一块抹布："怎么？哪里没擦干净？放开让我来！"

即使已经一起生活了这么多年，安安还是很不能理解处女座整洁如命的性格，她满脑袋黑线地当着顾先生的面，把书架上的书弄乱，看着顾先生一脸的不能忍受，心满意足地关上了门。

反应过来的顾先生抓狂了，他锲而不舍地在外面挠门："安安！开门啊安安！你放开那些书，有什么气你冲我来啊！"

安安充耳不闻，哼，处女座什么的，最讨厌了！

对顾安安来说，处女座是她心中无法言说的痛。她在一个处女座家庭里备受折磨，她爸爸是处女座，她妈妈是处女座，她奶奶是处女座，就连她家养的大黄狗旺财，也是处女座。吵架时只要有人爆出一句"你才是处女座，你全家都是处女座"，安安总是忧伤得无法反驳。

在安安看来，处女座绝对是最可怕的人类，没有之一。家里不能有一点儿灰尘，上厕所厕纸撕得不整齐会受到全家人一致地鄙视，是的，包括旺财。

有一次半夜醒来，安安竟然看见女王大人在替她盖被子，这本来是一件相当温馨的事情,可惜女王在盖被子的途中发现了被子上一点米粒大的污渍!处女座的眼里是容不得一点儿污渍的,悲剧发生得这样让人措手不及,女王大半夜洗起了被子,而失去了被子的安安,瑟瑟发抖地躺在床上,从此痛恨起处女座的龟毛。

她立下重誓,她绝对不会再多容纳一个处女座的人进入她的生活!绝对!

因为这种种的原因,白羊座的苏维扬,她实在是怎么看怎么顺眼。

想起苏维扬,安安下意识地掏出手机。上面有十几个未接来电,有周晓媛的、女王大人的,甚至还有白子原的,偏偏没有苏维扬的。

安安回拨了周晓媛的电话,把今天发生的事都跟她说了一遍,再引经据典地控诉了她坑队友的不道德行为。

周晓媛转移话题:"苏维扬还没有联系你吗?"

安安声音讷讷地说:"没有,今天如果他在,我就不会被你坑了。晓媛,你说他是不是因为回国就要和我在一起,所以吓得跑路了?"

周晓媛呛了呛,安慰她:"苏维扬迟迟不回来,按照他的性格,很有可能是为了要给你一个惊喜啊。"

周晓媛的安慰起了效果,安安挂断电话,心满意足地吃了面。肚子一满,人就犯困,连澡都没来得及洗,安安就倒在床上睡着了。

沉入梦乡的安安,丝毫没有发现,她的房门缓缓地被打开了,手持清洁剂的女王大人,走向她刚吃过面的书桌旁,对着不小心溅在桌面上的几滴面汤污渍,开始猛搓……

第二天,安安起床的时候,发现自己已经换了一身衣服,身上还有一股淡淡的香味,连昨天被雨淋过的头发,似乎都用干洗粉洗过了一次。

安安一脑袋黑线。

不用问,一定是女王大人半夜给她擦了澡换了衣服,她不过就一天没洗澡,究竟是有多难忍啊?不就是……不就是臭了点儿吗?

安安不是不爱干净,只是她真的很介意在她半夜做着美梦的时候,

她家女王大人面无表情,像刷锅子一样刷着自己,而她还全然不知。

这场景光想想就让人毛骨悚然。

她已经十九岁了,把她当三岁孩子一样随便剥衣服真的好吗?安安懊恼得差点儿吐血,在房间里冷静了半天,决定先远离处女座这种危险生物,去探望昨天被她误伤的伤患。

安安抓狂地换了衣服,连早饭也不吃,在女王大人阴森的眼神中,背起包包飞快地冲出了门。

放心,我会对你补偿的!

YUJIANNI,
ZHENGGESHIJIE
DOUBUDUILE

那场台风已经过去,阳光遍布,天气格外明媚。

安安特地绕去粥铺买了两碗鱿鱼粥。

昨天吊在门把上的汤还在,安安明白要化解这段恩怨没那么简单,所以这次敲门她温柔了很多,提着粥,练习了半天温和动人的笑容。可惜等她的脸都笑僵了,门才缓缓打开。

陆尧希的眼睛有些红肿,但好歹能视物了,看见安安,立刻条件反射地捂住了眼睛,闪到了一边。

"你又来干吗?"

安安无语地看了陆尧希一眼,她其实是很温柔善良的一个人啊,他怎么一看见她就跟看见洪水猛兽似的,这样实在太不好了。

她把笑僵的脸揉了揉:"我今天是来看看你的?眼睛还疼吗?你放心,我不是那种会逃避罪责的人,你让我补偿你吧。"

陆尧希退后一步就要关门:"我不用你补偿我,你走。"

安安手一撑,挡住了门:"不行,你一天没痊愈,我就内疚一天,我会每天都睡不着的。"

安安的表情相当诚恳,活像昨晚睡得像死猪一样的人不是她。

陆尧希愣了愣,有些松动,这一松动就让安安有机可乘,头一低,就往房子里钻了进去。

她自来熟地把粥放在桌子上,一边进厨房拿碗筷,一边说:"昨天都是一场误会,你穿成那样来开门,太容易让人产生联想了,我才用防狼喷雾喷你的。"

"你的意思是,我看起来很像色狼?"陆尧希语气不善。

陆尧希关了门,站在饭桌旁边,看着安安把一次性碗里的粥倒出来,有几滴滴到桌面上，他微微"嘶"了一声，拿起桌子上的抹布就要去擦。

安安一见他拿起抹布，立刻恍然大悟般地抢过来："你是伤患，要多休息，医生说你的眼睛要保护好，不可以进沙尘。这几天，你的工作我帮你做。"

其实她对做家务这件事情毫无经验，家里那两个处女座已经把所有的家务都给包办了，她除了坚持自己的凌乱美，几乎是十指不沾阳春水。但不就是洗洗刷刷而已，她应该可以做得来的。

陆尧希挑了挑眉，眼里精光一闪，原本极其不耐烦的表情立刻变作友好无奈。

"怎么好意思麻烦你？游知书有洁癖，所以我的工作都挺繁重的。"

安安吞了吞口水："有多繁重？"

"家里每个角落每天都要清扫一次，窗户要擦洗，空气净化机要清洗……"陆尧希瞟了安安一眼，慢条斯理地抛出炸弹，"还有这屋子里的每个马桶，都得刷一次。"

安安环视了这间几百平方米的房子，沉默地捂住胸口，每天都要大扫除这也就算了，但刷马桶什么的……也实在太考验她的心理防线了。

陆尧希一脸为难："还是我自己来吧。"

她拦住再次拿起抹布的陆尧希，做了半天心理建设，最终咬牙保证："没事，交给我吧！"

陆尧希沉默了一阵，一副终于无奈妥协的模样："那好吧，麻烦你了。"

没有人伤了他还能全身而退的，他伤成这样，总要让身为肇事者的她付出一点儿小小代价。他心里有只恶魔在举着叉子大笑：折磨她折磨她！

他不着痕迹地扬起嘴角，转身看着安安捧过来的粥："你特意买的？"

安安飞快地点头："我们家附近粥铺的鱿鱼粥，超好吃的，你试试。"

陆尧希却只瞟了一眼，一脸失望："可惜要遵医嘱，暂时不能吃海鲜。"

安安拍了拍脑袋,恍然想起,医生的确那么说过。

陆尧希看了一眼厨房:"不如就在这里煮吧,这里有米,只要再买点儿食材就可以。"

煮饭啊?安安虽然爱生活爱美食,但她对煮饭做菜这种事简直是一窍不通,她曾试过按照女王大人给的食谱做过一顿饭,做出来的菜不是巨咸,就是巨甜,女王吃完之后甚至一度怀疑她想毒害亲娘。

从那以后,女王下了命令,让她远庖厨,不得靠近厨房一米范围内。

安安一直不服气,此时此刻终于有了证明自己的机会,她立刻抓住机会:"没事,我出去买菜,你等我回来,试试我的手艺啊。"

说罢,她拎了包包夺门而出,欢快地蹦往附近的超市。

陆尧希靠在沙发上闭目养神,游知书忙着泡妞,基本不会在这栋房子里出现,昨天要不是他给游知书打电话,游知书不知道要消失到什么时候。他一个人早就无聊得慌,如今眼睛伤了,不能看书上网,顶着一张精彩纷呈的脸,更不能出去闲逛,难得有个人来"陪"他,他决定要好好"珍惜"。

安安风风火火,去得快回得也快,把超市里看起来稍微不错的菜和肉,都一股脑儿带了回来。

反正周晓媛的信用卡还在她手上呢,她不心疼。

陆尧希开门的时候微皱了眉头,她跟鬼子进村似的,手上大包小包,一副要把菜市场搬回来的架势。

"这么多,吃得完吗?"

"当然当然,有我在,没什么吃不完的。"她对自己焚化炉般的胃还是很有信心的。

安安信心满满地抱着买来的菜和肉进了厨房,又把试图尾随进来围观的陆尧希赶出去:"你去坐着,无论听到什么奇怪的惨叫声都不要进来。"

陆尧希盯着她那张视死如归的脸看了一会儿,淡定地转身走掉了。

安安的确是信心满满的,只要把这些东西切碎了放一起煮,怎么也错不了吧。她哼着歌,开始往锅里丢东西。

陆尧希饥肠辘辘地等了半天,就看见安安捧着一大锅黄色的不明物体从厨房走出来。

"这是什么?"锅里乱七八糟什么都有,他好像还看见了几片鸡蛋壳在上面飘啊飘的。

安安也知道卖相是差了点儿,但卖相不佳不代表味道不好,安安对自己的厨艺信心不减,笑眯眯地招呼陆尧希:"大杂烩啊,你没吃过?快来,尝尝。"

陆尧希对这锅东西表示一点儿都不想尝,他腾地站起来,黑着脸径直走进了厨房。

安安愣愣地看着脸色突变的陆尧希,自己舀起一勺子,试了一口,当即整个人都不好了,这绝对是不属于人间的食物,实在是太难以下咽了,再吃一口她都想毁灭地球了。

她果然没有做大厨的天分,她悻悻地放下勺子,蹭去厨房,就看见陆尧希背着她,干净利落地用剩下的材料做了几个番茄鸡蛋火腿三明治,看着乱成一团的厨房在做深呼吸。

安安两眼发光地盯着陆尧希手上的三明治:"你还会做这个?"

那几块三明治在她眼里已经镀上了金光,她从早上折腾到中午,居然一口饭都没吃到。食物的诱惑力实在是太大了,她伸出手,在陆尧希盘子里捏了一块三明治,一口咬下去。

只一口,安安的味觉瞬间就得到了升华,太好吃了!她陷入深深的纠结中,人与人之间的厨艺怎么会差这么多,她做的像是猪食,他随便做几块三明治,都像是人间美味。

饥肠辘辘的时候遇见美食,安安感动得眼泪都快出来了,为什么她没有早一点儿认识他。

天知道,她多想要一个会做饭的朋友,在吃货的世界里,对大厨都

是真爱啊。

安安的心思百转千回，皱着的眉头又展开，眼睛里那些金亮的光芒全是关于美食的赞叹。可惜在陆尧希眼里，只有安安狼吞虎咽的样子，还有簌簌一直往下掉的面包屑，洒在了红色的地毯上，实在太刺眼了！

再看一眼仿佛被打劫过的厨房，凌乱得足以让人抓狂，陆尧希猛地抽搐起嘴角，总算明白过来，什么叫搬石头砸自己的脚。

吃光了陆尧希做的三明治，酒足饭饱，安安戴了手套，准备开始帮陆尧希干活。

陆尧希在看过她打包票做出来的大杂烩之后，对她的家务技能表示了怀疑："你真的可以？"

他只是想让她用劳动力补偿，可是如果这个劳动力做家务的技能值为零，那么他会毫不犹豫地把她丢出去。

安安笑眯眯的："不就是洗洗刷刷嘛，小孩子都能做好的。"

她打了水，拿了抹布，撸起袖子问陆尧希："你住哪间房？"

陆尧希一来就抢了游知书那间坐北朝南的主卧住的，但是他现在的身份是男保姆，哪里有男保姆住在主卧的，于是他随手指了指一楼的工人房："我就住那儿。"

安安蹦跳着去开了门，本想把陆尧希推进去，让他休息的，谁知一开门，安安立刻皱起了眉头。

一眼能望到底的小小工人房里，满满堆放着杂物，一张小小的折叠椅孤孤单单地靠在角落里。

床呢？被单呢？安安震惊了，这地方能住人？她回头看向陆尧希，那看过无数苦情剧的脑子突然活跃起来，脑海里闪过一幕幕韩剧主角被后母欺负，关在阁楼挨饿挨冻的情景。

陆尧希住进来以后，压根儿就没有进工人房参观过，游知书请的都是钟点工，没有保姆在家里住，工人房自然就是用来堆放杂物的，一看就知道不是住人的地方。

陆尧希只朝工人房里瞟了一眼,就暗叹糟了,真相恐怕要浮出水面了,枉费他还忍辱负重地扮演了一回男保姆。

他走过去就要把安安拉出来,省得和她废话。谁知安安一转过身来,满脸的怒气藏都藏不住:"太过分了!"

真的是太过分了!游知书还口口声声说陆尧希是他发小,他对待自己发小就是这样犹如冬天般寒冷吗?安安痛心极了,枉费她还觉得他是个好人。这么大的房子,房间那么多,就让人家住这里,连像样点儿的床上用品都不给,她都想报警了!

安安气冲冲地看向陆尧希:"游知书一个月给你多少工资?两千?一千?"

虽然报纸上都说现在保姆收入很高,但看他住得那么差,待遇应该也不怎么样吧?

陆尧希表情困惑地摇了摇头,内心很崩溃,他哪里知道保姆一个月有多少钱工资,他又不是真的保姆。安安锲而不舍地问,他只好随便甩出三根手指。

"三……三百块?"安安跳了起来,她随便找份兼职也比他赚得多啊。安安暗叹,果然资本家都是吸血鬼啊吸血鬼,这也吸得太凶猛了点儿。

陆尧希抽着嘴角看着他甩出去的那三根手指,其实他想说三千的。

但安安愤愤不平,完全不给他解释的机会。

她只顾着嘟囔,这算是什么雇主,真是分分钟能去劳动局告游知书。

安安气得鼻子冒烟,"砰"的一声用力把工人房的门给关了,拉着陆尧希就往楼上客房走:"以后他不在你就在这里休息,别怕,天塌下来我……和周晓媛替你撑着。"

她一个人的力量太薄弱了,还是要坑一下闺密她才安心。

想了想,她又豪气万丈地说:"这份工作别干了,我认识很多有钱人,我可以介绍你去他们家当保姆的。"

不就是有钱人吗?跟大白菜似的,她认识一堆!

陆尧希挑了挑眉毛,突然就明白过来,她居然是在为他打抱不平。女孩儿愤懑地许着不知天高地厚的承诺,让他莫名地想发笑。他刚想说话,眼睛却突然一酸,不由自主地湿润起来。

安安抬头,就看见一米八几的大男孩儿红着眼睛,泪珠大颗大颗地往下砸。

"你……你哭什么?"安安手忙脚乱,完全不知道如何安慰。

自幼儿园以后,她已经很少见到男生哭鼻子了,她觉得心脏的某一处突然变得很柔软。她以前一直觉得,男儿有泪不轻弹,男子汉大丈夫,就该流血不流泪,哭毛线啊哭。

可是当她看到一个人无家可归,寄人篱下,处处被看低,处处被欺凌的时候,她才发现,原来这个世界上真的有人是低到了尘埃里,任何人都可以踩上一脚,包括他的好朋友。

男儿有泪不轻弹,只是未到伤心处吧。

安安同情心泛滥得一塌糊涂,她丢掉手上的抹布,手忙脚乱地拍着陆尧希的背:"不要哭不要哭,我今晚就去找周晓媛,让她给你介绍个良心雇主,不然白子原你看怎么样?他虽然蠢了点儿俗了点儿,但给钱的时候还是很大方的。"

"我没有哭……"陆尧希下意识地想要解释,自从被喷了防狼喷雾之后,他的眼睛经常不舒服,动不动就要迎风流泪,医生说过要一周后才能有所好转。

陆尧希刚抹掉泪水,背上就被安安一阵大力乱拍,一口气还没喘匀,就被拍得咳嗽起来。他一咳嗽,后面那手就拍得更用力了些。

安安坚定地拍着他的背:"我知道我知道,你没有哭,就是眼睛突然进沙子了。反正你不用怕,有我在。"

紧接着,安安就把被拍得咳个不停的陆尧希推进房间,拉上了床……

安安从来没有发现,原来自己可以这样温柔,她把陆尧希拉上床,还给他盖好被子,几次他想爬起来,都被她毫不留情地摁下去。

他瞪大眼睛,咳得无力,怎么看都觉得自己像砧板上的鱼,一副任人宰割的样子。

安安扫了周围一眼,蹦过去打开空调和加湿器,又蹦回来看着陆尧希:"睡吧睡吧,你眼睛本来就不好,别又哭坏了。"

"我说了我没有哭!"砧板上的鱼气急怒吼。

"行了行了,你没有哭。"安安觉得自己简直是贴心的小棉袄。

陆尧希被按在床上,嘴角抽个不停,最后干脆把眼睛闭上,懒得和她解释了。

安安悄悄退出去,哼着歌,撸起袖子开始洗刷刷。

安安不羁放纵惯了,做起家务来虽然有些力不从心,但还是坚持下来,擦了桌子,拖了地,还把厨房的碗洗了。她默默记下来,决定给苏维扬汇报会做家务的自己是多么的贤良淑德。

她坐在沙发上给苏维扬发短信,信息太长,想求表扬的事太多,打着打着眼睛就睁不开了,只觉得这沙发真是无比舒服。

在信息发出去的那一刻,她终于往沙发上一倒,理直气壮地见周公去了。

陆尧希从房间里出来的时候,就看到安安四仰八叉地倒在沙发上,睡得格外香甜,他扭头扫了周围一眼,太阳穴猛地就跳了起来。

等等,电视机原来不是在这个位置啊,玻璃窗上那一大块水渍是怎么回事,还有地上的面包屑完全没扫干净,再看一眼厨房,碗和盘子的叠放排列完全不对啊。

陆尧希站在原地深呼吸,说服自己,他看到的一定只是幻觉,幻觉。

然而他再次睁开眼的时候,那排放凌乱的碗让他直接抓狂。

他不是一个会把时间浪费在家务上的人,但他的强迫症和洁癖让他无可奈何,他站在安安旁边做了好久的心理建设,最终叹了一口气,认命地拿起安安丢在一旁的抹布。

安安做了一个很长很长的梦,梦里有哗啦啦的水声,还有轰隆隆的吸尘器的声音。

醒过来的时候,发现窗外天色已黄昏,陆尧希一脸疲惫和困惑地坐在一旁的沙发上,看起来比她这个做过家务的人还累呢。

他不懂啊,那么嘈杂的声音,怎么就没把她吵醒呢?

安安看了看表,为了避免被女王大人家法伺候,她决定赶紧回家。她急匆匆地跟陆尧希告别,还不忘问他:"你还会做什么菜?我明天直接把食材买了再过来,我们好好撮一顿。"

明天还来?陆尧希猛抬起头,满脸的郁闷。这走向不对啊,明明是他在折腾她,为什么最后累着的完全是自己?

陆尧希默了默,还是选择赶紧跟这克星划清界限:"你明天不用来了,我很好,不需要人照顾。"

安安愣了愣,不会是她知道了他身世背景的秘密,所以他尴尬了吧。韩剧里不都这样演的吗?一旦知道了彼此的秘密,不是靠得更近,就是想方设法要把对方推开。

陆尧希很明显选择了后者,安安也不正面回应他:"那……明天再说吧。"

说罢,安安脚步匆忙地往外走,不给陆尧希拒绝她的机会。

刚打开门,安安就看见游知书站在门外。游知书一脸惊喜地看着安安:"咦,安安,你来看阿希吗?要不要留下来一起吃饭?"

吃你妹啊!面对一脸友善的游知书,安安的回应是一记带着杀气的凌厉眼神:"安什么安?安安是你可以叫的吗?哼,吸血鬼。"说完还不解气,一脚用力地踩上游知书的脚。

游知书痛苦地捂着脚,看着安安愤然离去的背影,好像有点儿明白为什么他今天总是狂打喷嚏了,真是比窦娥还冤啊。

游知书郁闷地转身回家,一开门,突然眼前一亮,整个房子就好像被洗过一样,一尘不染,玻璃窗还能反光呢。

而陆尧希正一脸阴沉地坐在黄昏的阳光里，脸上的表情沉重得像欠了别人五百万。

游知书捂着脚认命地回了客房，唉，都是惹不起的主啊。

第二天，安安来找陆尧希的时候，发现那扇门怎么都敲不开。

安安的心沉了下去，不会是因为昨天她没给游知书好脸色看，所以他不让陆尧希跟她见面了吧？

安安低头看了看自己一手的食材，她今天特地早起去菜市场买的，就想着让陆尧希发挥他的特长给她做一顿好吃的。女王每周七天煮的都是固定菜式，十多年来从不更换，就连猪肉涨价的时候也是一样。安安都吃腻了，好不容易遇到了一个厨艺高超的，这个蹭吃的机会无论如何都不能放过。

可如今，游知书居然不让他们见面，不仅不能锄强扶弱，还打击了她想把陆尧希培养成一个大厨的热情。

安安怒不可遏，决定就在门口守株待兔，捏着拳头，等游知书回家好好和他谈谈人生道路。

她用手扫了扫门前的阶梯，干脆坐了下来。

可是天气可真热啊，虽然只是早上十点钟，却已经晒得人有些头晕眼花。安安自从那天淋了雨，就有些不大舒服，早上一心想着好吃的，急急忙忙去菜市场大扫荡，到现在还滴水未进。

如今在太阳底下坐了半个多小时，安安就有些撑不住了，竟觉得眼前有些发黑。

陆尧希今天是打定主意不会再见安安的，不能当面讨回公道，连暗地里想教训一下她，都搬了石头砸自己的脚，他陆尧希对付别人何曾这样吃过亏，偏偏安安大大咧咧，完全不按常理出牌。

这样的女人对他来说就是克星。陆尧希从不喜欢在吃力不讨好的事情上纠缠，他非常理智地决定，远离克星，珍爱生命，无论安安在外头

如何敲门,他都不会再应。

可是这女人真难缠啊,他悠闲地吃了早饭,从窗户望出去,她竟然还没走,坐在台阶上托着腮发呆,旁边还放了一袋一袋的食材。

地上那么脏啊,她居然就这样坐下去了,什么女孩子会邋遢成这样呢?陆尧希太阳穴跳得厉害,决定还是眼不见为净。

他躺在按摩椅上睡了一会儿,醒来之后,下意识地往窗外望去,就看到原本坐着的安安,已经仰面倒在了门前的台阶上,像是昏厥过去了。

即使从楼上往下望去,也能看清楚她苍白的脸色。

这里是别墅区,并不是人来人往的闹市,安安再躺上一天,估计也不会有人发现,陆尧希在窗前做了一番心理斗争,终于还是一咬牙,下了楼。

安安昏昏沉沉醒过来的时候,还不忘伸了伸懒腰,下意识撒欢地打了个滚儿,可她身下睡着的压根儿不是床,而是沙发,她这一滚,就直接从沙发上滚了下来,砸中了刚俯下身子想给她喂水的陆尧希。

"顾安安!"

加了白糖和食用盐的温水,陆尧希还握在手上,就被沙发上滚下来的不明物体一撞,整杯水都往后一泼,将自己泼了个满头满脸,水杯砸到了额头,水杯没碎,他觉得自己的脑袋碎了。

安安愣愣地看着陆尧希,他满脸都是水,额头还一片通红,隐隐有瘀青的趋势,连着前几天撞到瘀青的鼻子,直接在脸上连成一个销魂的十字。

她刚醒来,有些恍惚,愣了一会儿,才想起她刚才在台阶上坐着坐着,两眼一黑就不省人事了。

安安揉了揉太阳穴,难不成自己是中暑了,真是娇弱啊。

陆尧希还像雕塑一样杵在一旁,脸色阴沉得可怕。

眼见他跟落汤鸡一样,表情和形象都各种精彩,安安赶紧翻起身,在桌面上抓了一条抹布，就往陆尧希湿答答的脸上擦："不好意思不好意思，我以为是在家里睡觉呢，砸疼了吧？"

陆尧希的手微微发抖，猛地躲开安安伸过来的手，咬牙切齿地应："没、关、系。"

安安的手尴尬地停在半空，她突然想到，她刚才倒在门口，现在人却在沙发上，难道……

安安的脸色瞬间就变了："是你把我抱进来的？"

陆尧希冷冷地斜睨她一眼："你觉得呢？"

天啊，她体重有一百斤呢，她隐瞒了好久的秘密，现在一定被发现了。安安懊恼地抓了抓脑袋，顿时觉得陆尧希真是知道得太多了！

两个人大眼瞪小眼，瞪了半天，安安才想起，自己是不是应该说句感谢的话，却听陆尧希开口，语气冰冷："我们以后不要再见面了，你总是往我这里跑，知书他是不会高兴的。"

这话听起来不对啊！怎么像是为了游知书在和她分手……呸呸呸，又不是恋爱关系分什么手。

安安揪住头发："是不是游知书不让你见我？你别怕！这种雇主就该炒他鱿鱼。"

"顾安安，你是居委会的吗？"

"啊？"安安惊得往后仰，"我家女王大人真的是居委会的耶！你是怎么知道的？"

陆尧希噎了噎，她究竟是真傻还是假傻，难道完全听不出他在嘲讽她多管闲事？

安安拍着他的肩膀："我昨晚已经给周晓媛打过电话了，她答应给你物色个好东家，所以现在，你先忍辱负重，有朝一日，甩了游知书，你就可以扬眉吐气。"

陆尧希嗤笑："你觉得一个男保姆，要怎么扬眉吐气？"

"是金子总是会发光的，何况你简直是厨艺界的一颗启明星。"

安安慢腾腾地从沙发上站起来,发现自己有些手软脚软,很是无奈:"我应该是病了,这几天我可能不能来看你了,你一定要好好活下去。"

陆尧希眼里亮了亮,突然和颜悦色起来:"你该休息多久休息多久,不用急着来看我。"

她点点头,脸色潮红,头还发晕,站起来没走几步,就又面朝大地摔了下去。

陆尧希手疾眼快弯腰去扶,却没想她脑袋往前一磕,一下又砸中了他刚刚受伤的额头……好痛!

陆尧希觉得自己何其无辜啊,喂水被撞,送客也被撞,他究竟是有多衰!

安安浑身无力,陆尧希被她砸了个措手不及,扶都扶不住,两个人叠着往沙发上倒。

安安从小和苏维扬混在一起,男女观念格外薄弱,更何况在她心里,自个儿就是一条响当当的汉子,聊得来的就是兄弟,在意男女之别什么的实在太做作。

她倒在陆尧希身上,一点儿都不觉得有什么不妥,两只爪子搭在陆尧希的胸前,下意识地摸了摸:"哎,你居然有胸肌耶。"

陆尧希的脸猛地涨红:"放手!"

安安却一点儿觉悟都没有,再继续摸了摸,流着口水道:"哇,你身材一定很好!"

陆尧希两条眉毛都快皱到了一起,他一把推开安安,有些狼狈地闪到一旁。如果他没记错,这个女人刚才还在外面满是灰尘的地上躺过,她已经玷污了他的沙发,玷污了他的衣服,现在还想玷污他的胸肌,简直色胆包天!

两个人僵持了好一会儿,安安才有气无力地开口:"我头疼。"

一旁的陆尧希面色不虞:"起来!我送你回家。"

陆尧希说的送,无非就是打个电话帮她叫一辆计程车,他脸上的灼伤还未痊愈,这种形象,能不上街就不上。

安安是开着自己的小绵羊来的,为了合乎经济原则,她拒绝了陆尧希打车回家的建议:"你会开摩托车吧?你载我就可以啦。"

陆尧希沉默地看着门口那辆粉红色的小小摩托车,抬手揉了揉太阳穴。

看他半天没有动作,安安推了他一把:"男子汉大豆腐,连摩托车都不会骑?"

说罢,安安一脚跨上摩托车,却因为手脚无力,控制不住车子,忍不住晃了晃,差点儿人仰马翻,好在被她尽力地稳住了。

安安叹了口气,回头跟陆尧希挥手,一脸的遗憾:"我回去了,本来还想试试你的手艺呢,真是天意弄人。"

她仰天长叹了一会儿,才鬼鬼祟祟地对陆尧希低声说:"食材留给你了,藏起来,不要便宜游知书那个吸血鬼。我先回去拯救一下自己脆弱的身体,再来找你玩啊。"

陆尧希面无表情地立在一旁,只希望和她再也不见。

安安启动了引擎,车子却再次晃了晃。安安努力控制住车子,正要转动手把,手臂却被人扯住,回头就见陆尧希一脸的隐忍和无奈:"还是我送你吧!"

咦,送她回家难道是一件很痛苦的事情吗?为什么他要说得咬牙切齿好像被她践踏了一样,安安很不理解。

陆尧希也很不理解自己的好心,但他从小到大所受的教育,都是让他对待女士要绅士有礼,即便他不喜欢眼前这个人,还是不能无视她的生命安全。

陆尧希轻松地跨上了摩托车,他手长脚长,坐在粉红色的小绵羊上显得有些滑稽,加上他瘀青红肿的脸,搭配起来更是惨不忍睹。

安安是遵守交通规则的好孩子,她把唯一的安全帽戴在了陆尧希头上,丝毫无视他那梳理整齐的发型,然后报了地址。

安安对跑车和小轿车无感,偏偏喜欢这种皮包铁,以前苏维扬为了迁就她,也是这样骑着车带着她到处跑的。安安坐上后座,手臂习惯性就要往陆尧希身上环,还没彻底地抱住他的腰,手就被他用力拍了一下。

安安正对着陆尧希的背,完全看不见他的表情,可是他的声音却泄露了他的气息不稳:"顾安安,你矜持一点儿!别碰我!"

啧啧,不碰就不碰,为何如此激动。

安安乖乖地缩回手,她只是差点儿忘记,眼前的人不是陪伴她一起长大的苏维扬,他们从认识到现在,也不过才几天时间。

不是所有人都像苏维扬一样,可以在面对对方的时候无所顾忌,安安突然有些失落。

为了掩饰这种突如其来的失落感,安安假装豪迈地拍了拍陆尧希的肩膀:"大家都是兄弟,我都不怕,你怕什么?"

怎么跟她就是兄弟了呢?陆尧希没想通,但安安的魔爪好歹远离了他的腰,只安分地揪住了他后面的衣服。

陆尧希控车能力非常好,一路开得极稳,他身上沾染了游知书后花园里的桂花香,好闻得不得了。安安迷糊地坐着,差点儿就要睡过去,脑袋在他的背上一磕一磕。

车子停在安安家小区门口的时候,陆尧希几乎是飞一般地跳下车:"就送到这儿,你自己回去吧。"

陆尧希背着光,让安安看不清他的脸和表情,可是这样挺拔的身影,还有站在车边低头俯视她的样子,让她突然间有了一种怦然心跳的感觉。

虽然这种怦然心跳的感觉在看到陆尧希青一道红一道白的脸时消失殆尽,但也足以对她造成了极大的惊吓。

安安愣愣的,似乎还没回过神来:"谢谢。"

看惯了她咋咋呼呼的样子,突然这么乖巧,陆尧希顿时有些不习惯:"不用谢我,就这样吧,再见。"

说罢,陆尧希转身就走,这样的克星,最好此生不复相见,送走了最好。

可是走了几步,他却忍不住回过头去,只看见安安还呆愣地坐在摩托车上,低着头,不知道在想些什么。

可是她想些什么又关自己什么事,陆尧希皱了皱眉头,转过身去,径直往前走,再也没有回头。

安安抬起头来的时候,恰好看见陆尧希的身影慢慢消失在自己的视线里,她下意识地摸了摸自己的脸,很烫很烫。

她果真病了,生病的时候,思念也格外强烈,她突然,很想念很想念她的美少年苏维扬。

她竟然非礼了他!

YUJIANNI,
ZHENGGESHIJIE
DOUBUDUILE

正所谓病来如山倒，安安这一中暑，就有气无力地躺了一个多星期。女王大人每天定时给她消毒，偏生她还无法反抗，只能躺在床上泪流满面。

拜托，她只是中暑了，又不是中毒了。

病中安安给苏维扬打了无数个电话，发了无数条短信，仍无法接通，也没有任何回复。安安本来满满的信心在一点儿一点儿消失，苏维扬从来不是这种任意妄为的人，他的失踪，莫非只是为了躲着她？

太过分了！她又不是借了他钱！

周晓媛带着一堆安安只能看不能吃的东西来探病，就见安安跟林黛玉似的，不知道从哪里弄了一支菊花，旁边放了个垃圾桶，满脸哀怨地在摧残菊花的花瓣，她嘴里念念有词："回来，不回来……"

啧啧，居然把花葬在垃圾桶了，实在太没有意境了。

周晓媛拿了个小蛋糕，毫无自觉地一屁股坐在安安床上，一小口一小口地咬着。

安安狠狠地瞪了她一眼，伸脚踹了她一下："阿希的事情办好了吗？"

周晓媛白了她一眼："没办好，游知书人缘不错，没有人愿意撬他的人，都说这样会伤了和气。而且，我看游知书也不像你说的那样冷血无情啊。"

安安看了周晓媛一眼，拍了拍她的肩膀："别被他的外表迷惑……另外，我觉得你倒是挺需要一个男保姆的，要不要考虑一下？"

周晓媛立刻双手交叉放在胸前："你别坑我，我老爸就喜欢年轻貌美的女保姆，年纪稍大的都要淘汰掉，何况一个男的，你死了这条心吧。"

周晓媛说话没个淑女样子，手舞足蹈的，手上的蛋糕因为她动作过大，"啪嗒"一声掉在了床单上。

安安整个人都不好了,被她家"处女座们"看见了那还得了?她正要拖着病躯起来清理"犯罪现场",就听见趴在她床边的旺财很不给面子地吠叫起来。

这只通风报信的奸细啊,安安恨恨地瞪了旺财一眼:"你禽兽!"

话音刚落,安安就听见门外传来一声吼:"顾、安、安!"

再抬头,安安就看见女王大人一脸神色凝重地冲进来,将安安推到一旁,三两下把安安的床单被单剥下,火急火燎地洗被子去了。

而周晓媛若无其事地置身事外,一脸的乖巧:"阿姨你好,阿姨再见。"

安安欲哭无泪,她的床单被单啊,她还在生病好吗?这让她睡哪里啊?她真的是女王大人亲生的吗?

安安杀气腾腾地瞪向周晓媛,想把她抓过来揍一顿,谁知人家已经退到了门口:"你什么都不用说了,我都懂,你放心吧,那个小保姆的事情,我会帮你再努力努力的。"

安安看着她退出门口,飞快地逃窜了。

安安知道周晓媛是靠不住的,也没抱太大希望,想着等自己好点儿了,亲自出马,把小学那些富二代的同学全联系一遍,男保姆这么稀有的生物,安安不信没人要。

但安安没想到的是,周晓媛努力了一个星期,竟然真的有了一点儿眉目。

周晓媛在电话里大呼小叫:"你现在过来盛宴888房,我约了游知书出来谈判,快来助攻。"

安安趴在沙发上,有气无力地应好。

安安的病其实已经好得差不多了,可惜心病还处于伤风感冒的阶段,她挂念已久的苏维扬,依旧毫无消息。即使她频频给他短信微信私信,添油加醋地告诉他,自己病得要死不活,急需拯救。

若是以前,她断了个手指甲,他都紧张得要命,怕她伤到指甲里面的肉,便飞奔去超市买了指甲钳,低着头认认真真地给她剪指甲。

更别提她感冒发烧的时候，他恨不得把整个药房都给她搬过来，顾先生拦着他，不让他进她房间，他就抱了吉他坐在她房门口，隔着一扇门，给她唱歌打气。

可是她现在都在床上躺了一个星期，苏维扬却始终不见踪影，他果真不关心她了吗？

安安试过缠着顾先生，一哭二闹三打滚，让顾先生给远在美国的苏爸爸打电话，好歹能知道苏维扬现在身在何方，究竟是跑路了还是跑路了。

但顾先生很有骨气地拒绝了："那猥琐汉子从前就想跟我争你妈，以为生了儿子就可以把你给抢过去，哼，别说门了，排气口都没有。"

安安撒娇："老爸……"

顾先生却只是斜睨她一眼："别想了！指不定苏维扬是在英国追到了洋妞，还稀罕你吗？"

安安本来就不安，顾先生居然还锲而不舍地想给她洗脑，她表示相当痛心，只好暂时偃旗息鼓，离开顾先生的视线范围，耷拉着脑袋去和周晓媛会合。

周晓媛虽然智商不高，有时却也还能有些意外之举，比如这次的计划，她成竹在胸。

周晓媛在电话里得意地说："这叫离间计，我会在游知书面前嫌弃毁谤陆尧希，只要游知书听信谗言，炒了陆尧希鱿鱼，我们就可以光明正大地帮陆尧希换工作了。"

安安虽然觉得这个计划有些匪夷所思，但好歹方向是对的，现在也没有别的办法，只好放手让她一试。

拐了几个弯，好不容易看到了888号包厢那扇粉红色的大门，安安立刻一个箭步飞奔过去。刚好有人从里面出来，她没刹住脚，直接把自己那只被地上污水摧残过的运动鞋，踩在了来人白色球鞋上。

安安飞快抬起头，眼前是一双深潭似的眼睛，虽然皱着眉头，手却稳稳地托住她，避免她一个重心不稳去拥抱大地。

这双眼睛好熟悉啊!

再仔细看一看,安安立刻惊喜地跳了起来:"阿希!是你啊!"

陆尧希也是一惊,不过是惊恐的惊:"怎么又是你?"

安安有半个月没见到陆尧希了,最后一次见他,他还顶着半张红肿的脸,滑稽可笑得像个小丑,但此刻那双眼睛黑白分明,没有红肿和血丝,看来被防狼喷雾喷过的后遗症和那些乱七八糟的伤全好了。

少了那些红肿,他精致的五官便凸显出来,竟是非常赏心悦目。

这是安安第一次认真端详陆尧希的真正容貌,不由得感叹一声,就凭这张脸,还做什么男保姆啊,随随便便都能秒杀杂志上的封面模特。

陆尧希的目光从白球鞋上那个大大的黑脚印移到安安表情雀跃的脸上,抬手捂住了今天一直跳个不停的眉角。

半个月不见,他以为总算可以脱离苦海,这才随游知书出来走走,但有没有人可以告诉他,为什么这个女衰神会在这里?为什么为什么?

安安完全无视陆尧希多变的脸色,兴奋不已地转告他周晓媛的计划,然后还不忘叮嘱他:"一会儿听到什么不好听的话你可别介意,这全都是假的。不过你放心,你很快可以脱离苦海了。"

说罢,安安一把拉过一脸无法接受的陆尧希,推开了包厢的门。

包厢里热闹得很,除去周晓媛那一群富二代好友,还有一群不认识的莺莺燕燕,估计是周晓媛搬过来助攻的。

三个女人一台戏,这得有多少台戏啊。

有热闹看,安安的八卦之魂顿时燃烧起来,激动地往包厢里走去。她太激动,以至于忘记陆尧希还在门边站着,就放开了她按着弹簧门的手。没了压力,那弹性极好的弹簧门立刻顺势弹了回去,准确无误地砸中了还站在门边思考人生的陆尧希。

安安听见"砰"的一声,回过头,就看见陆尧希捂着鼻子,满眼都是痛苦和不可置信。

哎呀怎么砸到人了,她慌忙过去要看他的鼻子:"不好意思不好意思,我不是故意的。"

陆尧希往后退了一步，一脸惊惧，用手阻挡她靠近自己："你站住！别过来，我想静静。"

安安看到他的鼻头明显已经红肿，好在没有流血。陆尧希一步步往后退，然后飞快转身，往走廊尽头走去，安安仍在喊他的名字："阿希。"

陆尧希猛地回过头来，那眼神轻飘飘地往安安身上一扫，安安立刻噤若寒蝉。

他的眼里带了某种她从未见过的冷意，是那种长期处于高位者所具备的威严，一时间她竟然被他吓得无法动弹，以至于眼睁睁看着他走远，都忘记了提醒他，那边其实是女厕所啊。

于是，她看着他义无反顾地往女厕走去，听着女厕突然响起的尖叫声，无奈地叹了口气。

安安走进包厢的时候，《小苹果》的前奏刚好响起，周晓媛握着只HELLO KITTY麦克风，唱得脸红脖子粗，大有将玻璃杯震碎的趋势。

而游知书坐在周晓媛身旁，饶有兴趣地看着她，眼里是毫不掩饰的欣赏。

安安太阳穴跳了跳，周晓媛的离间计好像莫名变成了美人计，那个美人，该不会是周晓媛自己吧，为了别人做出这么大的牺牲，完全不是她的风格，除非……

安安看向眉清目秀的游知书，嘴角忍不住抽了抽，这是周晓媛的菜啊，什么要助人为乐，假的！以她对周晓媛的了解，周晓媛分明是看上了游知书。

安安望过去，游知书在一旁笑眯眯地给周晓媛打着拍子，真是好一对奸夫……咳，金童玉女。

作为闺密，安安觉得自己有必要去提醒周晓媛，游知书是一匹披着羊皮的狼。但周晓媛频频朝她使眼色，一副胸有成竹的样子。

安安只好退回来,低下头百无聊赖地玩手机。

看了看时间,到点每日一通电话打给苏维扬了。这些天打电话都是无法接通,安安没对这通电话抱太大希望,随意地在嘈杂的包厢里拨了苏维扬的号码。

然而就在她一个晃神间,电话居然接通了。

安安跳了起来,飞快地奔到厕所里,把厕所门一关,对着电话怒吼起来:"苏维扬!你舍得接电话了?你究竟是跑路了还是跑路了?"

对方静默了一会儿才开口,却不是安安熟悉的清朗声音。

"你好,我是苏维扬的女朋友,他现在不方便听电话……"

安安愣住了,难道真的被顾先生说中了,苏维扬在异国他乡乐不思蜀是因为前凸后翘的洋妞们。

良久得不到应答,那边努力地解释着:"他手机坏了,今天刚修好,我来替他拿的。"对方的中文很生硬,"请问你是?"

"哐当——"安安手一滑,竟然直接将手机摔在大理石地板上,那部陪伴她好几年的索尼手机,瞬间很不给面子地解了体,手机的残壳支离破碎地躺在地板上,像安安此刻的心。

厕所外断断续续的嘈杂音乐瞬间远去,她的世界只剩下地上那几块破碎的零件。

安安手忙脚乱地捡起来拼凑,手都在发抖,却始终不得其法。

安安打开厕所门的时候,觉得自己的人生起了翻天覆地的变化,眼前所有的欢声笑语,都与她无关了。

苏维扬那么迷恋她喜欢她,他对她的好让她觉得,以后如果娶不到她,他绝对会想不开跑去剃度出家,长伴青灯。可她万万没想到,会有这一天,苏维扬居然背弃了她,在异国他乡找了女朋友,而且对象还是个洋妞,只能说命运的安排真是变化莫测。

安安吸了吸鼻子,选择一头扎进周晓媛怀里求安慰。

周晓媛正在唱歌,突然就被人抱住,耳朵旁传来闷闷的声音。

"晓媛，苏维扬出轨了！"

周晓媛闻言，立马把麦克风丢给游知书，转身用她自认为很有母爱的怀抱接纳了安安："来，发生了什么不开心的事情，说出来让我高兴高兴。"

安安愣愣地捧着那部解体的手机："我刚刚给苏维扬打电话，终于接通了，可那边是个洋妞接的，还说她是苏维扬的女朋友，这不科学，苏维扬明明是一个喜欢用国货的人！"

说完，安安挺起胸膛，看，国货哪里不好了？！

周晓媛怔了怔，很猥琐地摸着自己的下巴："其实这么多年了，你和苏维扬都没在一起，名不正言不顺的，严格来说，他不算出轨？"

她和安安做了这么些年闺密，知道在这种时候，柔声安慰还不如吐槽。

果然，安安磨刀霍霍，举起手准备把周晓媛就地掐死。

什么名不正言不顺的，苏维扬和她明明在她三岁的时候就私订了终身。

他们认识了那么长时间，郎骑竹马来，绕床弄青梅，说的不就是他们吗？苏维扬大她整整六岁，比她更早地明白他们的感情。

安安虽然稀里糊涂的，但也知道，只要苏维扬在，她闯祸闹事，基本上都有人帮她扛着。顾先生舍不得训女儿，训苏维扬的时候可没手下留情的习惯，都是哪儿疼往哪儿抽。

只要苏维扬在，安安就只需要貌美如花，继续没心没肺地闯祸掀桌。

那时候小小的苏维扬就懂得挟恩图报："安安，我帮你背了那么多个黑锅，你以后会以身相许嫁给我吗？"

他说这话的时候眼睛亮得能闪瞎人，安安沉默，他就不依不饶地问："你不嫁给我，以后就没人帮你挨揍，谁会像我一样保护你？"

可惜他的引诱一直没有成功，安安觉得自己受到了某种胁迫，总是选择用拳头拒绝他。

挨了揍的苏维扬好脾气地笑:"行呗,你不嫁给我,我嫁给你也是可以的。"

得知苏维扬有入赘意向的苏家愁云惨雾了好多天,最后还是苏爸爸一脸悲痛地来找到安安,用一袋大白兔奶糖成功贿赂了她:"好好对我儿子,我们苏家不会亏待你的。"

安安眼睛一亮,觉得这似乎能行得通,于是她决定时机一到,就八人大轿把苏维扬抬回家里当压寨相公。

可这么温柔体贴、为人着想的少年啊,怎么就崇洋媚外被洋妞给勾搭走了呢,安安想不通,她表示相当痛心。

周晓嫒拍了拍她的肩膀:"你跟苏维扬这么多年,在我看来就跟兄妹一样。你看,长兄如父啊,其实他就跟你爹似的。"

这话说得简直是惊天地泣鬼神。

安安哀伤的心情全被破坏掉了,她一双九阴白骨爪甩过去,周晓嫒早已经跳起来。安安追过去,没掐到她,却一头撞进了一个人怀里。

安安抬起头,就看见陆尧希比刚才还要阴沉的脸。

去女厕逛了一圈儿的陆尧希觉得衰神是无法被超越和压制的,唯一的解决办法就是躲,于是他回包厢间游知书拿车钥匙,准备有多远走多远。谁知还没走到游知书身旁,就有一个人形物体朝他砸过来,踩上他刚在楼下商场重新买的白球鞋。

安安看着满面乌云的陆尧希,还不忘关心地问一句:"你怎么了?"脸色怎么比她这个刚被抛弃的人还差啊?

饶是陆尧希从小被教育出来的良好修养,也快要在此时此刻分崩离析:"今晚是你第二次踩我脚了!"

安安低下头,看见干干净净的白球鞋上,被印上一个黑漆漆的鞋印子。

陆尧希抿了抿嘴,不小心就泄露了怒气:"你是觉得踩了我左脚,要顺便把我右脚也踩了?"

安安终于警醒,手忙脚乱地站好,一不小心又往他脚上踩了两下。

陆尧希欲哭无泪，此刻他的世界是崩塌的。

"对不起对不起！"

"不必跟我说对不起，顾小姐，麻烦你以后离我远点儿，不要靠近我一米范围内，谢谢！"

安安吓了一跳，她不过踩了他的鞋子，这副怒气腾腾，活像她欠了他五百万。

陆尧希额头上的青筋都现出来了，转身抽出纸巾盒里的纸巾，拼命地往鞋子上擦。他这阵势，和女王大人擦桌子的样子简直一个模子印出来的。

要不是考虑到陆尧希是个五官精致的帅哥，安安差点儿就要以为他是女王大人失散多年的亲生儿子。

安安前一秒刚失恋，心情还未平复，她心心念念想要帮助的陆尧希还不给她好脸色看，她的心又往下沉了沉。

今天实在不是一个美丽的日子，安安颓然地坐在沙发上，决定还是喝杯饮料冷静冷静。她一抬手招来站一边候着的服务员："麻烦给我来一箱啤酒。"

此话一出，整个包厢都安静下来，沙发上的人纷纷抬起眼来，用看女中豪杰般的目光盯着安安。

陆尧希抬了抬头，又飞快地低下头擦鞋子，决定置身事外。

安安沉浸在自己深深的哀愁里，她曾以为生命很简单，长大以后嫁给苏维扬，生儿育女白头偕老，仿佛是再自然不过的事情啊，怎么会半路杀出一个洋妞呢？

安安想不通，但一醉解千愁，她潜意识里觉得应该顺应剧情发展，失恋了就大醉一场，反正酒钱不用她付。

受过专业训练的服务员很快把酒上齐。

安安以一个豪迈的姿势抓起一瓶啤酒，对着瓶口就往嘴里倒，觉得自己真是威震四方。

喜欢了那么多年的人,突然间将她推开,怎么可能会不难过呢?可是喝酒也不见得可以解千愁,安安只觉得,嘴里心里都是一样的味道,很苦很苦。

其实她不会喝酒,还是传说中的一杯就倒,从前苏维扬在的时候,从来不让她沾酒,因为她酒品不是一般的差,一旦喝醉就会上升到癫狂状态,危险系数极高,能控制住她的人为零。

只喝了半瓶啤酒,安安就开始晕乎乎的不知所以。

眼看包厢里都成双成对,一个人喝酒实在空虚寂寞冷,安安想起在异国他乡的苏维扬,是不是也像眼前这些人一样,怀中抱着一个人,手里举着一杯酒,和别人相谈甚欢,完全不记得,有一个人在等着他。

一想起苏维扬她就悲痛欲绝,恨不得仰天长啸三百声。

安安正郁闷着,脑海里突然闪过一道灵光,酒精让她的思路突然间畅通无比,不就是苏维扬选择了进出口事业,继而冷酷无情地抛弃了她吗?正所谓以牙还牙,她也没有必要继续为他守身如玉了。

安安有了决定,她要把她为苏维扬留了十多年的初恋,随便找个帅哥给托付了。

安安是个行动派,想到什么做什么,她环视全场,开始寻找目标。

喧闹的包厢里声色犬马,都是一群眼冒绿光的狼,一人拉了一个美女,表面在谈人生谈理想谈时事,但那些狼爪子却不时上下其手,看着就让人恶心。

安安低声嘟囔:"全都是一群衣冠禽兽。"

再怎么随便,她也不能把自己托付给禽兽是不?她揉揉鼻子,目光不小心落在陆尧希身上,就见他正一个人对着他的白球鞋皱眉发呆。

陆尧希今天穿了件白色的上衣,一条简单的牛仔裤,往这群华衣丽服的人中间一坐,显得遗世而独立。毕竟他从前也是世家公子,虽然落魄,气质犹在。

安安被美色所迷,一个打滚,拿着啤酒滚到了陆尧希身旁:"你,陪我喝酒。"

换作平时,安安被陆尧希无情拒绝后,断然不会厚着脸皮挨过去,但酒能壮胆,她喝得太多,此时此刻完全不知道自己在做些什么。

陆尧希把眉头皱得更深,伸手想要把她推开。啧,不是说了保持距离吗?听不懂人话啊?

醉酒的安安天不怕地不怕,力气最大。她丢掉酒瓶,很不矜持地扑了过去,直接推着陆尧希的肩膀把他按到了沙发上,在满室的惊呼声中,她伸手抬起陆尧希的下巴,皮笑肉不笑地说:"小子,给老娘笑一个!"

陆尧希的脸色一瞬间就黑了。

安安还不知死活地捏了捏他的脸颊:"干吗?不乐意啊?"

手指触碰到的地方滑滑嫩嫩的,好像小孩子的皮肤。凭什么男生能有这么好的皮肤,好忌妒,忌妒之下,就下了重手,使劲儿又捏了捏。

"放手,你醉了。"

陆尧希克制着自己的情绪,竭力保持风度,看向周围,竟然没有一个人过来制止她,包括游知书,正忍着笑看向这边,一副乐见其成的模样。陆尧希狠狠地瞪了他一眼,该死的损友!

安安对陆尧希语气里那股怒气毫不在意,捏得越发用力:"我告诉你啊,你尽管叫!你今天叫破喉咙也没有人理你的!"

沉默的包厢里,突然就爆发出一阵阵口哨声和大笑声,大家都觉得安安勇气可嘉,绝对是一代女侠风范。

周晓媛在一旁看得啧啧有声:"不愧是我闺密,浑身是色胆!"

安安无视一室喧闹声,瞪大了迷糊的眼,努力靠近,想看清楚陆尧希的脸。

安安越靠越近,越靠越近,近得全世界都屏住了呼吸。

陆尧希的身上有温暖的气息,若有似无的像桂花一样的香味,淡淡的,让人想要靠近些闻一闻。

陆尧希的手刚抓上她那不老实的爪子,安安就已经低下了头,张嘴咬上了陆尧希的嘴唇。

全世界都是吹口哨和鼓掌的声音。

原本抱着看热闹心态的游知书猛地坐直了身子,这真是经典的一幕啊,从小到大,想强吻陆尧希的人数不胜数,一个比一个美,他无论如何也想不到,居然让这个看起来毫无特色的女孩子得逞了,那个人指不定要怎么发飙呢。

安安伸出舌头舔了舔,只觉得嘴里甜甜的涩涩的,唔,味道还不错。

她还想再吃一口,却觉得身子一轻,整个人被翻了过来按在沙发上。陆尧希那好听的声音满是隐忍:"你、醉、了!"

好凶哦,不就是咬一口嘛,小气小气太小气。

安安一脸遗憾地挣脱陆尧希,挣扎着挪到了周晓媛身边。

周晓媛看向安安的目光里满是赞赏,就好像老神仙收了个根骨奇佳的弟子一样欣慰:"虽然是个小保姆,可是看起来很帅哟,上,姐支持你。"

游知书忍着笑,拿着一杯酒过来和安安碰杯:"女侠,我敬你一杯。"

安安醉得迷迷糊糊,觉得别人称赞了自己就得回个礼客气客气,完全忘记了自己对游知书应该采取鄙视态度,她抱拳:"承让承让。"

豪迈地抱了一圈儿拳,安安终于小猫似的蹭了蹭周晓媛的手臂:"我要回家。"

果然还是不能喝,五脏六腑都要翻过来了,为了避免在众人面前上演一场惊天动地的呕吐,安安觉得还是早回家早超生。

但周晓媛抱着话筒头也不回,朝游知书眨了眨眼睛,道:"我还没玩够。"

这厮重色轻友,居然想弃她于不顾,安安立刻撒泼耍赖:"我不管,我要回家,不然我就蹲着不走了。"说罢就整个人缩在沙发上,严肃地举起两只手碰到一起,认真地扮起了蘑菇。

看起来很是善解人意的游知书探过头来:"阿希,不如你把这磨人的小妖精先送回家。"

安安迷迷糊糊地抬起头,用眼神鄙视游知书,谁是磨人的小妖精了?!

一串钥匙从安安的耳边飞过,迷糊间她还能辨别出那钥匙扣上的车牌子,价格昂贵,安安在心里感叹了一下资本家二代的腐败。

"主人"开口,小保姆哪里有不从的道理,这一大包厢的人都看着呢。

陆尧希瞪向游知书,谁知游知书却一副看好戏的表情。他怎么会认识这样一个损友?

陆尧希觉得自己快疯了,他从来没有这样失态过,他觉得自己真是要毁在这个女人身上。

他的眼神充满杀气,安安一身汗毛都齐刷刷地立起来敬礼,她醉迷糊了,其实连眼前的人是谁都看不清,却能感受到他浑身的戾气,只觉得这个人好凶好凶,一定不是好人。

陆尧希终于妥协,声音里有咬牙切齿的恼意:"我送她回去,你们玩。"

这个声音为什么含着冰碴儿,安安莫名其妙地回头,就看见陆尧希咬着牙齿,似笑非笑地看着她,突然就记起来,她刚才好像做了什么不得了的事情。

安安有些恐慌地吞了吞口水,她好像冒犯了人家的清白,难不成他要冒犯回来?

安安略忧愁,万一他对自己做出什么丧心病狂的事该如何是好。

她下意识看向周晓媛,谁知道周晓媛头都不回,只是温柔大方地朝陆尧希点了点头:"那就麻烦你了哦,拜哦。"

安安急得要哭了,哦个毛线啦!

在安安飞爪过去抓周晓媛的裙摆之前,她就被人往后一扯,背后是那个凶巴巴的声音:"走。"

安安伸出尔康手,无奈全世界的人连眼角的余光都不愿施舍。安

安只能在又响起的《小苹果》前奏里大喊:"晓媛,如果没收到我报平安的信息你一定要报警啊!"

然后,她在一屋子鄙视的目光中被拖走了。

一接触到外边的冷风,安安登时清醒了一点儿,但眼前的人还是模模糊糊,看不清脸。她一边走一边打酒嗝,陆尧希一脸嫌弃,用两根手指拎着她身上包包上的带子,扯着她往停车场走去。

她警惕地盯着陆尧希:"你哪位啊?你要劫财还是劫色?你不要过来啊!"

陆尧希表情未变,把她塞车厢里:"放心,你这样的,我暂时没兴趣。"

"那什么样的你才有兴趣啊?"咦,这貌似不是重点。

"你凭什么对我没兴趣啊?"不对,这也不是重点。

陆尧希坐进驾驶室里,深呼吸一口气,表情严肃地开口:"我说最后一次,你不要再在我面前出现,就算撞见了,也请你当作不认识我,不要过来打招呼,我和你真的不是很熟。"

他真的不要再和这个衰神再有任何纠葛,不是伤了这里就是伤了那里,不是多大的事,却足够让人郁闷不已。

安安努力揉了揉眼睛,终于看见眼前一个红肿的鼻头,安安很不客气地用手戳它:"你谁啊?"

陆尧希被她戳得倒抽一口凉气,恶狠狠地拍开她的手:"你说呢?!"

安安凑近看了看,终于认出了这个红肿的鼻头:"哦,阿希啊。"

安安的小脑袋一点一点:"男子汉大豆腐,言而有信,我说了帮你就会帮你的……"

陆尧希眼角一跳,呼了一口气,干脆告诉她真相:"我不是什么小保姆,游知书是我发小,我只是借他的地方躲一个人,所以我不需要你帮我脱离苦海。"

安安耳朵里嗡嗡作响,陆尧希的语速太快,她努力去听,脑袋却打结了。

安安苦大仇深地皱起眉毛,突然感觉胃里一股气急匆匆地涌上来,安安挡不住,只好让它突破重围,从喉咙里冒了出来。

"嗝"的一声,浓浓的酒气弥漫在车厢里。

陆尧希立马打开了车窗,震惊地看向安安。

他自小就接受良好教育,在他的世界里,遇到的女孩子举止大方优雅,吃东西都是一小口一小口的,咳嗽都用纸巾捂着嘴轻声咳,更别提会这样光明正大毫无形象地打酒嗝了。他从前以为最难应付的是有公主病的女人,现在才发现,天外有天,女人外有女神经。

安安的存在简直颠覆了他对女人的观感。

陆尧希的表情在醉眼迷离的安安眼里简直是穷凶极恶。她缩在副驾上,泪眼汪汪地看着陆尧希:"我刚才不是故意的,你不要打我啊呜呜呜呜。"

陆尧希揉了揉太阳穴,闭着嘴一言不发,想必已经明白过来,跟醉酒的人对话绝对不是一个明智的选择。

路灯一盏一盏闪过,安安奋力抵抗头晕作呕,还有一波波袭来的睡意,在又难受又困的夹击中,她最终偏向了困意。

于是停留在安安脑海中的最后一个画面是,陆尧希撑着下巴,眉头紧皱,定定看向车窗外的红灯,车灯闪过,把他的眼睛照得发亮。

而她最后一个念头是,这个人,原来竟帅到人神共愤啊!

陆尧希的样子在安安睡梦中循环播放了一整夜,没有淡化,反而越来越清晰,清晰得她差点儿就要以为他睡在了自己隔壁。

直到有人用力地在安安大腿上拍了一下。

安安挣扎着不想睁开眼,犹豫间,又是一记大力金刚掌。

实在太暴力了!这种暴力中又带着浓浓母爱的掌力,除了女王大人,不会再有别人。

安安认命地睁开眼睛,就看见女王拿着锅铲站在床边,眼神十分暴

力血腥。

在电光石火间,她猛然想起,做了二十年乖乖女的她,昨天一个不慎,居然醉酒了。虽然清白是保住了,但好像有谁的清白……一个不留神就让她给毁了。

究竟是谁呢?她捂着脑袋,觉得她应该再闭上眼躺会儿,为自己的所作所为忏悔一会儿。

她刚一闭眼,女王立刻拿着锅铲在她头顶挥了挥:"自己起还是我帮你。"

按照多年来的经验,女王大人的锅铲叫醒大法杀伤力极大,为了生命安全,安安选择了自己屁滚尿流地爬起来。

扶着沉重的脑袋刷了牙,她才一脸萎靡地坐到餐桌上,捧起粥就喝,喝完一碗,再来一碗。

女王在一边幽幽地看着:"你还挺能喝的。"

一语双关,绝对暗藏杀机,安安赶紧放下粥,摆手:"哪里哪里。"

女王出乎意料没有发威:"昨晚送你回来那个男孩子……"

"谁啊?"安安大大咧咧地抬起头,难道不是周晓媛把自己送回来的吗?

女王大人瞪大了眼睛,一拍桌子:"连谁你都没弄清楚!就让人家送你回来了?"

安安努力搜索了一下脑内存,还是没有想起来究竟是哪个恩人把自己送回来的。女王大人恨铁不成钢,愤怒地把碗筷收拾了,去厨房洗碗去了。

安安泪流满面,她的碗啊!她还没吃饱好吗?

抱着肚子忧伤不已,家里的座机突然就响起来,安安懒洋洋地接起来,电话里的周晓媛惊天动地的一声吼:"安安!你好能耐!"

"晓媛?你干吗打我家电话……"话才说一半,安安突然想起昨天晚上醉酒前发生的悲剧事件,她等待了很久的苏维扬,半点儿预兆也没有,就随随便便跟个洋妞跑了！她那个痛心啊，一激动，不小心就把手机给摔了。

安安郁闷地开口："昨天是你把我送回来的吗？"

电话那头的周晓媛提醒她："你的阿希送你回家的呀。游知书说，昨天晚上他回去以后，躲洗手间里半天没出来……你老实交代，你究竟对人家做了些什么？"

"……"

"啧啧啧，顾安安，我以前怎么就没看出来你居然是这么急色的人？"

"我失忆了啊！"安安快哭了，昨晚的事情她已经完全记不住了啊，她不会真的做了什么丧心病狂的事情吧？

沉默了半天，安安才开口："陆尧希他说什么了？"

周晓媛在那头笑："就是什么都不肯说，游知书才让我来你这儿打听情况的。"

只是一个晚上，都已经发展到无偿帮游知书打听情况了。安安在心里腹诽不已。

她顾安安是那种会随便乱说话的人吗？为了大家的清白，她果断地挂掉了电话，然后想转拨给陆尧希，却发现她一直以来都没有他的电话。

安安正想回拨给周晓媛问问游知书家座机号码，却听到电脑发出"叮咚"一声。安安点开待机屏幕，就见屏幕下方跳出一条新消息提醒：您关心的好友苏维扬更新了微博。

从来对微博都是嗤之以鼻的苏维扬，居然更新了！

一点开，安安只看了一眼，差点儿就情不自禁地自插双目。

最新上传的那些图片简直让她怒火滔天，图片里是一片绿油油的牧场草地，少年鲜衣怒马，正对着镜头微笑，而那洋妞，亲了苏维扬的左脸，然后苏维扬把自己的右脸也伸出去给人家亲了。

要不要这么大方啊摔，安安觉得自己小心肝都碎了。

安安在评论下方留下了一大串惊悚的感叹号，然后敲开了周晓媛的QQ，坚持不懈地抖窗，抖窗，再抖窗。

安安不是大熊猫：苏！维！扬！真！的！出！轨！了！

附上高清无码截图一张。

皮蛋瘦肉周：啧啧，洋妞身材真好，前凸后翘。

安安不是大熊猫：这不是重点……

皮蛋瘦肉周：你和人家洋妞没有可比性，人家连小拇指都比你美丽大方，苏维扬的选择是正确的。

安安不是大熊猫：挥手，友尽。

安安在景川生活了快二十年，最要好的朋友除了苏维扬就是周晓媛了，谁知道一个比一个凶残，都喜欢伤害她脆弱的小心灵，完全不知道同情心是何物。

安安很愤怒，她觉得她上辈子一定欠他们很多钱。

安安拿着鼠标，把光标在苏维扬笑得眯起的眼睛上点来点去，深深觉得只有把他揪出来打一顿，才能泄她心头之恨。

回想苏维扬出国前，安安去送别，她挤在一堆三姑婆二姑妈当中，和苏维扬依依不舍地告别。一想到苏维扬走后，没人可以让她奴役剥削，作业要自己做，逛街要自己提袋子，她甚至忧伤得眼眶都红了。

就是那时候，苏维扬在一堆亲戚里杀出一条血路，噙着微笑朝安安走来，二话不说，就伸出双臂把她拥到了怀里。

安安只当他是先熟练熟练英国的拥抱礼仪，也没有反抗，谁知道他却在她耳边低语："安安，你要乖。等我毕业回来，我们就在一起。"

即便当时围观的一群人，都一副"我没看你们，我在看风景"的神演技，但她还是血液上涌，有些神志不清地应了好。

明明说过要在一起的人，现在却在异国他乡抱着别人，还笑得那么开心，又不是拍牙膏广告，安安只觉那口大白牙莫名刺眼。

她愤怒地关掉电脑，颓废地倒在了床上。

"顾安安……"女王大人不知道什么时候飘了进来，站在她的身边，语气有些沉重，"这种事为什么不跟父母讲？"

安安闻言，弹簧似的坐了起来，女王大人知道苏维扬出轨的事情了？要是被顾先生知道，他会拿着菜刀杀去英国，把苏维扬砍成十块八块的吧。

安安正慌里慌张地想着要如何解释，女王大人已经走过来坐在她身旁，温柔地把她拥入了怀里："别怕，这种事情，其实很多人都经历过，最重要的是想办法解决。"

女王大人如此温柔劝解，安安突然就很是感动，正要在女王大人怀里撒一撒娇，手心里就被塞入了什么东西。

安安疑惑地低下头，就看见自己的手里，安静地躺着一盒痔疮膏……

这是什么情况，为什么要给她这种奇奇怪怪的东西，现在表现母爱的方式都如此奇特吗？

女王大人拍了拍安安的肩膀："我从你昨晚的外套里找到的，要不然我还蒙在鼓里，有病就得治，别怕尴尬，找一天我陪你去趟医院，乖啊。"

乖毛线啊！

安安突然感到深深的无力，原来一开始她们就不在一个话题频道啊，还有为什么她外套里会出现痔疮膏这种东西？

女王大人看着安安震惊的表情，只是叹了口气，温柔地拍了拍她的肩膀，起身走出房间。

安安捏着痔疮膏坐在床上发呆，苏维扬和痔疮膏都对她造成了不小的刺激，她开始发动自己的侦探小马达，开始推测。

昨天是陆尧希送她回来的，在她酒醉之前，她的口袋是空的，包厢里个个都忙着畅聊人生，她接触过的除了周晓媛，就是陆尧希了……那么这东西按道理就是他的。

苍天哪！她居然趁着酒醉打劫了别人的痔疮膏！实在太猥琐了！

安安仔细想了想，觉得这个可能性相当高。莫非周晓媛说他躲在厕所大半天，就是因为……痔疮？

她默默叹息,多清秀好看的一个男生,年纪轻轻居然就有了这种隐疾,真是让人扼腕。

安安给周晓媛打电话:"想个办法帮我把阿希约出来。"

周晓媛在电话那头嘿嘿嘿地笑:"放心,不用你说,闺密之间的心灵感应不是无端存在的,我已经组织了一次郊游,让游知书一定把他拉出来。"

什么闺密之间的心灵感应,安安不屑,直觉告诉她,周晓媛一定是看中了游知书,为了制造机会和他相处,顺手把她拉上而已。

她真的很想知道昨天晚上究竟发生了什么事,所以对于周晓媛和游知书发展进度的八卦之心,她暂时放在了一边。

挂掉电话,安安终于松了一口气,安心地把痔疮膏丢进包包里。

他优秀自持,怎么会和她
物以类聚呢?

YUJIANNI,
ZHENGGESHIJIE
DOUBUDUILE

　　第二天,安安跑了几家手机店,试图修好那部解体的手机,那手机和苏维扬的是同款,当年她生日的时候他送的。

　　当时,苏维扬把手机装在一个大盒子里,还放了一张自己的照片,笑着对她说:"喏,买一送一。"

　　当时的她有恃无恐,"喊"了一声,只觉得苏维扬无论如何都逃不出她的五指山。

　　可如今所有手机店的师傅都告诉她:"这机子的零件早就不生产了,修不了了。"

　　安安很愤怒:"师傅你技术行不行啊!"

　　师傅也很愤怒:"我蓝翔毕业的!"

　　连技术人才都修不好,安安彻底死心。

　　安安捧着那一堆零件,在烈日下的手机店门口站了好久,最终一咬牙,把零件丢入旁边的垃圾箱里。

　　她不是拖泥带水的人,既然苏维扬心有他属,她就绝对不会再纠缠,何况他把照片都放上微博了,委婉地告诉她,他现在过得很好,他的幸福也与她无关了。

　　安安吸了吸鼻子,最后看了那个垃圾箱一眼,转过身,垂头丧气地去和周晓媛他们会合。

　　失恋了,手机坏了,她心情很悲痛,但痔疮膏还是要还的。

　　安安到达集合地点的时候,那儿已经站了一堆人,浩浩荡荡,跟小学生全班出游一样,更不幸的是,她看到了白子原站在人群中朝她抛了个媚眼。

　　周晓媛飞快地朝她走来,对着她挤眉弄眼。

安安一脑袋汗地看着她面容扭曲的样子，终于忍不住劝她："你脸抽筋是病啊，得治。"

周晓媛恼羞成怒，一巴掌挥过来，差点儿没把安安从摩托车上扇下去。

"多少年的朋友了，还不能懂我意思？我的意思是，我一定会帮你制造机会抱得美男归的，你放心啊。"

安安欲哭无泪，她很想告诉周晓媛，无论多少年朋友，就算是周晓媛亲妈，也无法从周晓媛扭曲的表情里读出这么深奥的意思啊。

她们打打闹闹，站在不远处的男男女女都朝这边看来。陆尧希只看了安安一眼，立刻掉转了目光，竟是有些惊慌失措的样子。

安安已经从周晓媛那儿听说了自己醉酒调戏良家妇男的混账事，虽然这混账事还莫名其妙地牺牲了自己的初吻，但她还是没有勇气面对陆尧希。

欺负人家一个小保姆，这算什么事啊。

偏偏周晓媛还把她拉过去："来来来，我们四个人一辆车。"

周晓媛理所当然是坐在副驾驶座的，那么后面的位置，就只有安安和陆尧希了。

安安很忐忑，她什么都不怕，就怕自己醉酒之后对陆尧希做了什么比强吻更出格的混账事，她都敢单枪匹马上门救人的，这世界上还有什么事是她做不出来的。

她尴尬地干笑着，跟陆尧希打了声招呼。

陆尧希只是瞟了她一眼，立刻又扭过头去看窗外的风景，一副你谁啊我跟你不熟的别扭样子。

安安心里更不安了，陆尧希的脸色好沉重啊，而且努力地缩在窗边，和她拉开了一大段距离。他这么抗拒她，看来她的确是对他做过什么天理不容的事情。

安安在心里对着自己咆哮：让你看总裁文，让你看偶像剧。没事

反串什么男主！没事学什么强吻和壁咚！她要拿自己这颗汉子心如何是好啊。

偏偏周晓媛还感受不到这个诡异气氛，哪壶不开提哪壶，她回过头来，一脸八卦地采访陆尧希："哎，反正现在没人，你们那天晚上究竟做了些什么？你们告诉我，我保证不告诉别人。"

安安沉默地揉了揉太阳穴，她的闺密是猪吗？

安安弱弱地瞟了陆尧希一眼，发现他的脸色更沉重了。气氛好尴尬，安安表示她好想跳车啊。

在安安用眼神将周晓媛千刀万剐之后，还是选择了扮鸵鸟，毕竟她包里还躺着一盒不属于她的痔疮膏，使命必达，是她做人的原则。

从市区去河边需要一个小时，安安缩在后座，努力忽视空气中凝重的气氛，可惜睡又睡不得，只能眼睁睁地盯着前面两个后脑勺儿。

一路上周晓媛都在讲笑话，安安沉默着，陆尧希沉默着，然后周晓媛和游知书哈哈地笑成一团。安安用眼神鄙视她千万遍，重色轻友！

终于到了河边，安安飞快地跳下车，伸展了手脚，帮着男生们搬东西拿烧烤用具，忙得像个陀螺。

安安平时是很懒的，但她觉着，以陆尧希的身份，铁定要干很多活，倒不如她以身作则，传达一下平等原则。

果然她一动手，就有很多人一起帮忙。甚至连白子原，都拿了一根烧烤叉在她身边晃。

"安安，我听周晓媛说，你看上那个小保姆了？"白子原愤愤不平，"她说你是醉酒乱性，想要对他负责……安安，我对不住你，早知道那天我就去了，也许你强吻的就是我而不是他了！"

安安正喝着水，闻言差点儿没把自己呛死，他究竟哪里来的自信，她就算醉酒，也断然不会去强吻他好吗？

这人一定有幻想症，安安抱着食材远远躲开他。

安安边走边谨慎地回头望，原本以为白子原还会纠缠不止，谁知道他却拐了个弯,径自朝陆尧希的方向去了。

"你说,要多少钱才肯离开安安?"白子原一副颐指气使的模样,嗓门大得全世界都听得见。大家纷纷停下手中的动作,看向白子原和陆尧希。

白子原从口袋里掏出一本支票簿:"我给你十万,你以后离安安远点儿。"

这是赤裸裸的侮辱啊,安安着急地看向游知书,却见他悠闲地当围观群众,白子原这样折辱他的人,他居然一副"你开心就好"的表情。

简直是无良雇主!

安安跺了跺脚,正要上去解围,就见陆尧希一脸轻松地接过那张支票:"好,我答应你。"

白子原显然没想到他会答应得那么爽快,一时间愣在当场。

陆尧希把支票揣口袋里,对白子原笑了笑:"谢啦。"

说完,陆尧希转身就走到游知书身边帮忙弄烧烤架。游知书这个时候才笑容满面地站出来解围:"都别看啦,该干吗干吗去。"

白子原愣了半天,完全无法接受居然有人这么毫无坚持,他准备好要羞辱对方的话都憋在了肚子里,还有他那张支票啊,他并没有打算真的给出去啊。

安安在一旁看着,只觉得郁闷又好笑,陆尧希总不会是真的收了钱然后不理她吧。然而,陆尧希却一直和安安保持距离,连过来打个招呼的意思都没有。

安安有些头疼地想,他该不会真的把白子原的话当真了吧?开玩笑!他们之间是钱可以随便收买的吗?她不信!

等烧烤架装好并成功生起了火,安安这才想起包里的痔疮膏,差点儿忘记今天来这儿的主要目的是,要偷偷把痔疮膏还给陆尧希的。

安安张望着,发现陆尧希坐在烧烤架旁,身边还坐了个娇滴滴的女富二代,正对着他的侧脸流口水。

美女的手缠上陆尧希的手臂："阿希，我想吃鸡翅。"

陆尧希不着痕迹地躲开，冷着脸递给她一只生鸡翅："要我喂你吗？"

美女看着那只硬邦邦的生鸡翅，一脸的不知所措，她的表情表明她受到了惊吓。

安安在一边感叹，啧啧，真是一点儿都不知道怜香惜玉。

就在美女无助地发愣时，陆尧希已经起身，拿了一罐饮料往河边去了。

这是个好机会，安安立刻抓起包包里的痔疮膏就跟了过去。

陆尧希一走就走出很远，他悠闲地在河边散步。安安手里拿着一盒痔疮膏手足无措地跟着，这种尴尬的话题，要想一个合适的理由开口，实在艰难。

她这边还没想好，就听到陆尧希突然开口，声音是一贯的清冷："为什么一直跟着我？"

安安一惊，手里的痔疮膏落地，又不敢去捡，连忙抬头盯着草丛里一朵凋零的花瞧，努力把自己伪装成在看风景的样子。

陆尧希向她走来，皱着眉头捡起地上的痔疮膏，顿时一脸看神经病的表情，他把痔疮膏递了过来："你的痔疮膏。"

安安愣了，很义正词严地推回去："不！是你的痔疮膏！"

陆尧希拿着痔疮膏低下头，似乎是在思索什么，再抬头时，他几乎是咬碎了牙："说吧，你一直缠着我，究竟是想怎么样？"

陆尧希此刻心理活动很精彩，他一定是上辈子欠了她的高利贷，从遇见她那天开始，只要她在场，他连喝凉白开都能塞牙。他发誓他这辈子从没这么衰过，顾安安在他心里的可怕程度，已经上升到与老头子同等的高度。

"我只是想把痔疮膏还给你而已啊。"

陆尧希抽了抽嘴角，努力保持平静："这盒痔疮膏，是你那晚喝醉酒之后买的，你还记得吗？"

安安震惊了，怎么可能，她断然不会做出这种事情，她又没有那种隐疾。

陆尧希翻过痔疮膏的包装盒，给她看价格标签上的药店名，果然是安安家附近的一家药店。

"那天晚上你一下车就冲进药店里去，吵着要买……痔疮膏。"

安安呆住了，连忙解释："这一定是有什么误会，你要相信我，我身体很健康的，牛都可以打死两只。"

陆尧希的表情有些古怪："那天你冲进去之后告诉店员，你很需要痔疮膏，你要用它来……刷牙。"

陆尧希顿了顿，额角一直在跳，似乎在回忆什么极其不美好的事情，最后几乎是微不可闻地叹了一声，一手插在裤袋里，眼睛微微眯起，看着安安。

安安无语凝噎，酒精果然不是什么好东西，她在心里默默决定要在祖训里写上这一条，远离酒精，珍爱生命。

虽然她什么都不记得了，可是陆尧希的样子不像在说谎，她果然什么事都做得出来。

调戏良家妇男就算了，但买痔疮膏刷牙这种行为让安安相当心惊，她下意识舔了舔牙齿，开始努力回忆自己有没有真的付诸行动。

陆尧希把痔疮膏塞到安安手里："收好。还有，我想那晚我的话已经说得很清楚了，请你不要再跟着我，我们并不是很熟。"

痔疮膏已经严重地冲击了安安的灵魂，一想到自己可能还做过更可怕的事情，安安不淡定了，一怒之下，她将手里的痔疮膏一扬，丢到了河里。

但这一甩太过用力，安安把手腕上的手表一起甩了出去，扑通扑通，直接落入了河里。

安安急了，这是苏维扬送给她的十五岁生日礼物，嘀嗒嘀嗒地记录着他们在一起的时间。莫非摔坏了手机之后，还要把手表也丢了，这怎么看都像是缘分走到尽头的节奏。

虽然她丢了手机,决心要和苏维扬相忘于江湖,但这种事情不是说放下就能放下的,好歹给她一点儿时间啊。

顾不得那么多,安安哀号着朝手表落下的方向扑了过去,扑到水边的时候,有人用力将她的手臂一扯。

安安回过头,是一脸不可思议的陆尧希:"一盒痔疮膏而已,不用那么拼命吧?"

又是痔疮膏,安安想,她这辈子都不想再听见这三个字了。

她失控地揪过陆尧希的衣服用力摇晃:"我的手表我的手表我的手表!"

说完脚下一滑,安安拉着陆尧希面朝河面,扑了下去。

在水漫过鼻腔的时候,安安才惊觉,她好像不会游泳!

安安十四岁时和苏维扬去上游泳课,她因为学不会换气,差点儿把自己淹死在游泳池里。那时苏维扬说:"别学了,以后如果你落水,最多我第一个跳下去救你。"

安安用力地扑腾了几下,却越发往下沉。

苏维扬这张乌鸦嘴,被他说中了,她终于落水了,可是说会第一个跳下水救她的人却不在了。安安的心情是绝望的,她觉得这么英年早逝真没面子,太对不起养育她的祖国人民了。

可惜祖国人民没有舍不得她,安安浸在水中,慢慢地失去了知觉。

"顾安安!"

"啪!"

"顾安安,快给我醒醒!"

"啪!"

是谁,是谁在扇她耳光?!

太疼了,安安震怒地睁开眼睛,猛地咳嗽了几下,就感觉有人在拼命摇晃自己的身体。

周晓媛一把眼泪一把鼻涕在咆哮:"顾安安你是要吓死我吗?你死了我怎么办啊?你为什么这么不珍惜生命,就为了一盒痔疮膏?"

安安浑身湿漉漉的格外难受,周晓媛的咆哮声太过销魂,又把她抱得死紧,安安觉得自己离再度昏厥也不远了。

好在游知书及时控制住了周晓媛:"你别勒她,她又快晕了。"

琼瑶版的周晓媛离开安安的身边,安安才得以看清眼前的人,她被一群人团团围住,而陆尧希坐在一边,湿漉漉的,拿毛巾擦着脸。他背着阳光,身后万丈光芒,看不清表情,很像电影里加了某些特效的天使大哥。

所有人都屏气凝神地盯着他们对望,这个场景实在诡异。

游知书笑眯眯地说:"你刚掉进水里了,是我们勇敢的阿希把你救起来的,还帮你人工呼吸了!"

周晓媛抹了抹眼泪,立刻从悲伤转换为欢乐模式,着重描述了细节。

本来他们一群人正准备开始烧烤,却发现陆尧希和安安不见踪影,喊了半天也没人回应。白子原急了,担心两个人不知道偷偷跑哪里约会去了,嚷嚷着要找人。一群人只好循着河边找过来,就看见安安衣衫不整地躺在地上,陆尧希一会儿用手按压她的胸口,一会儿用手捏住她的鼻子嘴对嘴吹气,很认真很心无旁骛地在帮她做着人工呼吸。

明明只是个急救,但这些人实在描述得太过猥琐。

白子原还在一边哀怨不已地看着安安:"安安,都是我的错,如果我跟着你,那给你做人工呼吸的人就是我了……怎么我老是错过这种好事啊?"

安安抽了抽嘴角,她落水差点儿淹死算哪门子好事。

安安捂着脑袋不愿意再听:"我的手表呢?"

周晓媛左顾右盼:"没见着,估计沉入河底了吧,人都差点儿挂了,还顾着什么手表?"

手表没了,这个不祥的预兆让安安觉得自己的世界坍塌了,她很不

淡定。

游知书这个不会察言观色的家伙,继续在一旁煽风点火:"阿希每次到河边,无论我们怎么劝,他连到河边洗个脚都不肯,为了你他居然整个人跳河里了,所以,你会以身相许吗?我可以提供场地。"

话音未落,一条毛巾不知从何处飞了过来,准确无误地搭在了游知书脸上。

游知书扯下毛巾,不怒反笑:"哟,害起羞来连老板都忤逆,小心我不给你发工资。"

安安心里嘀咕,吸血鬼就是吸血鬼,时刻不放过剥削员工的机会。

安安朝陆尧希望去,就见他已经站了起来,表情平静,丝毫没有救了人之后的得意或者又被迫和安安嘴对嘴的懊恼。

陆尧希已经受了太多刺激,都麻木了。

他大步越过还处在呆滞状态的众人,走出几步又回头,皱眉:"还烧不烧烤?"

明明是一个小保姆,这眉头一皱,却莫名的威严。游知书笑着赶人:"走走走,烧烤去,别耽误人家两人世界。"

周晓媛朝安安抛了个鼓励式的媚眼,拖着一脸不忿奋力挣扎的白子原,紧跟在游知书身后离去。

安安欲哭无泪地看着周晓媛走远,她才刚死里逃生好不好,就算不嘘寒问暖,好歹也把她拉起来不是,损友啊损友。

安安正默默感叹着,眼前突然伸来一只大手。

"起来。"

陆尧希俯下身,那双眼睛在烈日下眯成一条缝,看不清情绪,可是他的头发微湿,贴在额头上,看起来竟是一番出水芙蓉的景象。

安安抬头看他,不自觉地吞了吞口水,那颗刚受了惊吓大难不死的心,冷不丁就扑腾起来。

她想起在来时的路上,周晓媛给她发来信息怂恿她,珍惜机会把陆尧希拿下，然后挽着陆尧希的手抬头挺胸地在苏维扬面前路过，告诉苏维扬，没有他你依旧可以笑傲江湖，帅哥不缺。

安安努力镇压自己扑腾得厉害的心，把手搭在了陆尧希的手上。

安安闹了一场大乌龙，但这里的都是人精，纷纷装作什么都没发生过。

她以为在发生了这样的事情以后，陆尧希和她的友谊就该走到了尽头，谁知陆尧希却主动在她身边坐下，不发一言，专心致志地烤鸡翅，偶尔还给她递过来一只。

安安眯着眼睛啃鸡翅，这真是柳暗花明又一村，没想到落水还能增进他们之间的友谊。

两个人都湿答答的，还好游知书他们都打算下河游泳，带了些干净的衣服。安安换上从周晓媛那儿剥削来的衣服之后，把从游知书那儿借来的运动服递给陆尧希，却被陆尧希头也不回地拒绝："我不习惯穿别人的衣服。"

安安莫名其妙，别人的衣服怎么了？

安安低头看了看手上那运动服的牌子，不由得咋舌，这牌子的一件衣服能顶顾先生一个月的工资。

安安再瞟向陆尧希，他身上的衣服什么LOGO都没有，简简单单毫无特色，估计是在地摊上买的吧。安安默默地想，难怪他不愿意穿别人的衣服，这些人的衣服都是奢侈品，弄脏了连她都赔不起。

还好是夏天，太阳加上烧烤的火堆，烘一烘，很快就干透了。

陆尧希默默地翻着手中的牛排，丝毫不知道安安此刻的心理活动，如果他能听见安安的心声，必定要当场吐出一口老血。

他身上的衣服都是意大利设计师设计的，在世界上独一无二的，她居然说是地摊货……

还好陆尧希没有这种特异功能，所以他认认真真地切着手中的牛排，确保每一刀都保持相同的力度，切出来的肉块每一块都一样大小，然后

整齐地在盘子上排列。

安安在一旁看着,突然就觉得这种行为实在太像她家女王大人了。

安安惴惴不安地蹲在陆尧希身边问:"喂,我最讨厌处女座了。你该不会是处女座吧?"

她实在不愿意她的人生里再多一个处女座的人了,如果陆尧希是处女座,无论他做的菜多么美味,那她只能忍痛,跟他挥手拜拜。

陆尧希却皱起眉头:"什么乱七八糟的,我不信这些。"

安安小声嘀咕:"千万不要是处女座啊,不然以后还怎么愉快地玩耍啊。"

"你说什么?"陆尧希突然回过头看她。

安安当然不会让他知道自己的小心思,专心地低下头啃鸡翅,顺便跟鸡翅祈祷:陆尧希千万不可以是处女座啊!

陆尧希回过头,无可奈何地叹了口气。

游知书说这个女人对他一见钟情,因为暗恋他,才闹出这么多事,为的就是吸引他的注意。他原本还不信的,世界上哪里有不虚荣的人,怎么会有女人喜欢一个什么都没有的小保姆?但看安安这种种丧心病狂的行为,又好像真的是为他所迷。

难道他真的帅到让她可以不顾一切?

他长这么大,向他示好的女人不是没有,有些直接到把自己往他的床上送,但从来没有一个人像她一样,表白的方式如此奇葩,让人轻易就想抓狂。

陆尧希把切好的牛排递到安安跟前,看着她笑眯眯地吃得格外惬意。他想,既然避不开,倒不如光明正大正面迎战。

他笑着眯起眼睛,如果告诉她,其实自己就是她最讨厌的处女座,她会有什么反应呢?他好像,还蛮期待的。

一整个晚上的烧烤,安安都赖在陆尧希身边,不为别的,只因陆尧希烤的牛排实在是太、好、吃、了!

她泪流满面地捧着一盘牛排,和周晓媛分享:"快尝尝,简直是人间美味了。"

周晓媛有些不屑:"能有多美味啊?我看他烤的肉就你一个人吃。"

那是因为她都独吞了好吗?完全舍不得分给其他人,要不是看在周晓媛是多年闺密的份上,她一丝都不要分给周晓媛。

美味是不容质疑的,安安拍着胸口保证:"绝对的美味,美味得我都想嫁给他了。"

"哦?"坐周晓媛身旁的游知书突然探出头来,"据我所知,阿希刚失恋,你可以乘虚而入,我可以免费提供技术咨询。"

安安翻了翻白眼,一副本姑娘不屑与你为伍的表情,抱着肉又蹭回陆尧希身旁。

鲜嫩的牛肉在烧烤盘上滋滋作响,肉的香味一阵一阵传过来,安安觉得自己被苏维扬伤得支离破碎的心稍微得到了安慰。

她的人生准则是,人生在世,心和胃,总得有一个是满的。

心空了出来,她得使劲儿把胃给填满,更何况用来填胃的,是安安迄今为止吃过最美味的烤牛排。这样想着,她看向陆尧希时,眼睛里就多了些亮晶晶的东西。

落在别人眼里,那眼神明显就是犹如滔滔黄河水的仰慕之情。

有些围观群众按捺不住了,安安正盯着陆尧希转动夹网的手,就看见有个臃肿的身躯在陆尧希旁边落座。

安安一看见来人,立刻不悦地皱起眉头:"白子原,你来干吗?"

眼见她一副护犊的样子,看得白子原一阵不悦:"他收了我的钱,就得遵守承诺,我就是来看看,他还怎么厚着脸皮缠着你。"

安安愣了愣,想起刚才好像的确发生了这么件事情,陆尧希支票也收下了。

两个人大眼瞪小眼的时候,陆尧希慢悠悠地问了句:"正常人都能

看出来,是她一直缠着我,你究竟哪只眼睛看见我缠着她了?"

白子原噎住了,伤心欲绝地看向安安,捂着胸口一副大受打击的样子:"他说的都是真的?我不信!"

安安从来就是个实事求是的好孩子,她思索了一阵,觉得事实还真的就是陆尧希说的那样。她很认真地点了点头:"对啊,一直都是我在缠着他。咦,我又不是缠着你,你激动什么?"

白子原站起来大喘气,一副随时都能昏厥过去的模样,他……他就是想被她缠着啊。

陆尧希皱着眉毛从口袋里掏出一个小小纸团:"这东西还你。"

安安仔细瞧了瞧,是白子原给陆尧希的支票,因为跳进河里救她,现在那张价值十万的支票已经成了一团纸糊。

安安撇过头喝饮料,假装自己对此毫不知情。

陆尧希微笑着把那团纸糊丢给白子原:"要不你重新写一张给我?"

白子原气得跳脚:"陆尧希!你凭什么?答应我的事情做不到,还敢问我要钱?"

陆尧希一脸的无辜:"你只是让我不要去缠着她,我做到了啊,可是如果她非要来缠着我,那我一点儿办法也没有。"

安安听到这儿差点儿喷水,饶是她脸皮厚如城墙,此时都有些脸红。

安安脸红,白子原却是脸都绿了,指着陆尧希"你"了半天,愣是没说出一句完整的话。

陆尧希皱着眉头,一副为白子原着想的认真模样:"要不你也给她写张支票,让她别缠着我,这样就两全其美了。"

安安终于喷水了,饮料呛进鼻子里,害得她直抽抽。她一边揉着鼻子一边斜睨着陆尧希,以前怎么就没发现,这货居然这么无赖,还无赖得如此正大光明。

再看白子原,此刻的脸色已经超越了包大人,快要融入这浓浓的夜色中去了,他大吼一声,一脚把烧烤架给踹翻了。

烧烤架的隔层里放满了烧得正红火的木炭,白子原这么一踹,带火的木炭四处飞起,大部分往陆尧希的方向飞去。

安安大惊失色,想都没想就扑了过去:"阿希小心!"

以陆尧希的身手,是完全能够避开这些炭火的,然而安安这么一吼,让他猛然一惊,竟然就迟了半拍,转眼就看见安安往他的方向飞扑过来。

按照正常女人的思维和做法,此时此刻,只要花容失色地尖叫一声,然后捂着小心脏眼睁睁看着事情发生就好。然而安安不是正常女人,所以她飞奔过去,在陆尧希展开双臂要扶住她的时候,她突然飞起一脚,用力地朝他踹了过去。

饶是陆尧希一个一米八几的男子汉大豆腐,被她这么一踹,也噔噔噔地后退了好几步,一个没站稳,向后仰倒下去。虽然摔到了屁股,但竟然有惊无险地避开了炭火。

安安扑过去的时候,全凭直觉,完全没有考虑到,把陆尧希一脚踹开,接下来会发生的事情。

正是夏天,又是郊游,所有人都穿得清凉,安安短袖短裤,裸露的大片皮肤,都有遭受到炭火袭击的危险。

但安安是那种会傻乎乎站在原地的女人吗?她不是,于是她一边尖叫,一边双手胡乱飞舞,虽然像个疯婆子,但好歹挡掉了一些飞得慢些的火炭,脸没被砸到,只是手臂和大腿,都不可避免地伤了几处。

灼伤的皮肤火辣辣地疼,安安咬着牙,还是瞬间红了眼眶,所有人听到动静,都往这边拥过来。周晓媛一看见安安身上慢慢发起来的泡,吓得把啃了一半的苹果朝白子原摔过去:"白子原你发什么神经?这是随便闹着玩的吗?"

周晓媛气得够呛,冲到安安面前的时候,眼泪立刻掉下:"死丫头你怎么那么不让人省心啊?你一天要吓我几回才满意?又是落水又是烫伤?你当你在玩冰火两重天啊?"

安安也快哭了,她也不想的,谁让意外发生得如此突然,她完全

HOLD不住啊。

游知书皱着眉毛将没来得及站起来的陆尧希拉起来:"怎么搞的?"

所有人的目光都落在了白子原身上,但他瞪了众人一眼:"看什么看,没见过帅哥啊?"

周晓媛撸起袖子就要冲过去:"我揍死你!"

安安拉住了她:"大姐,这个时候是不是应该先救死扶伤啊?"

周晓媛立刻扶起安安:"我送你去医院。"

安安随周晓媛走出两步,就被赶上来的陆尧希挡住:"我送她去。"

安安张了张嘴,刚想婉拒,就想起白子原还在这儿呢,陆尧希留下来不是给他提供了找碴儿的机会吗?一想到这层,她连忙推开周晓媛,拉了陆尧希就走:"快快快,我连比基尼都没穿过一次,总不能就这样毁容了!"

陆尧希嘴角忍不住抽了抽,还这么生龙活虎,他为什么不但没有放心,还有点儿担心呢?

他朝游知书抬了抬下巴,后者立刻会意,丢了串车钥匙过来。

坐上车的时候,安安终于忍不住叫唤起来:"疼疼疼疼……好疼啊……"

她疼得五官都拧在了一起,手臂和一双脚上加起来有大大小小十几个水泡,饶是陆尧希看着都微微倒吸了一口凉气,立刻发动了车子,奔赴最近的医院。

安安虽然疼得龇牙咧嘴,但陆尧希一副把汽车当火箭开的样子,让她觉得生命安全很没有保障。她吞了吞口水,试图安抚他:"我只是烫伤,不是重伤,请遵守交通规则。"

陆尧希紧抿着唇,依旧玩着漂移。

安安苦着脸,突然想起陆尧希有没有驾照都不知道呢,这种不要命的开法,让她的小心脏很受刺激。想一想,自己今天从鬼门关前路过两回了,没被水淹死,没被火烧死,现在要是有个三长两短,她死不瞑目啊。

"下车!"

陆尧希清冷的声音在耳边响起,安安睁开眼,就发现陆尧希俯过来,手臂靠在她的座椅靠背上,眉头紧锁,一副怒气值爆表的模样。

安安有些害怕:"那个……那个……"

"要我扶你?"声音里的怒气泄露无疑。

"不用不用。"安安飞快地打开车门下车,谁说女人心海底针的,陆尧希的心情简直比景川的天气还变幻莫测,受伤的是她,他生这么大气做什么。

她脚指头上有一个水泡,站到地上,被人字拖一夹,疼得小腿一软,靠在车门上又龇牙咧嘴地叫唤了一会儿:"疼疼疼……"

陆尧希飞快地绕过车子走到她面前,似乎是想要拉她起来,却发现她两只手臂都是泡,分布还特别均匀,完全找不到地方下手。

陆尧希无奈地叹了一声,拉着安安的手放在他的脖子上,小心翼翼地把她打横抱了起来。

安安刚才还只顾着喊疼,突然身子一轻,整个人已经在陆尧希怀里。

虽然她对男女观念看得并不是很重,没有什么男女授受不亲的死规矩,她小时候可没少和学校的小男孩儿们勾肩搭背,对她来说,聊得来的就是兄弟,和兄弟勾肩搭背什么的,很正常啦。

可是,有哪个兄弟之间会突然玩起公主抱的,她声音都颤起来:"你……你干吗?"

陆尧希大步往医院门口走去,有些好笑地低头看了一眼怀里那个紧张兮兮的人:"这又不是我第一次这样抱你,你害什么羞?"

她在游知书家门前被太阳晒晕的时候,的确是他把她抱进屋子里的。可是当时她不省人事,现在她虽然疼,可是清醒着呢,一个清醒着的女人被人这样抱着,情况能一样吗?

安安僵着身子,一脸不淡定地盯着陆尧希。

陆尧希只觉得怀里的身子硬邦邦的,一点儿软玉温香抱满怀的感觉

都没有,这个女人难不成是僵尸吗?

好不容易进了急诊室,安安被放在病床上的那一刻,还僵直着身子,没从抓狂的状态中解放出来。

陆尧希揉了揉手臂,有些不满地提醒了她一句:"不疼了?"

安安猛地回过神来,哪里能不疼啊?她看着手脚上的水泡再次叫唤起来:"啊啊啊啊,好疼好疼好疼,救命啊……"

有人从布帘外路过:"听这声音,不会是在急诊室里生孩子了吧?"

另一个人应:"叫得杀猪一样,也许还是双胞胎呢。"

陆尧希捂着额头转身出去替她催医生,谁知道一出去,竟然有人朝他打了声招呼:"哟,恭喜啦,要当爸爸啦。"

陆尧希抽搐着嘴角,回头看向床上那杀猪般叫唤的安安,陷入了深深的沉思。

为什么他会遇上这么一个女人,不是说物以类聚吗?他优秀自持,怎么会和这样的女人物以类聚,这不科学,他一定是在上辈子劫了她的财,还一个没想开劫了她的色。

CHAPTER 05

只要他不是处女座,
我就对他告白

YUJIANNI,
ZHENGGESHIJIE
DOUBUDUILE

医生来上药的时候,陆尧希还杵在一旁思考人生。

医生一见安安这一身就皱眉:"这怎么弄的啊?烫成这样,做男朋友的也不好好看着。"

陆尧希这时候才从自己的精神世界里醒过来,看着安安身上一个个的水泡,竟将要解释的话咽了下去。

还是安安弱弱地开了口:"他不是我男朋友。"

头发有些花白的医生却充耳不闻,一边清理伤口,一边还不忘抬头瞪了陆尧希一眼:"看她疼得,去握着她的手,这事还得我教?还不抓紧机会表现表现。"

陆尧希一脸隐忍,最后还是上前去,握住了安安的手。

浑身十几个大水泡可不是闹着玩的,偏生这个医生一点儿都不怜香惜玉,今天又是落水又是烫伤,刚才还在路上受了惊吓,安安整个人都疲惫不堪,手被陆尧希握着,竟觉得特别安心,在医生给她上药的时候,迷迷糊糊地就睡了过去。

陆尧希看着那个睡过去还眉毛紧皱的人,转头问医生:"这些伤,会留疤吗?"

医生瞟了他一眼:"还好只是轻微烫伤,不严重,处理得好就不会留疤。唉,女孩子最爱美了,这段时间你得多陪陪,安慰安慰,现在不是男朋友,过阵子没准就是了呢。"

陆尧希沉默了好一阵,是这个世界都不对了吗?遇到这样一个女人都足够让他心塞,怎么连医生都像是狗仔队假扮的。

还好送医及时,安安上了药,医生观察了一会儿,就可以出院回家了。

上了药,安安身上的疼痛感缓了下去,精神一松弛,便睡死过去。

陆尧希只能用老方法，把她一路抱回车上。

沉睡间，好像路过一条繁华长街，各种叫卖声和喧闹的人声震天响，她皱着眉头翻了翻身子，世界就又慢慢地清静下来。

迷糊间，好像有人推了推自己，她不耐地嘟囔："别烦我，我要睡觉。"

但那人不依不饶地又推了推，咦，这种温柔的叫醒方式，绝对不是女王的风范，难道她不是在家里？

这一想，登时一个激灵，安安醒了过来，由于动作太过剧烈，一下子就擦到伤口，这下彻底清醒过来，嘶嘶地倒吸着凉气。

安安扭过头，就见狭窄的车厢里，陆尧希托着腮低头看她，他手中的手机上，QQ的界面还亮着。

安安愣了愣，这才发现原来自己已经从医院里出来了，她扭头看向窗外，月光清明，也不知道他们是在哪里？

她看向陆尧希，他正眉头紧锁，低头看着自己的衣服，那衣服上一道一道的污渍，看起来像是被她身上的药沾染到的样子。

"我们在这里干吗？"安安伸手挠了挠脑袋，看了看车里的显示屏，吓了一跳，"11点半了！晓媛他们说好今晚要在那边露营的，我们还回去吗？"

都这种情况还想着回去，陆尧希揉了揉太阳穴，并没有回答她，只是问："为什么要救我？"

虽然她扑过去踹开他的方式粗鲁又暴力，但他一直在想，她为什么要救他，即使是冒着会毁容的危险。

安安哪里会去考虑那么多为什么，她扁着嘴："其实我很后悔。"

陆尧希以为自己听错了："你说什么？"

安安有些委屈地回答："我没想到会这么疼。"

原谅她是个武侠迷，关键时刻拔刀相助是她一直想做的事情，当时下意识就扑过去了，可是没有人告诉她，拔刀相助会这么疼啊。

陆尧希终于确定自己和她一定不在同一个次元里，完全无法沟通。

"现在太晚了,你这个样子也不好回家,先去我那儿吧。"

安安还来不及拒绝,陆尧希已经启动了车子,飞快地奔向回家的方向,他身上太脏了,一刻都不能等,他必须洗澡,立刻,马上!

对陆尧希心理活动毫不知情的安安,再一次体验了一把"速度与激情"。

陆尧希开得飞快,不到十五分钟便到达目的地。

为了节省时间好快点儿洗澡,他直接把安安打横抱进屋子里,丢到了沙发上,然后一刻也不停留地进了厕所里。

安安被他抱来抱去,还没来得及害羞,就看见他一个箭步,"咻"的一声冲进了厕所里。她的尴尬立刻得到了缓解,难怪把汽车当火箭开呢,原来人有三急,安安表示她很理解。

坐在沙发上发了一会儿呆之后,厕所里突然传来了哗啦啦的水声,安安原本松懈下去的精神突然就高度紧张起来,她猛地坐直身子。

深夜时分,昏黄的灯光,孤男寡女,浴室里哗啦啦的水声……

安安的脑细胞不受控制地活跃起来,看过的那些言情小说场景不断在眼前浮现,女主救了男主,接下来难不成是要以身相许?!

如果真的是按照言情小说的走向,接下来陆尧希就会系着浴袍走出来,头发还滴着水,眼神魅惑,然后……然后……

安安觉得自己绝对不可以再想下去了,就在她打算起身走走冷静冷静的时候,浴室的门开了。

陆尧希穿着浅灰色的浴袍,头发还在滴着水,眼神轻飘飘地朝她扫过来,在昏黄的灯光中显得格外魅惑。

安安颓然地跌坐回沙发上,她觉得自己一定是做了一个不得了的梦。

陆尧希洗完澡从浴室里出来,就看见安安倒在沙发上,双手护胸,盯着他,一脸的防备。

他皱了皱眉毛,朝她走过去,站在沙发边,居高临下地俯视她。

安安在心里挣扎了好久,为什么要走过来?为什么要这样盯着她看?他想干吗?

最后她下了决心,如果陆尧希再靠近一点点,她立刻一巴掌呼过去。

陆尧希开了口,声线足以魅惑人心:"你想不想……"

安安猛摇头:"不想!"

陆尧希皱眉:"真的不要?"

安安的头摇得更猛烈了:"真的不要!"

陆尧希无奈地叹了口气:"既然这样,那我自己吃了。"

哦……嗯?吃?吃什么?安安猛地弹起来:"等等!你刚刚要问我什么?"

"我饿了,想下碗面,问问你要不要吃,既然你不想吃,那我就不煮你那份了。"陆尧希边说着,边朝厨房走去。

安安哭了,恨不得把自己掐死,想法那么猥琐做什么,没得吃了吧。

不一会儿,厨房就传来了阵阵香气。

安安今晚虽然蹭在陆尧希身边,吃了不少他烤的牛排,但现在一闻到厨房传来的香气,竟然也觉得饥肠辘辘。她立刻赤着脚追上去,眼巴巴地看着锅里的面。

陆尧希瞟了她一眼:"你不是说不要?"

安安捂着肚子:"其实……我现在又觉得,我好像可以吃一点儿了。"

陆尧希笑着摇了摇头,也给她盛了一碗。

陆尧希发誓,这个女人的话是绝对不可信的,她的一点儿,竟然是一整锅面。他震惊地看着她狼吞虎咽,他碗里的面才吃了一半,她已经往厨房跑了三次,最后竟然拿着个空锅出来,可怜兮兮地望着他,嘴里嘟囔着:"没有了……面没有了,怎么煮这么少啊?"

说着,安安的眼睛竟然瞟向了他碗里的面。

陆尧希手疾眼快地护着自己的面,他煮的可是三个人的量啊,她居然全部吃完了,陆尧希觉得自己的世界观有些颠覆。

安安可怜兮兮地把锅放在一旁,托着腮看着陆尧希慢条斯理地吃

着面。

安安突然就想起,苏维扬也是这样的,在她狼吞虎咽的时候,他却是慢条斯理,细嚼慢咽,他甚至说……

"吃东西要慢慢吃,要像和食物谈恋爱一样,这样才能品尝到食物的美味。"

安安猛地抬头,莫非她幻听了,说话的人明明是陆尧希,为什么说出来的话,却跟苏维扬告诉过她的一模一样。

安安的心突然跳得飞快,看着陆尧希不知道该作何反应。

陆尧希吃完了面,就看见对面的人正"深情款款"地看着自己。

陆尧希放下筷子:"顾安安……我今天救了你,从那条看起来很不干净的河里。"

安安点点头,试图表示她很感激,但陆尧希盯着她,深邃的眼里有太多复杂的情绪一闪而过。

"可是你也救了我一次,所以……"陆尧希看了她一眼,"我们就算扯平了。"

安安揉了揉鼻子,这个人也挺实在的,算得那么清楚。

他考虑了很久,才说出这句话。游知书曾说过,像他这种人,最擅长睚眦必报,以牙还牙,所以安安那样折腾过他,按他的习惯,断不会让她好过的。

可是今天她朝他义无反顾扑过来的时候,他突然觉得,他可以原谅她。

所以,他决定不再和她计较了。

陆尧希起身收拾碗筷:"今晚游知书不会回来的,你就睡主卧吧。"回过头,他发现她还盯着自己看,以为她还没吃饱,不得不劝解她,"睡觉前不能吃太饱,别想了,去睡吧。"

安安此刻就像只小绵羊,乖巧得很,陆尧希放柔了声音跟她说话,她竟然觉得心脏怦怦直跳,愣愣坐着一动不动。

陆尧希挑了挑眉:"怎么?还要我抱你?"

安安终于红透了脸:"不用不用不用。"说罢跳起来,迷迷糊糊地往阳台的方向走去。

陆尧希觉得脑袋疼,她总不会想要睡阳台吧?叹了口气,他还是放下了手上的碗筷,亲自过去带她上楼。

安安站在干干净净的主卧门口,条件反射地觉得不能上床去,她此刻可不是一点点脏。

她看向陆尧希:"我想洗澡。"

陆尧希看着她身上的伤口,皱了眉毛:"医生说最好别碰水,忍忍吧,就一个晚上没洗澡而已。"

陆尧希说完这句话,差点儿没咬着自己的舌头,这是他说的话?什么叫作一个晚上没洗澡而已?换作平时他早抓狂了,他真是要疯了要疯了。

安安却很坚持:"我就擦擦身子,不会碰到伤口的,你借我一件衣服吧。"

穿他的衣服?陆尧希挑了挑眉,看了一眼安安身上那件沾满炭灰的衣服,最后还是认命地去衣柜里找了一件上衣。

丢给安安的时候,陆尧希还不忘掩饰:"这是游知书的,你先穿着吧。"

游知书的东西,那不就是奢侈品嘛,弄脏了咋办?安安有些犹豫,但最后还是咬牙接过来,怕什么,最多让周晓媛赔好了。

闺密,就是用来坑的。

安安手脚不方便,擦洗的时候慢腾腾的,慢得陆尧希都要以为她在里面晕了过去,忍不住过去敲了敲门:"需要帮忙吗?"

安安正小心翼翼地穿衣服,闻言差点儿没一头撞墙上,他……他要帮什么忙?洗澡这件事能随便帮吗?

等安安红着脸从浴室里出来的时候,陆尧希已经半躺在床上,闭着眼睛在养神。

其实陆尧希躺床上去完全是习惯性的动作,他占用了游知书的主卧之后,还各种嫌弃人家的品位,第一天就把主卧里所有的东西都换成了自己喜欢的。陆尧希对自己的拥有物龟毛得很,但今天他居然主动提供给安安使用,陆尧希觉得自己的行为简直匪夷所思,他决定冷静冷静。

然而躺在床上冷静的陆尧希,在安安眼里却完全变了味。

安安呆呆地站在浴室门口,看着床上的人,不是让她睡这儿吗?那他还在这儿干吗?都这么晚了,难不成还要和她促膝谈心?!

刚刚是美男出浴图,现在又变成美男卧榻图了,这样的行为如何能不让人误会啊。

安安站在床边踌躇了半天,最后才小心翼翼地戳了戳陆尧希的脚丫子:"呃……那个……"

陆尧希睁开眼睛,上上下下地打量着安安,目光从她的脚慢慢地往上移动,似乎连她的一根头发都不放过。

安安身上只穿着一件及膝的T恤,被他这一打量,似乎全身的血液都燃烧起来,这……这又是要干吗?

身体一热,手臂和脚上的伤口似乎又开始疼了。

她两只脚动了动,这里的气氛太可怕了,她还是决定出去冷静冷静。

谁知她未动,敌先动。陆尧希一下子翻身下床,站在床边:"你过来。"

他让她过去就过去,那她多没面子,可他命令别人的样子太不容抗拒,安安乖乖走过去。

陆尧希按着她的肩膀,让她坐在床上。

安安屁股一碰到床上软绵绵的被单,脑海里登时警铃大作:"你别过来!"

陆尧希有些不悦地看向她:"干吗?"

安安咽了咽口水,正襟危坐起来:"我知道今天你救了我,我又救了你,救来救去,大家的好感度突然就提高了不少。"

陆尧希皱着眉头,看起来似乎是很认真在听的样子,这样她就可以放心地继续说下去了。

"我们认识没多久就发生了那么多事,按照言情剧发展……现在的确……的确……咳咳。"安安有些不好意思地看了陆尧希一眼,可是他已经拉了张凳子坐在她面前,一副准备要认真倾听的模样,似乎是在鼓励她继续说下去。

安安悄悄对着手指:"你的确是我喜欢的那一款,会做好吃的,虽然有时候很嚣张,可是我就是喜欢你这么嚣张。"

陆尧希挑了挑眉毛,有些哭笑不得,她这是在向自己告白?

陆尧希假装很认同地点头:"所以呢?"

"所以啊……就算我们都对对方有好感,也要保持和谐发展。"安安瞟了他一眼。

陆尧希噎了噎,如果说前一刻她是在告白,那么现在她是在拒绝他?虽然他从来没有任何要跟她表白的明示或者暗示,但还是觉得很不爽,多少女人为了他前仆后继,她凭什么拒绝他?

这么一想,陆尧希的脸色就相应地沉了沉。

安安心里在打鼓,周晓媛果然没猜错。周晓媛一早就提醒过她,阿希喜欢她,因为觉得自己的身份配不上她,所以之前才一直躲着她,好断了自己的念想。

她本来不信,但他种种的表现都在表明,他在意她。

安安戳了戳陆尧希:"你别不开心,你还是有机会的。"

一紧张,安安话都说不清楚了。周晓媛说得对,即使苏维扬弃她而去,可是凭什么她就不可以红尘做伴活得潇潇洒洒,与其找个不认识不熟悉的,还不如找陆尧希呢,人帅,又会做饭。可是即使她决定了要放下苏维扬重新开始,也不能如此快捷啊。

陆尧希看着她,突然就笑了:"刚才,你以为我想干什么?"

安安瞪着眼老实回答:"孤男寡女、干柴烈火、眉来眼去……虽然我强吻过你,但不代表我就是一个随便的人。"

要不是她理智地阻止了他,差点儿就要一失足成千古恨了。

这些成语是这么用的吗?陆尧希揉了揉额头:"好吧,可是我只是想让你过来擦药而已。"

哦,擦药。嗯?擦药?!

安安盯着陆尧希手里一个小小的药瓶子,她做了什么?为什么她可以一次又一次地误解扭曲别人的意思,简直要被自己蠢哭。

安安捂着脸,就要往被子里钻,她没脸见人了。

她难得有这种小女人的娇弱时刻,耳根子都红了,莫名就让他心痒难当。

陆尧希闷笑着把她拉回来:"说清楚也好,这样我就知道你是怎么想的了。"

游知书没有说错,眼前这个红着脸的小别扭,是喜欢自己的,却又欲擒故纵,似乎是在等他先投降。陆尧希有些恶趣味地想,如果他不呢?

安安被抓回来坐好,看着陆尧希低着头细细地给她擦药,刚才擦洗的时候,难免碰到伤口,有些药就被磨掉了,陆尧希又仔细地把被磨掉了药的地方,用棉签细细补上。他的仔细让她紧张,不由得动了动。

"不想留疤就别乱动。"

安安低着头,看他给自己脚板上那一块擦药,有些艰难地开口:"你今晚睡哪里?"

陆尧希头也不抬:"放心吧,我不是睡这里。"

安安急了:"不是不是,我只是想知道,你还睡在工人房吗?"

陆尧希擦完了最后一块,抬起头看她,最后叹了口气:"不睡那儿了,多亏了你和你朋友,现在他让我睡客房了。"

"那就好。"安安彻底放松下来,也不管陆尧希还在,眯着眼睛躺下去,只扯了被子盖住肚子,奔波了一天,她真的好困了。

陆尧希看着她以自己不可想象的速度快速睡着,正要离开,一不小心就瞥见床单上一块黄色的污渍,是安安身上的药膏蹭到的。

那块污渍，让陆尧希的嘴角猛地抽搐了一下，盯着看了许久，最后一咬牙，走进了浴室。

安安睡得迷迷糊糊，只觉得这床可真是舒服啊，舒服得感觉像是回到了家里，女王又在偷偷搓她的床单了。

这一觉睡得又沉又甜，所以即便不小心摩擦到手上的伤处，也只是哼哼几声，翻个身就继续睡过去。

醒来的时候，已经是日上三竿，安安迷糊地回忆了一下昨天发生的事情，才慢吞吞地从床上爬起来。

刷完牙下楼，楼下的餐桌上已经摆上了热腾腾的早餐，有中式的豆浆油条，也有西式的牛奶咖啡三明治。陆尧希站在桌边，抬头看了她一眼："醒了，过来吃饭。"说完继续低头摆餐具。

安安两眼发光地扑过去，坐在了豆浆油条面前，瞟了眼墙上的时钟，已经是中午十一点半了，摸了摸装豆浆的杯子，还是温热的。

"都这么晚了，还能买到豆浆油条吗？"

陆尧希淡淡地应："自己做的。"

自己做的？安安觉得她对陆尧希的敬仰之情又登上了一个新层次，太幸福了，如果对面坐的是周晓媛，只会给她一碗泡面，而陆尧希给她的，是一桌子丰盛的早餐。

陆尧希喝了一口咖啡："我看快中午了，干脆做多了一点儿，当早午餐吧。"

安安这时才注意到陆尧希眼睛下面一圈儿青黑色："昨晚没睡好吗？"

陆尧希闻言顿住了，脑海里浮现出白色床单上一块块黄色的药迹，嘴角不由得抽搐起来，简直是噩梦。

安安没有等他回答，已经捧起了一杯豆浆，反正她也是问问而已。

浓郁的香味太熟悉，她突然就想起南门巷口的那家豆浆店。

从前她和苏维扬都有周末晨运的习惯，安安赖在床上起不来，苏维

扬就破门而入,坐在床边唱着走调的歌,鬼哭狼嚎直到把她吵醒,让她觉得扰人清梦的苏维扬简直是丧尽天良。

她醒了,他就拉着她在河堤边逛一圈儿,哄着让她走完目标公里数。走不动的时候,她撒泼耍赖地蹦到他背上,然后他就会笑眯眯地背着她去喝小摊上的豆浆油条。

南门巷口的豆浆油条其实是最好喝的,因为浓缩了安安整整一个青春。

父母都默许他们,青梅竹马,多么美好的一个词,安安总以为从人生的开端走到尽头的那个人会是他,可是她万万没想到,会半路杀出个洋妞啊,想想都让人痛心疾首。

安安想着想着,眼眶不自觉地湿润起来。再回过神来,陆尧希已经好整以暇地坐在她对面,若有所思地盯着她:"你哭什么?"

安安忙不迭地抹了抹脸:"你做的豆浆油条太好吃了,我感动得哭了。"

"哦?"陆尧希轻轻敲了敲桌面,"你都还没吃,就知道好吃了?"

安安揉了揉鼻子,只能傻笑以对。

餐桌上摆上了一个白色瓷盘和一大杯浓郁的豆浆,瓷盘上被分成一小块一小块的油条整整齐齐地排列着,精致的筷子也摆在了眼前。

这一切都整齐得令人发指,但是安安一向习惯了她家女王大人铁血的餐桌摆放方式,一旦习惯就麻木,自然而然也就没去多想。

她喝了一口豆浆,脑海里的那些画面慢慢散去。

果然啊,胃满了,人就会快乐一点儿。

吃着吃着,安安突然想起一件非常重要的事情,她猛地拍了一下桌子,惊得原本温馨的气氛霎时消散。喝着咖啡看着报纸的陆尧希,更是一个不小心,就享受了一次咖啡淋浴。

陆尧希咬牙切齿地放下报纸,就看见安安一脸激动地看着他。

"我问你啊,我喝醉酒的那天晚上,除了痔疮膏,究竟还发生了什么事情?"

为什么他要躲进厕所里半天,安安一直耿耿于怀,现在终于有机会问了。

陆尧希沉默了一阵,似乎想起了一些痛苦的回忆,最后咬着牙一字一句地回答:"那天晚上,你、吐、了、我、一、身。"

一丝污渍都无法忍受的人,如何能忍受那一身的呕吐物,那天晚上他洗了十次澡,差点儿没把皮搓掉,这件事给他留下了深刻的心理阴影。

听到这儿,安安却放心地拍了拍胸口:"还好还好,不是什么大不了的事。"

陆尧希猛地一震,只觉得自己气得快吐血了,明明昨天晚上还是极为正常的相处,为什么美好的时光总是如此短暂,她又变回了那个只会克着他的魔女。

他咬着牙,也不管安安在看着,飞快地脱下身上的白色衬衣,准备进浴室把自己洗一洗。

偏偏安安这个时候才想起来自己吐了别人一身,是多么恶劣的行为,她匆忙站起来,追上陆尧希就要道歉。

她走得太快,一脚踩上了自己的脚,踩到伤处,不由自主地惨叫了一声。

陆尧希被她吓了一跳,回过身来,就见安安朝他飞扑过来,他下意识去扶,却没想她来势汹汹,眼看就要被她撞倒在地。

好在陆尧希反应快,扶着她,把自己的背一转,飞快调整了摔倒的姿势和角度,两个人交叠着摔到了沙发上,但饶是如此,还是摔得他后背一疼,安安一百斤的体重,可不是盖的。

两个人还没来得及爬起来,就听见钥匙在钥匙孔里转动的声音。下一刻,那扇紧闭的门被打开,原本有说有笑的游知书和周晓媛朝他们这边望了一眼,只一眼,时间就好像停顿了一般。

空气凝固了一会儿,还是周晓媛最先开了口,她一副抓奸在床的兴奋表情:"安安,你们在干吗?"

陆尧希还没开口,游知书已经宠溺地拍了拍周晓嫒的脑袋:"傻瓜,这种情况,还要问吗?"

安安很不淡定,没想到周晓嫒和游知书居然都发展到一起回家的程度了,这死丫头完全不防备这匹披着羊皮的狼啊。

她完全没注意到自身情况,她穿着一件男式T恤,陆尧希还裸着上身,两个人抱着躺在沙发上,如何能不让人想入非非。

四个人面面相觑,最后还是游知书拉着要冲上去严刑拷打的周晓嫒:"我们出来打酱油的,你们继续……继续。"

说罢,游知书拉着拼命挣扎的周晓嫒转身出了门,隔着那扇门,还能听见周晓嫒的吼声。

"你放开我啊,这种时候不好好拷问你跑什么啊……顾安安,我可是什么都看见了……"

安安嘴角抽搐,她才是要找她问清楚的那个人好吗?

安安撇着嘴回过头来,总算看清了眼前这个人的脸色,绝不是一般的阴沉。

什么都没做却被抓奸在床什么的,最讨厌了!陆尧希心里很崩溃,他觉得自己的人生好不幸福。

安安的神经不是一般的粗大,趴在人家身上,两只爪子刚好放在陆尧希的胸口上,这次可不是隔着衣服了,她流着口水地戳了戳:"哇,你还有腹肌呢?"

安安毫不犹疑地往下:"哇噻,传说中的六块腹肌耶!"

陆尧希瞪大了眼睛,他的三观被安安成功打击得粉碎,他感觉快要窒息了,最后只能从牙缝里把他要说的话挤出来:"能不能不要乱摸?!"

安安的手顿在了那里,因为神经粗大的某人,终于发现她触碰到的人,是没有穿衣服的!

安安受到了惊吓,她大喊了一声:"非礼啊!"

然后整个人从陆尧希身上滚到了地上,摔了个四脚朝天,屁股开花。

陆尧希没有起身去拉她，他在把自己再次被击碎的三观拼凑起来，被非礼的人，明明是他啊。

安安不敢动也不敢说话，保持着四脚朝天的姿势，她真是想把自己掐死，她刚刚究竟对人家做了什么，还贼喊捉贼，没有人这么不要脸的。

两个人，一个躺在沙发上，一个躺在地毯上，都在十分复杂地思考着人生。

似乎过了很久，陆尧希才率先翻身坐起来，看也不看安安一眼，转身就往浴室走去："你收拾一下，我送你回家。"

安安"嗷"的一声，用爪子捂住了脸，她第一次觉得，粗神经是一种错。

陆尧希开车把安安送回家，一路上连空气都是凝固的，两个人正襟危坐，连一点儿交流的欲望都没有。

到达安安家楼下的时候，她以绝对敏捷的速度解开安全带，从车里钻了出去。

本来想拔腿就逃，但想了想，安安还是转过身来，敲了敲窗户："那个，注意安全，再……再约。"

陆尧希不说话，却在口袋里摸出一支笔，又在纸巾盒里抽出一张纸巾，低头写下两串数字，递给了安安。

安安愣了愣："这是什么？"

陆尧希抬眼看了看她："没有我的联系方式，你怎么约我？这是我的手机号和QQ号。"

安安乖乖地"哦"了一声，把纸巾收好，再抬头，陆尧希正瞪着她，似乎在等待着什么。

安安莫名其妙，脱口而出："你怎么还不走？"

陆尧希抽了抽嘴角："我刚刚给了你手机号和QQ号。"

安安点了点头："我知道啊。"

"所以？"陆尧希觉得自己又快达到青筋暴现的境界了，难道她没

看出来,他这是很认真地在和她交换联系方式吗?是他太久没和女孩子打交道了吗?换作别的女人,这个时候早就把自己所有的联系方式外加生辰八字都报出来了。

可粗神经的安安如何能读懂陆尧希的暗示,她拍了拍口袋:"放心啦,我不会拿这张纸巾去擦鼻涕的啦。"

陆尧希败下阵来,绷起脸不发一言地踩下了油门。

安安一眨眼,车子就在她眼皮底下呼啸而去,一个漂移拐了个弯,彻底消失在自己的视线中。这种漂移技术安安表示好怕怕,她默默决定,以后和陆尧希出门,还是开自己的小绵羊好了。

安安揉了揉脸,打起精神鼓起勇气,回家了。

安安和周晓媛出去露营是通报过的,所以昨晚不回家睡,女王大人也是知道的。只是她这一身伤,总不能说自己是摔的吧。

安安企鹅似的晃回家,刚踏出电梯,就见顾先生等在了家门口。

安安喊了一声"老爸",顾先生就一个箭步冲过来,盯着安安手臂上的烫伤就号叫起来了:"宝宝啊,疼吗?烧个烤怎么就伤了呢?晓媛打电话来的时候,我还以为她骗我呢,你这孩子,长这么大了怎么还乱玩火呢?"

在安安回家之前,周晓媛早已打电话来通报,说安安烧烤玩火的时候不小心弄翻了烧烤架,烤到了自己,但已经去了医院检查过,没什么大碍。

安安一听就明白,周晓媛先给顾先生夫妇打了预防针,顺便替罪魁祸首白子原打了掩护。

安安恨恨地在心里鄙视了周晓媛一万遍,但她也只能顺着周晓媛的话说,要是让女王大人知道了前因后果,没准女王大人会抄着平底锅去把白子原打一顿。更重要的是,她不能让他们知道,昨晚上她是在陆尧希那儿过夜。

安安被一脸心疼的顾先生带进屋子里,女王大人贞子似的飘过来,和顾先生不同，女王是强硬派的，她拍了拍安安的脑袋："男子汉大丈夫，这点儿伤算什么，坚强点儿。"

说罢，女王大人看了看安安有些油的脑袋，再看了看自己刚摸过安安脑袋的手，打了个冷战，飞一般地冲进了厕所。

安安泪流满面，什么男子汉大丈夫，她是女的好吗？性别都能弄错，女王大人真的是她亲妈吗？

安安垂头丧气地进了房间，没想到顾先生也垂着头默默地跟了进来。

安安瞟了一眼表情哀怨的顾先生："老爸，你有话跟我说？"

顾先生挣扎许久，才开了口："我都看见了！"

安安莫名其妙："看见什么？"

顾先生突然就严肃起来："送你回来的那个男孩子，叫什么名字？家住哪里？几岁了？家里有什么人？看过户口本了吗？生辰八字知道了吗？"

这、这简直比查户口本还夸张啊。

安安飞快地把门关上，偷偷摸摸像跟特务接头一样："你没告诉老妈吧。"

顾先生立马站直了身子，用坚定正义的眼神，表示他绝对不是会背叛自己女儿的人。

安安刚松了一口气，就听顾先生开口："虽然我不待见苏维扬这个孩子，但好歹我是看着他长大的，知根知底。现在外面的男孩儿可会哄女孩子了，你可不要随随便便就被他们给骗了，要不，我还是给姓苏的打个长途电话？"

一提苏维扬，安安就提前更年期："不许打！"

安安气得跳脚，一边哼哼地把顾先生往外推，一边咬牙切齿地说："我和苏维扬已经相忘于江湖了，你提他干吗？"

顾先生完全没想到自己会突然踩到地雷，无辜地被推了出去。

其实也并没有体会过小说里轰轰烈烈、壮烈得动不动就要牺牲的感

觉,心跳加速的话,她顾安安看见帅哥通常都会加速一把,只是觉得和苏维扬平平稳稳的,一直被他照顾着疼爱着,她贪恋这种感觉。

她曾安心地觉得他是不会跑掉的,但他不但跑了,还跑到她没法上门砸场子的地方去了。

安安怒吼着倒在床上打滚,一眼瞥见床头放着和苏维扬的合照,她默默爬起来,摸出了剪刀,准备把照片里的苏维扬给抠出来。

"去和你的洋妞合照去吧!"

安安抠到一半的时候,顾先生按惯例敲了三下门,然后伸进来一个头。

顾家就这么一个女儿,顾先生从小看着她和苏维扬两小无猜,想着以后也不愁她远嫁,两家人这么熟,而且苏维扬从小到大安安分分,处处优秀不落他人,作为未来岳父,虽然平时总不给好脸色,但他其实是极满意的。

然而他家宝贝女儿突然这么怒气冲天,不用问,一定是苏维扬做了什么对不起她的事情。顾先生气坏了,然而就凭他这么护短,就算是自己女儿做了什么对不起苏维扬的事,那也一定是苏维扬的错!

顾先生满打满算的,想找女儿谈谈人生,但一进门,就看见安安拿着剪刀在抠照片,还抠得边缘不整齐,太刺眼了。

安安却只是抬头瞥了他一眼,继续抠图。

作为处女座家庭的领头羊,绝不能忍受一点儿不整齐。

顾先生看了五分钟,最后坐到了床边,默默拿过安安手上的剪刀和照片,仔仔细细地把她刚才抠得坑坑洼洼的地方给剪平了。

顾先生只是下意识地想为女儿做点儿什么,失恋剪照片这种事情,他有经验,所以决定帮忙。

但此刻安安的内心活动是这样的:可怕的处女座!

作为父亲,这个时候难道不应该关心一下你女儿究竟受了什么刺激吗?而不是做出帮忙一起剪照片这种奇奇怪怪的事情啊!安安感叹,她家传说中的父爱如山真是一枝独秀。

顾先生把剪好的照片还给已经呈现呆滞状态的安安,又在房间里巡视了一周,把凌乱的物品迅速归位,然后深深地看了安安一眼,最后还是决定让她一个人静静,默默地走开了。

安安坐在床上抽搐着嘴角。

这种时候,她居然莫名其妙地想到陆尧希,想到他那爱干净和处事有条理的性格,不由得打了个冷战。她不会那么倒霉,又摊上一个处女男吧?!

安安飞快地打开电脑,掏出口袋里那张纸巾,录入上面写的QQ号,寻找好友的结果跳出来,QQ名是简简单单的一个字母——X。

安安第一时间点开个人资料,看向星座那一行,上面写着:狮子座。

万幸啊!

安安拍着胸口松了一口气,还好还好,虽然狮子座很靠近处女座,但还是有着天差地别的,况且,星座网上的配对评分,射手座和狮子座达到了98%。

安安盯着屏幕看了一会儿,再扭头看向床上散落的被抠出来的苏维扬的照片。

她不是喜欢拖泥带水的人,苏维扬已经名草有主,她就绝不会让自己对他念念不忘,然后发展成狗血的三角恋情,肝肠寸断你死我活什么的,她不屑。

还不如及早地断了自己的念想。

是时候挥剑斩情丝了,俗话说,忘记一段感情最好的办法,就是接受一段新的感情,走出去,然后谈一场轰轰烈烈的恋爱。

安安把床上的照片都揉在一起,深呼吸一口气,把照片悉数丢进了垃圾桶里。

再回到电脑前,安安再三确定了陆尧希的星座后,点击了添加好友。

安安对着电脑发了一会儿呆,终于拿起手边的座机,拨了周晓嫒的

电话,没等对方对着她吼叫,安安就抢先丢了一颗炸弹:"晓媛啊,我决定了,我要跟陆尧希告白。"

  电话彼端静默了很久很久,最终爆发出一声尖叫,无数个问题劈头盖脸而来。

  安安捂着耳朵挂断电话,就见 QQ 的验证消息跳个不停。

  安安点开,上面显示着"X 添加你为好友"。

  安安想,还好他不是处女座,这样她就可以安心地跟他告白了。

CHAPTER 06

给你一个机会,当我男朋友吧!

YUJIANNI,
ZHENGGESHIJIE
DOUBUDUILE

在得到陆尧希手机号码后的第七天,安安终于鼓起勇气决定给陆尧希打电话。

没办法,她实在有太多东西需要准备,比如跟周晓媛通气,让她跟游知书打听陆尧希的兴趣爱好和他对女友的标准。

费尽周折地打听后,安安得到了陆尧希关于挑选女友标准的答案:要腰细腿长颜值高、体贴大方、温柔细致,最重要的是,得有文艺的气质,琴棋书画起码得精通一样。

周晓媛一挂断电话就开始吐槽:"他当是在选美啊,一个男保姆对女朋友的要求那么高,他能娶到老婆我把名字倒过来写!"

陆尧希的超高要求让安安傻眼了,她站在镜子前孤芳自赏了半天,觉得身材这个要求她是没指望了,至于其他的,安安撑着脑袋思考半天,觉得做人不能自欺欺人不是,没有就是没有,她总不能假装她有。

周晓媛坐在一旁打击她:"这也没有那也没有,你看你啊,一点儿把握都没有。"

琴?她会乱弹!棋?飞行棋算不算?书?毛笔她都拿不稳!画?呵呵呵,鬼画符她就会!

安安彻底萎靡了,以前苏维扬在的时候,把她捧上了天,让她觉得自己就是天上地下绝无仅有的一朵奇葩,哦不,是闪闪发光的镶金玫瑰花!但如今被陆尧希的标准一吓唬,她顿时觉得自己一无是处,她甚至开始觉得,苏维扬抛下她另觅良人,是对的。

安安愁得头发都快白了。

损友周晓媛一边嗑瓜子一边为她出谋划策:"啧,看你愁得。男生普遍都爱小清新,你按着这个路子走,再背首情诗什么的给他听,他保准把你当女神！"

安安翻了翻白眼："哪里有这么简单？腰细腿长颜值高这一项，光是腰我就败了。"

周晓媛继续鄙视她："放心啦，包在我身上，保证陆尧希被你惊艳到，从此拜倒在你的石榴裙下。"

眼看周晓媛满腔信她就会得永生的自信，安安咬咬牙，决定赌一把，反正她也没有胜算，就听周晓媛这么一次。

于是在万事俱备的情况下，安安在周晓媛的监督下，拨通了陆尧希的电话。

在安安用周晓媛指定的语气和语调自报了姓名之后，电话彼端的人似乎对接到她电话这件事情很惊讶："顾安安？有事？"

安安一接收到周晓媛的暗示，立刻继续用志玲姐姐版的声音接口："阿希啊，你明天有没有空？陪我去一趟游乐场吧。"

陆尧希一阵沉默，而后开口："天气预报说，明天要刮台风。"

台风？！她万事俱备而已，不欠东风啊，好端端的刮什么台风啊。

安安无助地看向周晓媛，后者用口型给她传话。

聪明如安安，立刻反应过来："我有很重要的事要跟你商量商量，明天风雨无阻，不见不散！"

说罢，不等他回答，安安立刻挂断了电话。

第二天，即将迎来人生第一次告白的安安，被周晓媛隆重打扮过后，送到了游乐场门口。

安安还有些担忧："你确定带阿希去鬼屋里告白不会被歧视吗？"

周晓媛安慰她："面对你这么活泼可爱的少女，他怎么会忍心给你发好人卡呢？"

安安觉得她说得好有道理，更何况，跟男生告白这种粗重活她也没干过，不到鬼屋里受点儿刺激，她怕她这辈子都无法对陆尧希说出"做我男朋友吧"这六个字。

离约会的时间还有十五分钟,为了让陆尧希能一眼看见她,她必须现在就到游乐场一棵树下站着,微微四十五度仰望天空,营造出一个MV一样优美的效果。

然而安安一下车,就被狂风吹得七荤八素。

这么一个台风天,告白个毛线啊。

安安很不淡定地想往车里钻,却被周晓嫒一把推出去:"这是个好机会,一刮风,你往他怀里躲;一下雨,你也往他怀里躲;一打雷,更要往他怀里躲!你自己好好把握,风那么大,我就先走了。"

说罢,周晓嫒毫不留情地关上车门,没一会儿就消失在安安的视线里。

于是安安一个人站在游乐场门口的大树下拗造型,她望向天上黑压压的乌云,很担心自己这样站在树下,一个闪电劈下来,她就要去和上帝讨论马克思主义思想了。

风很大,把她的裙子吹得像旗子般胡乱飘扬。她手舞足蹈,顾着按好迎风飞扬的裙子,就顾不了群魔乱舞般的头发,玛丽莲梦露诱人的优雅在她这里就是一个传说,安安不负众望地凌乱了。

陆尧希出现的时候,看到的就是一个披头散发的安安,微微弯着腰,双手紧紧地按住过分飘扬的裙子,那姿势销魂得很诡异。

特别是安安今天被周晓嫒特地包装过,小清新必备的白色高腰连衣裙,为了遮掩安安身上还没好全的烫伤疤痕,她还特地选了件长袖的超长裙,加上刻意拉直的长发,被风这么一吹,头发挡住了脸,裙摆翻滚,远远看过去,只能联想到类似于贞子的不明生物。

陆尧希嘴角抽搐得厉害,站在原地挣扎了许久,才迈动了步伐。

安安刚按下不听话的头发,就看见陆尧希一手插在口袋里,迎风朝她走来。

北风乱舞,他非但没有一点儿狼狈,衣摆飘飘的样子让安安在刹那间想到一个词:英姿飒爽。

安安无语问苍天，为何上天给他的设定这么神清气爽，而她却要凄惨而狼狈，这真是一个让人伤心欲绝的谜题。

陆尧希伸手拉过安安，微皱着眉，将她被风吹乱的发丝一簇一簇捋顺。

安安那少女心猛地跳动起来，他温柔敛目，像极了韩剧里温柔的男主，看来今天告白的成功几率还是很高的。

天真如安安，完全不知道，强迫症是最受不得凌乱这个词的存在。

陆尧希不过是条件反射地去整理她那让人抓狂的乱发，一低头，却看见她明亮的眼睛笑得眯了起来。安安今天化了精致的妆，这么一笑，竟有一个瞬间，让呼啸的风，刹那间停止下来。

陆尧希下意识揉了揉眉心："今天是什么日子，为什么要化妆？"

安安愣了愣，问这个干吗，化得不够好吗？再看向陆尧希，似乎对她的妆容很不感冒的样子，她有点儿不好意思地揉了揉鼻子，说："因为今天很重要。"

陆尧希一脸若有所思，却没有再问下去："走吧。"

今天刮台风，所有娱乐项目都停了，没有欢乐的音乐声，也没有娱乐机器闪烁的灯光，游乐场里的工作人员用看神经病一样的眼神，看着在风里漫步的两个人。

安安沉默地捂住了脸，现实如此骨感，和想象的相去甚远，安安很怀疑，这样的情况下告白能浪漫到哪里去。

鬼屋是室内娱乐，居然奇迹般地还在营业。

安安悄悄握拳给自己打气，挡住了还想往前走的陆尧希："我们进去看看吧。"

陆尧希瞟了一眼那个黑漆漆且破破烂烂的洞口，下意识后退一步："有什么事，非得到鬼屋里去商量？我不进去！"

不进去那她还怎么告白？

安安急了，指着他说："今天你进也得进，不进也得进！"

说罢,安安不由分说地拉了他的手,抬头挺胸地进了鬼屋。

里面青光荧荧,妖魔鬼怪们也一副懒洋洋的样子,出来有气无力地乱叫两声,就又退了回去,一点儿都不可怕,一点儿都不吓人!

有几个甚至因为安安今天白衣长发的造型吓了一跳,实在太不专业。

安安觉得自己脑门儿疼,这鬼屋居然还没倒闭,倒也真是个奇迹。

她设计的花容失色扑向陆尧希怀里,还有陆尧希英雄救美,两人互相依偎,统统没有派上用场。她怒,还让不让人愉快地告白了?!

陆尧希极力避开那些看起来脏兮兮不知几十年没打理过的鬼怪模特,看着走在前面的安安脑袋一点一点的,只觉得好笑。在他突然发神经给了她自己的联系方式之后,她就没有再联系过他,这一个星期很长,长得让他快要以为,她之前对他表现出来的仰慕和喜欢,都只是虚无的。

但在游知书边打电话边挤眉弄眼地问他女友标准之后,安安就给他打来了电话。即便知道今天会刮台风,最讨厌淋雨的他却还是准时赴约,他倒是想看看,她想做些什么?

但是现在,她看起来似乎很是懊恼的样子,再走下去,可就是出口了。

陆尧希终于似笑非笑地开了口:"你不是说有事要和我商量?"

安安看向不远处的那一点儿光亮,出口就快到了,而她却什么都还没说,准备了一个星期,就是为了这一天,她一咬牙,拉住陆尧希的袖子:"来,我们聊聊人生。"

陆尧希笑得比任何一刻都有耐心,他低下头,额头差点儿碰上安安的。

"你说,我听着。"

他笑得一副胜券在握的样子,安安怎么看都觉得他的笑里满是阴谋。

安安深呼吸一口气,鼓起勇气,伸手捧住了陆尧希缓缓靠近的脸。

"这辈子除了我家女王,没人像你那么用心给我做过早餐,你还对我有过救命之恩。所以我觉得,如果可以的话……"

"嗯?"

"我想给你念首诗!"

"嗯……嗯?"

陆尧希差点儿被自己的口水呛到,这种气氛念诗?陆尧希还没做好心理准备,安安已经一脸悲壮地念了起来。

"如何让你遇见我,在我最美丽的时刻,为这,我已在佛前,求了五百年……"

这首告白诗是周晓媛倾情推荐,是安安在陆尧希面前扮演文艺女青年的必备道具。

安安确定她念得抑扬顿挫,感人肺腑,但陆尧希的嘴角为何抽搐得那么厉害?

嗯,想必是她还不够深情,于是她深呼吸一口气,准备再接再厉。

然而安安不知道,她就是念得太过抑扬顿挫了,激动得不像是在念诗,而是在念口号。

念完了一整首诗,陆尧希方才挑了挑眉毛:"所以?你究竟想表达什么?"

安安傻眼了,这可是情诗啊情诗啊!他怎么会听不懂呢?安安一咬牙,握住他的手,再次发功:"你若安好,便是晴天……"

"顾安安……"

"山无陵,天地合,你是风儿我是沙……"

"说人话!"

安安恨恨地甩了陆尧希的手:"给你一个机会,当我男朋友吧!"

陆尧希原本紧蹙的眉毛突然便展开,他微微一笑:"你这是在……跟我告白?"

安安点了点头,有生之年第一次告白,安安凶猛的样子却更像拦路打劫的,就差没冲上去揪着人家的衣领,威胁道:"你要是不答应,老娘就剁了你!"

陆尧希却顾左右而言他:"这么突然,我实在很难接受。"

安安一下子就蹦了过去:"不突然不突然,你看,我们认识一个月了吧,你知道我的星座,我也知道你的星座,大家对对方的了解已经很到位了。"

更何况陆尧希的身世背景,她已经全都知道,她的只要他想知道,她随时都可以告诉他。最重要的是,只要他不是处女座,那么一切都不成问题。

陆尧希沉默地看着她,似乎在思索些什么,眼中竟有一闪而过的玩味。

从小到大,跟他告白过的女人可以绕美国一圈儿,如何有礼貌地婉拒却不伤害到别人的心,他已经能做得很好,只是今天,他不想接受,却也并不想拒绝。

在不久前,他就等着她开口的这一天,然后告诉她,他是她最讨厌的处女座,他想看她抓狂,想看她受打击。可是现在,他突然,就不愿意让她知道了。

他沉默太久,安安等得有些不耐烦了,忍不住推了推他:"你倒是说话啊!"

陆尧希站直了身子:"安安,你知道我喜欢什么样的女孩子吗?"

这个安安太知道了,她脱口而出:"我知道……你喜欢文艺装逼女青年!"

其实那些不过是陆尧希朝游知书随口胡诌,但他还是噎了噎,咳了咳才说:"那你觉得你自己是吗?"

安安低头看了看自己,穿着白裙子,却双手叉腰活像个母夜叉,虽然刚刚她假装很文艺地念了诗,但气质是假扮不来的。

安安无力地放下了手:"所以你是想给我发好人卡吗?"

安安的头低得很低,她只是在懊恼,第一次告白就以失败告终,实在是太悲剧了,全都是周晓媛那死丫头出的烂主意,装什么文艺青年,弄巧成拙了吧。

然而在陆尧希眼里，眼前那个人看起来是那样的伤心难过，搞不好下一刻就要捂着脸哭着跑掉。

安安等了很久，都没有等到陆尧希的回答，刚想抬头追问，就撞见他含着笑意的目光。

他说："不是，我只是需要考虑考虑。"

安安眼前一亮，答应考虑考虑，那不就意味着成功了一半？！

他说这话的时候笑声低回，眼中有星辰闪烁，安安的心扑腾着跳得极快。

妖孽啊，难怪古人常说红颜祸水足以魅惑众生，这句话放在陆尧希身上一点儿没差。她的心轰隆隆的，像是有一列火车疾驰而过。

她想起周晓媛说过的话：如果他不答应，你就推墙上强吻，反正你又不是没强吻过。

她深呼吸，慢慢朝陆尧希靠近，一步、两步……

安安在心里感叹，这种场景，实在是太偶像剧了点儿。

但此情此景，鬼屋门口卖票的大妈却突然跑出来吼一声："你们究竟看完没有啊，超时要加钱的！"

大妈这一声河东狮吼，浪漫的气氛瞬间消失无踪。

安安有些气急败坏，一甩手就要冲上去和大妈理论，气死她了，打扰别人告白这种事是不道德的！

谁知刚踏出一步，手就被人拉住，陆尧希轻轻用力就把她扯过来，然后拉着她往外走。

他们在鬼屋里待了半个多小时，外面乌云蔽日的天气已经有所好转，风声渐弱，鬼屋旁的旋转木马启动着，虽然没有人，但还是叮叮咚咚地转着。

他的手还拉着她的，他的手心干燥却温暖，安安的手动了动，只觉得有些不知所措。

陆尧希找了个比较明亮的地方，轻轻卷起她的衣袖，衣袖下，烫伤

的部位红痕还未全消。

原来他是在关心自己的伤势，安安从来是报喜不报忧，立刻笑嘻嘻地说："都好得差不多了，那个医生还是挺靠谱的，现在就等疤消了就行。"

真是个缺心眼的女孩子，换作他以前认识的那些所谓的名门闺秀，碰伤了一点点，指不定就打包行李往韩国飞了，她却神色如常地反过来让他不用担心。

"不怕留疤吗？男孩子不会喜欢女孩子身上有疤痕的。"陆尧希抬眼看着她，控制不住自己，想看着这个从来不知烦恼为何物的人苦恼一下。

安安轻轻"啊"了一声，抬起自己的手仔细地研究了一下，又很快地放下，理直气壮地说："凭什么不喜欢有疤痕的人？有疤痕的人都是有故事的！"

陆尧希转过头去深呼吸，这么久了，他还是没能吸取教训，和这个不按常理出牌的女人过招，只能招招伤到自己。

她拉了拉他的衣摆："阿希，今天这个这么特别的日子，我们拍张照留念吧？"

上次一起去露营，大家都拍了好多照片，但她在文件夹里翻了半天，却都没有陆尧希的。谈恋爱，不都喜欢把对方的照片或者合照当手机背景吗？她也要顺应潮流啊。

虽然陆尧希还没有正式答应她，但未来是光明的，他这么关心她，距离她抱得美男归的日子还会远吗？

陆尧希皱眉："我不喜欢拍照。"

安安从包包里摸出特地从周晓嫒那儿打劫来的拍照神器："别怕，这相机自带柔光美颜效果的。"

陆尧希挡住她凑过来的相机："我有镜头恐惧症，要不我把我的背影给你拍？"

女生都有发自拍的习惯，在陆尧希看来，像安安这种咋咋呼呼的女生尤其不能幸免。迄今为止，他的行踪都隐藏得极好，老头子没来找碴儿，他过得安心自在,虽然照片从安安的社交网络中流出去的可能性并不大,但他还是不愿意冒这个风险。

他家老头子,实在是太烦人了。

安安不满:"你当你是赌神啊,还拍背影。"

她不甘心地盯着他的下巴,给半个正脸也好啊,她不依不饶地讨价还价:"给个下巴行不行?你闭上眼睛,我保证你不恐惧。"

陆尧希沉默了一会儿,最终还是闭上了眼睛。

安安兴冲冲地摆好姿势,举起相机,"咔嚓"一声,摆了个美美的POSE,拍下了自己和……陆尧希的下巴。

安安心满意足地收起相机,豪迈地拍了拍陆尧希的肩膀。

"走,我请你吃牛肉拉面。"

为了便捷,安安带着陆尧希抄了人民公园旁的近道,这一路走去,樱花夹道,刚刮过台风,粉红色的花瓣被吹落不少,铺满了一整条林荫道。

天气慢慢晴朗,安安背着手走在前面,偶尔回过头来皱着眉催促他:"阿希,你走快点儿啊。"

她肚子饿了啊,扮演小清新对她来说真是费心费力。

陆尧希慢条斯理地朝她走来:"没想到景川还有这么漂亮的地方?"

安安惊,没事看什么风景?这是又要吟诗作对的节奏吗?

安安怒了,小清新这种形象太不适合她了,吟诗作对能填饱肚子吗?她觉得,还是食物最实在了。

有想法就要说出来,安安折回去,扯过陆尧希的手臂,不由分说地拉着他往前走。

"我觉得你找女朋友的标准有问题!"

"哦?有什么问题?"

"你是找女朋友,又不是找模特,也不是找老师,什么漂亮身材好,还有琴棋书画样样精通,这些都是浮云。"安安左右摇摆自己的食指,

试图用手势来增加自己的可信度。

陆尧希任由她拉着自己走:"那你有什么高见?"

安安两眼发亮地看向陆尧希:"你看林黛玉,够美吧?是个才女吧?病恹恹的,多不好啊。我就不一样啦,活泼乱跳,还很能吃。"

陆尧希嘲讽地笑:"哦?猪也很能吃。"

安安不理会他,继续随口乱掰:"能吃,证明我胃口好身体好,这样才有能量当男人背后的女人啊。"

说话间,牛肉拉面的小摊已经到了,天气好转不久,老板刚出来做生意,锅都还没热好,但却已经开始招徕客人。

"小姑娘,又来吃面啊?"

安安猛地点点头,她现在能吞下两大碗面。

安安拉了拉站着一动不动的陆尧希,咦,拉不动,使劲儿再拉一拉。

她疑惑地抬头,就见他皱着眉头,盯着面摊的塑料座椅,眼里竟然有惊恐闪过。

安安很不客气地戳着他的手臂教育他:"不过是脏了点儿,你又不是游知书那种富二代,这种路边摊,难道说你没吃过吗?"

陆尧希微微倒吸一口凉气,差点儿忘记了,他在顾安安面前一直谎称自己是个男保姆,穷困潦倒,一个穷困潦倒的人,吃路边摊是再正常不过的事情。可是那些沾满油污的桌子椅子,光看着,都让他汗毛倒竖。

"这种路边摊不是很干净,我在家里,都是自己做的,还是我做给你吃吧。"

安安虽然很想吃陆大厨做的拉面,可是她现在实在是太饿了,一分钟都等不了,天大地大,肚子最大。她不是一个野蛮的人,但野蛮起来她就不是人。

"不行,我今天特别特别想吃路边摊,你究竟是陪我?还是陪我?"

安安嘴里询问着,手却用力地拉过陆尧希,跳起来,用尽力气地把他按坐在椅子上。

陆尧希坐在那几乎快要变成黑色的椅子上,所有的冷静自持,顿时碎成渣渣。旁边毫不知情的吃货还在大声地点单:"大叔,来两碗牛肉拉面,加大的!"

"好咧。"

等牛肉面的时间里,安安看着已经呈僵化状态的陆尧希,突然就想和他聊聊人生。

"我决定要跟你告白的时候,周晓媛说,要先弄清楚你喜欢的女孩子的类型,后来她去问了游知书,我们才知道,你喜欢小清新的文艺女青年。"

那个难得认真起来的语气,让僵化了的陆尧希转动了一下眼珠子,瞥了安安一眼。

"所以我就努力扮成了小清新。"

陆尧希终于开口回答:"在肮脏混乱的路边摊吃东西,可不是小清新的表现,我们还是快走吧。"

可惜人还没离开椅子,就又被安安用力按了回去。

"我觉得两个人在一起,一定要坦诚相见。所以我应该让你看到最真实的我,至于你能不能接受这样的我,就交由你自己决定。"

第一次,她眼神坚定,自信满满,目光里没有一丝做作,她是真的相信,虽然他说的条件她统统不符合,可是她喜欢现在的自己。她觉得只要他慢慢了解她,也一定会喜欢这样一个大大咧咧却欢乐无比的她。

陆尧希被她笃定的表情蛊惑,一时间竟只能沉默,甚至忘记了这个脏兮兮的路边摊给他带来的那些毛骨悚然如坐针毡的感受。

他突然就想去碰碰她的脸,确定现在的她是不是真实的。他刚抬起手,就听见背后一声吆喝。

"面来咯!热辣辣的牛肉拉面!"

面摊的老板捧来两碗拉面,上面铺满一圈儿的牛肉,面汤上泛着葱花,颜色煞是好看。当然,这是安安眼里的牛肉面。

她差点儿就要咆哮出来:终于等到你!我的牛肉面!

拿了筷子,递给陆尧希一双,安安低下头便呼噜噜地吃起来。

刚才那个骄傲瞩目的女孩儿,像泡沫一样,"啵"的一声,消失在陆尧希的眼里,余下的是一个对着一碗拉面一脸满足的安安。

对嘛,这个才是真实的顾安安,刚才那个人,一定是他产生了幻觉。

安安饿坏了,一口气吃完了一碗面,目光扫过陆尧希面前没动过的那碗牛肉面。

陆尧希伸出一根手指,把自己的推过去给她:"把我这碗也吃了吧。"

安安的眼睛又噌地亮了:"阿希,你对我真好!"

安安捧着海碗喝了一口汤,觉得连汤都是甜的。

陆尧希被她看得浑身不自在,看了看面摊老板,主动起身走过去埋单,一打开钱包,却发现没有现金,他自然而然地就拿了张卡递了过去。

"小伙子,你耍老人家玩呢?吃一碗五块钱的面你还要刷卡?"

安安正吃着面,就听见老板在大声嚷嚷:"都说忘记带钱,那都别做生意了。"抬起头,就看见陆尧希站在面摊前,皱着眉头在解释什么。

她这才想起,陆尧希可是比她还穷啊。

安安放下那碗面,拿起包包就走过去,从钱包里翻出一张十块钱塞给老板。

老板接过钱,咬耳朵似的低声跟安安说:"连十块钱面钱都没有,小姑娘啊,要带眼看人啊,现在很多小白脸在吃软饭了。"

噗,小白脸?老板你想象力太丰富,陆尧希像小白脸?安安扭过头去,望见陆尧希瞬间黑透的脸,为了避免这一句话引发乱七八糟的"血案",安安手疾眼快地拉过陆尧希的手:"我吃饱了,快送我回家。"

"我不喜欢用女人的钱。"走在半路上,陆尧希突然开口。

安安愣了愣:"不要紧啦,才十块钱而已,而且你一口都没有吃。"

"十块钱也不可以。"他活了这么些年,从未想到居然会与别人有十块钱的利益纠葛,自尊心受创,大概就是这种感觉吧。

安安疑惑地问:"可是刚才鬼屋的票也是我买的。"

"……"

眼见陆尧希的脸要黑出一个新的高度,安安赶紧识趣地打住:"我会记下的,以后啊,你可要加倍还我哦,请我去最贵的餐厅,吃满汉全席。"她歪着头笑,"你想要的,未来都会得到,三十年河东,三十年河西,莫欺少年穷。"

说完,她伸出两个食指,踮起脚尖,把陆尧希抿紧的嘴角往两边撑上去。

"来,给本姑娘笑一个。"

他握住她在他脸上乱摸的手,眼神灼灼:"顾安安,你怎么知道,我以后会得到我想要的?"

安安噎了噎:"呃,网上都是这样说的,是不是很文艺?"

陆尧希握着她的手慢慢地放开,无力地垂在了身旁:"我送你回家吧。"

他一定是疯了,怎么会以为她是在鼓励他。

安安在陆尧希身后甩了甩脚,悄悄松了口气,一直以来,她最顾忌的就是陆尧希的自尊心,刚刚面摊老板的话一定刺痛他了。

她小心翼翼,甚至不敢提出打车回家,她记得,陆尧希身上是一分钱也没有的。穿着高跟鞋走路,她其实都快走瘸了。

然而不能表现自己的同情和怜悯,她只能用平常心去对待他,逗他笑,让他郁闷,总比让敏感的心受伤要好。

两个人默默地走着,各自想着自己的心事。

小区楼下,陆尧希告别:"我回去了。"

安安笑眯眯地目送他走出几步,突然想起什么似的喊了一声:"阿希,千万不要自卑,你在我心中是最美哎……"

她拢着嘴大喊,行人纷纷侧目,然而前头走着的那个人,貌似跟跄了一下,然后走得更快了。

回到家里的时候,周晓媛已经在等着了,一见到安安就扑上来,避开顾先生一脸"你们一定有事瞒着我"的探究目光,把安安推进了房间。

"快快快,什么情况了?急死我了!"

安安在包包里翻了一下,把相机打开递给她。周晓媛接过,看到相机里那张"半个下巴"的照片。

"成功了?"

安安摸着下巴思考:"应该算是成功了一半吧,他说要考虑考虑。"

周晓媛瞪大眼睛:"你都主动告白了,他还考虑个屁啊。他不过就是个男保姆,真当自己是男明星啊?"

安安"啧"了一声:"男保姆怎么了,男保姆也是人,还有你见过这么帅这么会做饭的男保姆吗?"

周晓媛翻了翻白眼,懒得和她吵,低头鼓捣着相机,没一会儿又转过头鼓捣自己的手机。

安安抻长脖子,就看见周晓媛在编辑那张"半个下巴"的照片,什么柔光美颜,磨皮瘦脸的特效,呼啦啦啦加个没完。

安安瞪大了眼:"这是哪位啊,你还我真相好吗?"

周晓媛推了安安一把:"你懂什么?这叫作艺术包装!你不是成功了一半吗?我帮你把那另外一半也给搞定了!"

"……你打算用这张吓死人的照片去威胁他答应吗?"

周晓媛继续翻白眼,把手机丢给安安:"顾安安,你不要那么幼稚好不好?"

周晓媛刚发了朋友圈,一句"她终于有人要了",后头加上那张被过度包装过的"半个下巴"。

游知书几乎是秒赞,一颗小小的心出现在照片下方。

呃,游知书看到了,那不就等于陆尧希也有可能会看到。

不出一分钟,周晓媛朋友圈的评论数目已经爆表,竟然是空前的多,而且都是小学那群富二代。

"这是顾安安?有男朋友了?"

"PS 的吧?"

"连安安都有男朋友了,我的未来怎么办?"

"居然有人肯要,这不科学。"

安安不屑地把手机递回去,就算到处宣传她有男朋友了,陆尧希一天没点头,那也不能算啊。

就在手机传递到一半的时候,突然又振了一振,安安下意识拿回来看了一眼,差点儿当场把周晓媛的手机给砸了。

照片下面那一堆赞,又增加了一个,来自于安安的青梅竹马苏维扬。

苏维扬赞了他们的照片,本来以为已经消失了的人突然出现,却只是在虚拟的朋友圈,赞的还是她和另外一个男人的照片。

大家相忘于江湖不就好了吗?何必呢?

安安咬牙切齿时,手机已经被周晓媛抢了回去。

"看见什么了?一脸的血海深仇……苏维扬?哈!他果然看见了。"

安安回过神来:"什么果然?"

周晓媛恨铁不成钢:"顾安安,你是猪吗?但凡苏维扬对你还有一点点真心,看到照片他即使不回心转意,懊恼后悔总该有吧。"

"你是说,你是故意把我的照片发上去……"想了想,安安又把手机抢回来,果然,在下方提醒谁看的地方,周晓媛@了苏维扬。

苏维扬不接安安电话,一句解释也没有,大概就是怕她会纠缠不清,也许看到照片,他就放心了呢?

周晓媛戳了戳一脸沮丧的安安:"别泄气,你得让苏维扬知道,你不是非他不可的。"

周晓媛这是要帮她报一箭之仇,这个损友,有时候莫名就让人挺感动的。

安安展开双臂,把周晓媛扑倒在床上,两个人嘻嘻哈哈闹作一团。

就在此时，顾先生鬼魅一般从房间门口飘过，满脸写着：她们一定有事情瞒着我……

送走了周晓媛，安安在床上躺了半天，突然觉得自己是不是间接地在无形中利用了陆尧希。

起身打开电脑，安安想看看陆尧希有没有在线，自从手机坏了之后，她还没有买新的，只能靠唯一的电脑和世间联系。

QQ一上线，就涌出一堆的消息。

安安窘了半天，点开了来自她小学同桌的消息。

"安安！你谈恋爱了？那人不像是苏维扬啊！你不是非他不嫁吗？"

安安慢悠悠地打字："苏维扬有女朋友了。"

怎么办，为什么打出这一句话，她心里还是相当不爽，凭什么她现在还要来替他解释。

谁知道对面激动得不行，打出了一堆感叹号。

"你们毁了我最萌的青梅竹马CP，呜呜呜呜。"见安安不应，那边又说了一句，"群里现在都在讨论你呢，你进去看看。"

安安硬着头皮点进群里，平时寂静的群此刻热闹得很，安安完完全全没想到，自己一个八卦，还能带动如此热烈的气氛，她在小学同学的心目中，该是有着怎么样的重要地位啊。

群里有人说："大家都好久没聚聚了，这个周日搞个同学聚会怎么样？"

下面应和声一片，有人叫喊着："都必须带家属啊，没家属的去租也得租一个来啊！特别是顾安安，把你的男朋友带出来给我们见见，看看究竟是何方神圣。"

带陆尧希去同学聚会？光想想就觉得不合适，太不合适了，这不是公然秀恩爱吗？

正愁着不知道怎么拒绝，就看到有人说道："顾安安怎么没反应啊？

该不是男朋友见不得人吧?"

说话这么损的人,安安不用看都知道,是她和周晓媛最大的死对头,邹小圆。

邹小圆和安安一样,不是富二代,都是被家里糊里糊涂地花钱塞入了贵族学校。

安安以为同是天涯沦落人,本该惺惺相惜的,但邹小圆非但没有和她惺惺相惜,反而成为她最大的死对头。

因为名字和周晓媛谐音,邹小圆开始的时候一直和周晓媛过不去,后来升上初中,看上了本校有颜又有钱的苏维扬,可惜苏维扬对外宣称心属顾安安。

女人的忌妒心实在可怕,从那时候起,安安就超越了周晓媛,成为邹小圆仇人名单上的第一位。

此刻在群里,邹小圆说话依旧尖锐:"顾安安,听说苏维扬在英国找了个名校女友,又漂亮又有才,你不会被人甩了,就随便找个什么乱七八糟的男朋友当救生圈吧。要是这样,不来也是好的。"

这人说话怎么总是充满攻击性?安安恨得牙痒痒,还在酝酿如何反击。刚上线的周晓媛已经冒出来给她出头:"放心,我们安安挑的人,比苏维扬好一百倍!别吃不到葡萄就说葡萄酸,我们安安一定去!"

安安想吐槽,怎么去啊?说得轻巧,邹小圆说话这么尖锐可怕,自己带着陆尧希去,陆尧希还不得被她攻击到崩溃!

安安打开周晓媛的窗口,想告诉她,话说大了啊。谁知周晓媛的消息却率先跳出来。

皮蛋瘦肉周:你什么都不用说,这次你去也得去,不去也得去!

安安不是大熊猫:以邹小圆的性格,陆尧希一定会被攻击的,我不想伤害他。

皮蛋瘦肉周:放心吧,我有办法,一切包在我身上。你先去告诉陆尧希,让他陪你去同学会,其他的什么都不要说。

安安不明所以地打了一堆问号,但周晓媛却没有再回复她了,真不知道周晓媛葫芦里卖的是什么药。

但闺密这么多年,周晓媛让安安信她,那么安安就勉强信一信她吧。

安安在好友列表里找到陆尧希,系统显示他手机在线。

安安慢吞吞地打字:"阿希,你要不要……陪我一起去同学会?"

他还没对她点头啊,就要把他带去同学会,终究不太好吧,何况那里还有一个可怕的邹小圆。安安想了想,刚刚要告诉他不去也是可以的。

谁知对面却已经回复了一个字:"好。"

想想那个眉目冷峻的少年,安安开始隐隐有些担忧,光是下巴就掀起一阵浪潮,要是让班里那群色女看到陆尧希的正脸,那还得了。

安安把相机里唯一一张照片拷到电脑里,傻傻地看了一会儿,设置成桌面图片,暂时忘记了烦恼。

终于,她也是有资本秀恩爱的人了。

顾安安,
你想始乱终弃吗?
—— YUJIANNI,
ZHENGGESHIJIE
DOUBUDUILE ——

  自从告白事件后,安安一直窝在家里,有点儿鼓不起勇气主动去约会陆尧希。周晓媛也不见人影,不知道究竟在忙些什么。
  终于在忐忑不安中熬到了周日,安安在QQ上敲陆尧希:"同学会晚上八点开始,我去接你吧。"
  他回复得很快:"我去接你,十分钟后下楼。"
  莫非他一直在等她的消息,想到这一层,安安不由得傻呵呵地笑了一会儿。
  等等!十分钟?他会飞啊?安安扭头,镜子里的自己蓬头垢面惨不忍睹。这可是在她告白后他们的第一次见面,她总不能以这么邋遢的形象出现。
  她一个激灵跳起来,冲进厕所里,顾先生正在对镜自照,感叹自己帅得人神共愤,安安一头黑线地把他赶出去,以最快的速度把自己打理了一下。
  周晓媛不在,以安安手残的化妆技术,实在上不了大场面,只好随便抹了点儿口红,换了件颜色清新点儿的裙子。
  坐在沙发上假装看报纸,实际上一直偷瞄自己女儿的顾先生随口问了句:"今天穿这么漂亮,去约会啊?"
  "对啊。"
  "哦,早去早回啊。"
  "知道啦,再见老爸!"
  顾先生用他慈爱的目光目送乖女儿走远,然后突然想起,她刚才回答他什么?对?对什么?!她真的去约会了?
  顾先生一个箭步冲进了厨房:"孩子她妈,出大事了!"

安安走出小区的时候，陆尧希已经在外面等着，他开来了游知书的车，似乎为了今天悉心打扮过，额前的刘海儿向后梳起，休闲的衬衫马甲和西裤，衬得他整个人英气挺拔，随随便便往车边一站，已经格外引人注目。

安安呆呆看着，心跳声像火车开过一样轰隆隆的，充满节奏感，却又不受她控制。

她下意识地走过去，刚才靠在车边的人朝她看来，又低头看了一眼手表："超出十分钟了。"

看着呆滞的她没有反应，陆尧希不由得扬起嘴角笑了笑："几天不见，怎么变傻了？"

他衬衫袖子仔细地卷起几层，手插在口袋里，微微低着头看她。在安安眼里，此刻的陆尧希，就像是民国时代那些混迹于十里洋场的公子哥儿，只一笑，便让人心里的罂粟花破土而出。

安安"啪"的一声捂住胸口，她心里那只小鹿再这么乱撞下去，下一刻就要因为运动过度倒地而死。

安安很是忧愁地开口："你穿这么隆重做什么？"

就这么一会儿，安安就看到路过的女生无一不把目光往他身上凑，先是倒吸一口凉气惊为天人恨不得把他扑倒，然后再把目光转到安安身上，立刻脸色大变，一副好白菜都让猪拱了的肉痛表情。

咦，她为什么要把自己形容成猪？

陆尧希低头看了看自己的装束："我这样穿有问题？"

安安有些愤愤不平地说："问题就是……这样太好看了！要不下次出来之前你先化个妆吧，别梳头，别穿那么整洁，起码画个媒婆痣，这样显得我们登对一些。"

陆尧希嘴角抽了抽，他还是第一次听说，有女生希望自己的男伴邋里邋遢丑不拉唧。

安安忙解释:"世人的目光很可怕的,我牵着个帅哥在街上跑,别人会以为我在炫耀,那么我挨揍的可能性就大大提高。如果你很丑,那结果就迥然不同,她们非但不会揍我,还会同情我。"

"……"

陆尧希沉默了一阵,说:"别怕,如果她们要揍你,还有我在。"

安安眼睛一亮:"你会保护我?"

陆尧希微微一笑:"我会帮你报警。"

"……"

安安坐上副驾时,不小心瞄到陆尧希那件衣服上的logo,顿时就震惊了:"你哪儿来的钱买这种衣服?"

一个男保姆,断然买不起这种价位的衣服,但是,有人送那就不一样了。

陆尧希笑着回答:"是你闺密送的。"

安安惊得下巴都要掉了,周晓媛那个葛朗台的后人,居然给陆尧希送这么名贵的衣服。

"她……她对你有什么企图?"

"她说,今天让我演一场戏,演得好的话,你会给我奖励。"

"奖励?我能给你什么奖励啊?"

他直视前方,嘴角微扬:"自然是我想要的东西。"

他想要的,会是她吗?

安安怔怔地看着陆尧希的侧脸,眼睛里开始冒星星,心很大的她,顿时就忘记追究,周晓媛究竟要他演一场什么样的戏。

有帅哥养眼,就连时间也过得特别快,安安觉得一眨眼,他们就到了弄星楼外。

弄星楼是景川数一数二的大饭店,饭店外停车场里那些车,随便一辆都能闪瞎眼。

真是太腐败了。

陆尧希停好车,绕过来替她开车门。

今天的陆尧希,好像感觉和平时不太一样,安安忍不住多看了他两眼,人靠衣装,一定是衣服的关系。

安安一下车,就听见周晓媛兴奋的声音:"安安!我在这儿。"

周晓媛穿着一袭火红长裙,艳丽非常,挽着游知书的手,风风火火地朝着安安走来,把正和人寒暄应酬的游知书扯得一个趔趄。

周晓媛看向陆尧希,又朝安安挤眉弄眼:"你看,这造型我设计的,还满意吗?没想到他打扮起来还真有气质,比里面那些斯文败类强多了。"

一旁站着的陆尧希不着痕迹地抽了抽嘴角,什么叫作打扮起来真有气质,他不打扮难道就没气质了?

陆尧希被称赞了,安安正高兴着呢,就见周晓媛的目光落在自己身上。

周晓媛很不满:"顾安安,你还有没有一点儿注意形象的意识啊,你好歹化个妆啊。这个样子怎么跟邹小圆斗啊?她今天可是下足了本钱的。"

安安撇了撇嘴:"她的男伴可没我的帅吧?"

周晓媛噎了噎:"那也是!"

"……"

两个女人互相腻歪,本来是很无聊的事情,但陆尧希却嘴角微微扬起,看着安安三两句把周晓媛气得七窍生烟。

周晓媛身旁的游知书没有说话,只是似笑非笑地看着陆尧希。虽然陆尧希八岁就被送到美国读书,国内圈子里见过他的人极少,但也不是绝对没有。这种很可能会暴露他身份行踪的聚会,游知书本以为他一定会拒绝,谁知道他却来了,还顺着周晓媛的意思慎重打扮了一番,就为了那个看起来很不起眼的小姑娘?

嘶,这一定是一场好戏。

安安他们到得晚,到达聚会的大包厢时,包厢里已经坐满了人。

安安有些不安地低声问周晓媛:"你究竟要陆尧希演一场什么戏?"

周晓媛白了她一眼:"你笨啊,这样都看不出来,当然让他演富家子弟啦,好挫挫那个女人的锐气,还有另一个好处……"

"安安!"安安的手臂被人猛地抱住,是她的同桌虞美,"你终于出现了,所有人都在等着看你的神秘男友呢,你们来坐我这一桌啊。"

安安顺手拉了陆尧希一把,这个细微的动作立刻就落在了虞美眼里,虞美一抬头,就见陆尧希朝着自己礼貌地点了点头。

安安正要坐下,手就猛地被握住,耳边是虞美激动不已的声音:"安安,他好帅,我忌妒你忌妒你忌妒你。"

呃……安安看向陆尧希,那人正绅士地替她拉开椅子,等她坐下,他才理所当然地坐在了她旁边。

安安呵呵地笑,的确是很帅啦。

虞美跟她咬耳朵:"你和苏维扬没在一起我本来还很失望呢,不过现在……嘿嘿嘿。"

虞美是言情剧女王,看过很多韩剧,萌各种CP,当时苏维扬和安安,就是她萌的其中一对。

安安想起几天前,她告诉虞美,苏维扬有了女朋友,虞美还唠唠叨叨地在QQ上念叨了自己半天,谁知道今天看到陆尧希就立刻倒戈了,只能说,女人果然大部分都是看脸的啊。

人到得差不多,侍者就开始上菜了。

这种聚会饭局,总少不了觥筹交错。

安安莫名成了敬酒的目标,安安瞪大眼睛,听着这些人说着"恭喜发财""白头偕老""早生贵子",只觉得莫名其妙。

好在有陆尧希在,都替她挡了下来。

其实他也不爱喝酒,但醉酒的安安实在让人不敢恭维,他还是咬着牙扛吧。

一阵胡乱敬酒之后,主持这场同学聚会的班长刘洋开始招呼大家:"酒喝过一轮了,那些新来的家属,都自我介绍一下。"

话音刚落，就听到坐在安安对面的邹小圆抢先开口："就从我们开始吧，不过，我想大家也都认识他吧。"

邹小圆身边坐的是一个叫肖扬的律师，上过不少法坛节目，人长得不错，曝光率也很高，认识他的人确实不在少数。

肖扬笑着朝在座的人点头，一眼望向陆尧希："这位不知道怎么称呼？我们是不是见过？在美国 ST 总公司？"

肖扬毕业于哥伦比亚大学，去 ST 面试的时候，曾意外遇见前来视察的 ST 董事长陆萧然，那时候陆老头身边跟了一群人，似乎就有这个小伙子。

邹小圆依偎在肖扬身边，有些不忿，她原本就指望着肖扬的名声能把安安家那位压下去，没想到肖扬一开口，竟说在 ST 总公司见过对方。

邹小圆挑衅地看向安安："安安，你也介绍介绍你男朋友吧。"

包厢里安静下来。

安安觉得这个肖扬一定眼神不好，陆尧希一个小保姆，哪里去过美国，一张口就想解释："阿希他……"

陆尧希眼神一闪，立刻在桌子底下握住了安安的手，截住了她即将要说出口的话。

安安这么一停顿，周晓媛已经抢过了话头："没想到还能遇见熟人，安安的男朋友姓陆，ST 的陆家你们也知道吧？"

ST 是十分有名的中外合资公司，ST 的最大股东，陆萧然陆老头的名字简直等于 24K 纯金的。一提到 ST 的陆家，整个包厢一阵低呼。

陆尧希眉头一皱，第一时间看向游知书。游知书也皱着眉头，却对着他摇了摇头。游知书发誓他什么都没有对周晓媛说，难道真被她误打误撞地猜出来陆尧希的身份？

周晓媛接着说："安安的男朋友，就是 ST 董事长……的远房侄子。"

"噗——"安安喝着水，差点儿没把自己呛死，这周晓媛吹牛不打草稿，就算想抬高陆尧希的身份，也没必要撒这么夸张的谎吧，这该怎

么圆啊？不会被人告他们诈骗吧？

　　陆尧希抬手，一边帮一旁差点儿没把肺咳出来的安安顺背，一边和游知书对视一眼，眼里满是威胁，明晃晃写着，看好你家女人。

　　游知书眼里都是无奈，太能扯了，这样都差点儿被她扯中，真是吓出了一身冷汗。

　　陆尧希今天开着名车过来，穿着得体，气质不俗，大家立刻就信了。所有人看陆尧希的眼光都不一样了，纷纷拿着酒杯过来敬酒寒暄，好像认识了陆尧希就能和那个24K纯金的名字拉近一点儿关系。

　　周晓媛乐坏了，扬扬得意地对上邹小圆那张满是不甘的脸。本来她是想随便捏造个过得去的身份，谁知道邹小圆这么嚣张，她就干脆顺水推舟来个大的，陆家是肖扬提出来的，借他的势，大家轻易便信了。

　　来敬酒的人越来越多，喝完这杯还有下一杯，安安被挤到了一边去。

　　安安下意识想找周晓媛来救场，就看到她在角落里，和白子原拉拉扯扯，正在低声说着什么。

　　安安刚刚进来的时候明明没有看见白子原的，以为他没脸见她不敢来了。安安正打算用眼光鄙视白子原一万遍，却猛然想起，这里所有的同学，除了安安和周晓媛，知道陆尧希是男保姆的，就只有白子原了，他来了，周晓媛捏造的身份立刻就会被揭穿。

　　这下事情大条了！

　　安安赶紧提着裙子过去帮周晓媛捂他的嘴。

　　白子原早上就收到周晓媛送来的飞机票，说是聚会改成了一起去塞班岛旅游，他乐坏了，收拾了行李屁颠屁颠就要去搭飞机，没想到在机场的时候却接到了一个酒肉朋友的电话，说是在弄星楼看到他们同学聚会。

　　白子原虽然傻，但不蠢，这个时候也知道被周晓媛骗了，气冲冲来到弄星楼，就看到所有人都在捧着陆尧希，一问之下，立刻明白过来，周晓媛支开他，就是怕他拆穿她。

　　他摩拳擦掌要去告发，却被周晓媛死死拦住。

安安匆匆走过去的时候，白子原已经推开了周晓媛，大吼了一声："你们都听我说，这个人就是个骗子！"

此话一出，整个包厢都安静下来。

白子原的手直直地指向陆尧希："他就一男保姆，装什么大款啊。"

班长刘洋看了两人一眼："白子原，别胡说八道啊，你得有证据。"

邹小圆却明显兴奋起来："白子原，你尽管说……啧……这年头真什么人都有，假扮富商亲戚，指不定是想骗钱，大家都警醒点儿。"

周晓媛怒喝："你给我闭嘴！"

安安站在原地很是茫然，手足无措，竟不知道如何是好。

白子原呵呵一笑："他是游知书家的保姆，我见过他。他开的那车，你查查车牌，看看是不是游家的车。你别看他今天穿得人模狗样，搞不好连内裤都是借来的。"

周围的人开始议论纷纷。

安安第一时间跑过去，握住了陆尧希的手，对着白子原说："不要再说了！"

"也不知道你是什么眼光，给本少爷甩脸色，却去倒贴小白脸！"白子原恼羞成怒，他对安安从来都是示好，这次算是彻底死心了，也就不顾及安安的脸面了。

安安并不在乎自己是不是会受伤，她又不是玻璃心，铜墙铁壁，厚着呢。

她回头看了看陆尧希，他抿着嘴没有说话，沉着脸，压根儿无法看出他此刻究竟是什么样的心情。

很多人已经相信了白子原，站在了他那边，对着陆尧希指指点点。

邹小圆更是一脸遗憾："顾安安，你还真是饥渴啊，都不看看是什么人，保姆你都下得去手，什么眼光啊？"

"邹小圆，说话干净点儿。"周晓媛已经气得跳脚，要不是游知书拉着，指不定就要扑上去跟这女人大战三百回合。

白子原看事情闹大了，两眼发光，势要让陆尧希下不来台："你们

不知道,这小子还敲诈了我十万块。"

如果刚才是揭露真相,那这句话就是血口喷人了。安安气得鼻子都在冒烟,实在是忍无可忍。

"胡扯,那支票明明被水浸糊了。"

白子原嗤笑:"那个纸团谁知道是什么玩意儿,反正我银行里的的确确是少了十万块。"

陆尧希一直冷静地看着白子原血口喷人,游知书想上前理论,却被他制止住。这种把戏,不过是想让他更难堪,在这个时候表明自己的身份,看着白子原吃瘪,当然解气。可是挡在他身前那个小小的人,好像比他更愤怒更生气,他突然很想知道,她会怎么做。

其实把自己撇干净,说她完全不知道他是保姆,甚至站在白子原那一头,看起来都更能全身而退,总比陪他被人误会和唾骂的好。

然而安安哪里只是愤怒和生气,要不是顾及陆尧希,她早就冲上去,直接用暴力解决问题。

议论的声音越来越大,谩骂的人越来越无所顾忌。

"安安怎么认识这种人啊?被骗了吧?"

"还好弄清楚了,不然在座的指不定又得被骗几个呢?"

"这年头,用脸骗钱的人还少吗?就冲着我们这种还没毕业的大学生呢。"

"游家也是的,怎么就养一个这样的人啊?"

听到这里,游知书嘴角一抽,这群不知天高地厚的小毛孩儿,得罪陆尧希这种有仇必报的人,真是自己挖坑给自己跳。但陆尧希不让他有所动作,他看向陆尧希,就见陆尧希的目光依旧落在安安身上,眼里还带着一丝探究。

游知书嘴角再次抽了抽,这家伙根本就没有觉得屈辱,他压根儿就是在看戏。

再看向安安,她此刻气得都抖起来了。

这些脑袋装猪油的家伙啊,安安终于暴走,一手拍向旁边的饭桌:"统统给我安静!"

突然爆发的女王气场震慑了在场的人,离安安最近的陆尧希被她的超音波穿脑而过,觉得自己此刻头很晕很晕。

这么一巴掌拍下去,安安表示她的手很受伤,但为了气势,她忍。

安安看向白子原,目光凌厉:"你说陆尧希拿了你的钱?可是当时在场的人都可以做证,是你在众目睽睽之下,自己主动给他钱,试图收买他。"

白子原本来就是外强中干的怂货一个,安安红了眼要和他拼命的那副模样,他看了就脚软,更别提她身后还有周晓媛和游知书。

白子原一怂,也就不开口了。

安安偏偏气势上来了,步步逼近:"如果你有证据,你为什么不报警?你是那种息事宁人的人吗?你分明就是在胡说八道血口喷人!"

白子原后退一步,彻底被安安突然爆发出来的气势吓倒,结结巴巴说不出一句完整的话。

安安凌厉的目光从白子原脸上移开,扫了在场的人一眼:"我承认,阿希只是一个保姆,看起来并没有多少金光闪闪前途无量,我们说谎,是我们不对,我在这里道歉。"

说完,她对着周围的人一个个九十度大鞠躬。

周晓媛有些气急败坏地喊了一声"安安",安安却置若罔闻。

安安的表情这样严肃,可是没有人能够知道,她此刻心里的台词是:一鞠躬,二鞠躬,三鞠躬……

她站直了身子,转身紧紧牵住陆尧希的手:"在我眼里,他是最好的人,他这样好,你们这群眼里只有钱的人,根本不配和他一起吃饭!"

安安是真生气了,干脆一竿子打翻一船人。

她拉着陆尧希的手转身就走,被她拉着走的那个人,被人当面指责谩骂,脸上却无半分恼意,倒是嘴角翘起,目光灼灼地看着前面那个浑身似乎都燃着怒火的人。

　　似乎整个世界，只剩下了眼前这一团火光，独一无二。

　　安安拉着陆尧希冲出酒店，一回头，果然看见周晓媛和游知书跟了出来。
　　她怕了拍陆尧希的手："你在这里等我，我很快就回来。"
　　说完，她飞一般地奔向了周晓媛。
　　苍天可鉴，安安是真的想当场掐死这个损友，周晓媛真是电影看多了，还来这么一招青蛙变王子，可是王子没变成，青蛙还差点儿被围观群众的口水淹死。
　　安安把周晓媛拉到一边："现在怎么收场？"
　　"什么怎么收场？你刚才不是威震四方了吗？"
　　那是刚才！安安被她家的女王大人上身，才这样威风凛凛，现在一出来，她觉得自己腿都软了，还谈什么气势啊。
　　安安耷拉着脑袋："他没答应和我在一起，一定是预见了会有这种场面，阿希此刻一定心碎成渣渣，我要怎么安慰他？"
　　周晓媛表情微妙地看向安安："安安，你不会是来真的吧？"
　　安安不明所以地抬起头："什么真的假的？我是那种随便玩弄感情的人吗？"
　　周晓媛急了："安安！陆尧希不过是个小保姆，你不要太天真了，你是重点大学的高材生好吗？要是你家顾先生知道你跟了个小保姆，不得气死！"
　　安安立刻横眉竖目地伸出她的九阴白骨爪："你什么意思？你也歧视他？"
　　周晓媛一把拍开她的手："你糊涂了？你不就是想用他来刺激苏维扬吗？没有必要假戏真做。我今天要他演这么一出，就是为了让你名花有主的消息传到苏维扬耳朵里，要不是白子原，事早成了。"
　　安安想起周晓媛之前没有说完的话，突然有些蒙了："你是说，你做的这一切都是为了帮我刺激苏维扬?"

周晓媛点了点头:"不过你为了陆尧希当场发飙,让苏维扬知道了,也许会有意想不到的效果也说不定,我们也算是没白计划一场。"

计划?安安快哭了,她压根儿就没有什么计划啊。

周晓媛一副语重心长的样子:"安安,你和苏维扬这么些年,我都看在眼里,我知道你不甘心,再争取一下又怎么了?他如果在乎你,一定会回来。"

安安抿着嘴唇,她貌似的确有那么一点点不甘,但是不代表她会利用陆尧希的感情。她想再辩解,周晓媛却好像知道她要说什么似的,抢先截断了她的话头。

"你什么都不用说了,你不是圣母,安安,难道你不是也因为陆尧希是一个小保姆,才选择了他吗?这样即使你一走了之,他也没有任何把握和能力可以留住你。其实在你潜意识里,你也是看轻他的不是吗?"

安安怔怔地望着周晓媛,只觉得她话里的信息量太大,她说得对吗?难道自己真的是这样的人?

周晓媛没有再说话,只拍了拍安安的肩膀。

不远处,陆尧希的目光一直落在安安身上。游知书走过去,似笑非笑地问:"刚才一句话也不说,就让人家女孩子替你出头,你好意思?"

本来可以说出来的,把自己的真实身份亮出来,能把白子原那些趋炎附势的人的脸给打烂去,可是他一直保持沉默,似乎很享受被人保护的感觉。

陆尧希微笑:"我会补偿她。"

补偿?游知书被吓了一跳:"怎么?真看上了?不是你喜欢的类型啊。"

陆尧希沉默了一阵才开口:"我想试一试。"

他想试一试,顾安安还能带给他什么样的惊喜,她的糊涂和莽撞是不是只是一种表象,这种表象之下,究竟还藏着什么有趣的东西,他想

看看。

游知书还想说些什么,就见周晓媛扶着垂头丧气的安安走了过来。

安安走近了,以很是决绝的目光看向陆尧希:"阿希,我有话跟你说。"

陆尧希愉悦地答道:"正好,我也有话跟你说。"

重要的话,要找一个安静的地点说。陆尧希绕了几圈儿,终于找到了一个安静的小公园,中途还停下来,给安安买了一大包糖炒栗子,这次他总算记得带现金了。

安安捧着那包热气腾腾的糖炒栗子,坐在公园的木排椅上,却怎么也高兴不起来。

陆尧希在她身边坐着,两个人安安静静,一时无话。

"阿希……"她看向陆尧希,"关于我跟你告白的事情……"

陆尧希用眼神鼓励她:"嗯?"

他其实心里已经做了决定,但还是想听她再说一次,那时候,他会告诉她想听的答案。

安安深呼吸一口气:"关于我的告白,你就当没听过好了。"

"好,我答应你。"嗯?好像有哪里不对,原本做好心理准备的陆尧希一个愣怔,"你刚才说什么?"

他都准备好要接受她了,她居然说算了?怎么可以这么随便?陆尧希随即便沉下脸来:"顾安安,你想始乱终弃吗?"

安安窘了,他们没有始乱,哪里来的终弃?可是……他刚才要答应她什么?

"咳,今天的事情,我不希望再发生第二次了。"安安低着头,是她不好,让陆尧希无端端陷入这么一场旋涡,好像自从认识她那一天起,她就各种连累他。

陆尧希依旧沉着脸:"你觉得我丢了你的脸?还是你在欲擒故纵?"

安安忧愁地捧住了脑袋,要怎么告诉他,这一切都是自己闹出来的又一场乌龙。周晓媛说得没错,虽然冠冕堂皇地说着要忘记苏维扬重新做人，但她还是在无意间利用了陆尧希，把自己的同情当施舍。

或许，她根本就没有喜欢过陆尧希。

她觉得自己简直是十恶不赦。

她揉了揉脸，努力让自己理智起来："是我太草率了，没有考虑清楚……一周之后我就要开学了。"

偷偷抬眼看了看陆尧希，安安努力让自己显得理直气壮些："港海和景川离得那么远，为了避免发生异地恋这种悲剧，我觉得我们还是应该挥剑斩情丝，从此相忘于江湖。"

陆尧希被她绕来绕去，绕得头晕，女人心真是海底针，用磁铁都捞不着。

他试探地问："所以你的意思是，要一直在同一座城市，才可以在一起？"

她笃定地回答："对！"

陆尧希若有所思地点了点头。

安安站起来，捧着慢慢冷下去的糖炒栗子，有些支支吾吾："那……既然说清楚了，我就先回去了，你不用送我了。"

陆尧希抬起头，公园里的灯光很暗，安安看不清他的表情。

"阿希，再见了。"

隔了一阵，才听到陆尧希平静的声音响起："再见。"

就这样？

安安有些不可置信，虽然她所希望的最好情况是，他对她没有太多感情，那么因为她而受的伤害就能少一点儿。

但是，难道人与人之间的感情就淡薄成这样？她想好的劝词都没派上用场，好歹挽留一下啊。

安安一步三回头，然而陆尧希还是坐在那张木排椅上，一动不动，似乎化成一座雕塑。

安安一咬牙，终于头也不回地走了。

一路走回家,她脑海里纷纷扰扰,不得安宁。这绝对是她过得最荒唐最凌乱的一个暑假了。

安安一路沉浸在自己的世界里,也就没有留意到,后面有一辆车,保持着适当的距离,跟了她一路。

陆尧希看着她站在小区楼下,四十五度仰望天空,小脸皱成一团,不知道在想些什么。很多时候,他都觉得,自己其实从来没有看透过安安。

她给了他一个跌宕起伏的暑假,那么接下来,是不是轮到他来给她惊喜了?他看着她垂头丧气地上楼去,笑着启动车子,慢慢消失在街角。

安安站在楼下忧伤了一会儿,最终还是捧着那一包凉透的糖炒栗子上了楼。

一进门,旺财就以迅雷不及掩耳之势朝她扑了过来,在她的脚边团团乱转。

女王大人笑着凑了过来:"安安啊,来,和妈妈聊聊人生。"

换作平常,安安早就狗腿地凑过去求抚摸求宠爱,但此刻她正忙着悲春伤秋,只朝女王大人摆了摆手:"我没空,你找旺财聊吧。"

顾先生捧着安安最爱的蛋挞出来:"乖女儿,咱们边吃蛋挞边讨论一下人生观恋爱观婚姻观吧?"

安安推开顾先生凑过来的老脸:"不要,你给旺财吃吧。"

女王和顾先生同时悲愤了:"安安!"

安安却头也不回:"我又失恋了,我想静静,你们也不要问我静静是谁。"

说完,安安耷拉着脑袋进了房间,留下无比震惊的女王和顾先生。

又!失恋了!怎么一眨眼女儿都失恋两回了,女王大人和顾先生执手相看泪眼,果然时代还是发展得太快了啊。

等你毕业，
你去哪里，我就去哪里

YUJIANNI,
ZHENGGESHIJIE
DOUBUDUILE

在坦诚自己失恋之后,安安在家里过上了前所未有的好日子,女王大人天天变着花样给她做好吃的,顾先生嘘寒问暖,甚至主动提出要给她涨零用钱,就连旺财朝她吠叫的时候,都温柔了许多。

安安仍旧感觉相当失落,一失落,吃饭的时候一不小心就多吃了几块肉,导致体重直线上升。以至于回校前一天,她站上体重秤上的时候,差点儿激动得把秤给摔了。

周晓媛来找她的时候,就见她在和体重秤搏斗,零件被她肢解得七零八落,惨不忍睹。

"顾安安,你要躲到什么时候?你又没欠陆尧希的钱!"最近无论周晓媛怎么约安安,安安都不出门,好像一踏出家门口,就会遇见某个她不敢见的人一样,比躲高利贷还夸张。

安安哀哀切切的,虽然没欠他的钱,可是她觉得自己欠他好多情啊。最重要的是,她发现陆尧希的 QQ 天天在线,可是却再也没有和她说过一句话。

安安很伤感,好不容易多了一个好朋友,就这么被自己给折腾没了。最让她痛心的是,陆尧希是她朋友中唯一一个会做好吃的!想到以后再也吃不到他做的东西,她就觉得痛彻心扉!

周晓媛安慰她:"等你回到了学校,就会发现遍地是芳草,个个比苏维扬和陆尧希都要强。"

周晓媛在景川上大学,这就代表暑假一结束,安安一回港海,她们天天腻歪的好日子也就结束了。安安动情地扑过去抱住周晓媛:"晓媛,我明天就走了……"

周晓媛接住安安,觉得她一定是舍不得自己,正要说句感人的离别语，就听安安说："帮我好好照顾阿希，一定不要让白子原或者游知书欺负他。"

周晓媛一把将她推开："顾安安！你重色轻友，你没救了！"

周晓媛怒气冲天地走了，安安摸摸鼻子，思来想去，还是决定在离开前，偷偷去看一看陆尧希。

在安安的想象中，陆尧希应该是形容憔悴，食不下咽，然而当她走到游知书家门口，偷偷摸摸往里面望的时候，就看见多日不见的某人，神采飞扬，脸色红润，正靠在落地窗边，捧着一本书，安安静静地读着，一副现世安稳的景象。

她都忧愁得胖了，为什么他一点儿为伊消得人憔悴的模样都没有，这不科学！

她在门前徘徊许久，最终还是一跺脚，转身回家。这个暑假的荒唐，都结束在这一天吧，等回到学校，她要对着那遍地芳草大开杀戒，绝不留情！

安安满怀壮志地走远了，那假装看书的人才转了转自己僵硬的脖子，看向屋子里的监控视频。

看着那个娇小的身影气哼哼地离开监控的视野，陆尧希合上书，嘴角慢慢扬起一抹微笑，摸出手机给游知书打了个电话。

"帮我查一查顾安安在港海的地址，安排一下，我要去港海。"

说完，他不顾游知书在那头夸张地大呼小叫，果断地挂断电话。

招惹了他就想一走了之，没那么容易。陆尧希狡黠地笑了。

正垂头丧气走在路上的安安猛地打了个喷嚏，不明所以地回头看了看，为什么她突然觉得冷飕飕的，安安抖了抖，加快了回家的步伐。

回校的前一天，按惯例会有极其丰盛的晚餐，安安大快朵颐，趁着女王没注意，偷偷喝了一杯酒精饮料。

迷迷糊糊到夜深人静的时候，安安打开新买的手机，手机背景图片

是那张被安安命名为"半个下巴"的合照。

当时一拿到新手机,她在相册里挑了半天,鬼使神差地竟上传了这一张当桌面背景。她说服自己,一定是周晓媛把这张照片P得太好看了。

半夜三更,尤其是醉眼蒙眬的时刻,最容易做傻事,安安捧着手机,翻了半天的通信录,嘴里念叨着苏维扬的名字,最终随手一按,打了过去。

"为什么不给我打电话?为什么不来找我?为什么要躲着我?"电话一接通,她就委委屈屈地低吼起来。

"顾安安?"对面的声音带着些惊讶,似乎没想到她居然会打电话给自己。

"你知不知道,我很想你?"

她想念过去和苏维扬在一起的无忧无虑的日子,即使不能做恋人,她还是格外想念身为朋友时的苏维扬,他和周晓媛是她的童年她的青春,她割舍不下的也许并不是爱情。她不想和他老死不相往来,只要他能回来,做朋友又有何不可。

但只有酒醉的时候,她才有勇气说出口。

对面沉默了很久,久到安安迷迷糊糊地睡过去,完全不知道在最后,电话那端的那个人,低笑出声,声音无奈却带着愉悦。

他说:"虽然很不想承认,但我好像……也有点儿想你。晚安,顾安安,我们港海见。"

夏季的月光明亮动人,安安闭着眼睛趴在床上,亮着的手机屏幕上显示着通话时间3分38秒,通信联系人那一栏写着……阿希。

安安翻了个身,抱着枕头沉入梦乡,一夜甜梦。

早上照例是被女王大人的大力金刚掌拍醒,安安还睡眼迷蒙,就被架着刷牙洗脸换衣服,又被女王大人简单粗暴地丢进车里,送往车站。

安安在颠簸中又睡了一路,直到被架着进入车站,看见牵手站在一起的游知书和周晓媛,才一个激灵醒过来。

安安甩开顾先生和女王大人，朝周晓媛奔了过去，盯着两只牵在一起的手两眼直放光："好一对奸夫……"

话还没说完，就吃了周晓媛一个手拐："我们特地来送你的，给我好好说话！"

安安用鼻孔哼了一声，瞟向一脸似笑非笑的游知书："咳，他呢？"

游知书装傻扮蒙："嗯？谁？"

安安眼睛一瞪，周晓媛立刻替闺密动手，伸手狠狠掐了游知书一下。游知书吃痛，赶紧把手上提着的纸袋子送出去："阿希亲手做的三明治，他说你喜欢吃，让我给你带来。他就不来送你了，祝你一路顺风。"

游知书念台词似的说完，才得空揉了揉自己受伤的手臂，想起自家那个损友就生气，明明都要追到港海去了，还搞什么欲擒故纵，派他来受这份罪，他表示自己很不开心。

安安愣愣地接过那个纸袋子，抱在怀里，看向游知书的目光却更凶狠了些。

"我警告你，好好对阿希，给他涨工资，不许让他干太多家务，别让白子原找他麻烦，不然……"安安瞟了周晓媛一眼，"不然以后你结婚，别想从我这个伴娘手上接走新娘子！"

安安和周晓媛四只眼睛都盯着他看呢，游知书只得委委屈屈地应了声好。

打打闹闹了一阵，安安就要上车了。

安安潇洒地朝众人告别："青山不改，绿水长流，等我放假回来，让你们请我吃饭！"

然后就被女王大人一个大力金刚掌打得屁滚尿流，匆匆忙忙地过了检票口，上了车，安安才松了一口气。

纸袋子里的三明治用透明包装盒装好了，整齐地放在盒中，安安掏出来，在隔壁座的小哥看神经病一样的目光中，狼吞虎咽地吃完，差点儿没把自己噎死。

遇见你，整个世界都不对了

高铁疾驰，风景匆匆而过，安安仰着脑袋四十五度仰望天空，学习电影里的文艺女主一样，把头靠在玻璃窗上，默默地念了一句……

再见了，陆尧希。

港海和景川不一样，夏季大部分时间都是天朗气清，绝不会动不动就刮台风，吹得人东倒西歪才罢休。

安安开学已有一个星期，这是大四的第一个学期，许多人已经忙忙碌碌开始为找实习单位而准备，这就意味着，她很快也要投入寻找实习单位的滚滚人潮里去。

也意味着，她再不找一株芳草，最美好最适合谈恋爱的大学生活，就要结束了！

可问题是，她这十多年都被苏维扬"圈养"，再加上看过陆尧希的美色，怎么都觉得这学校里的芳草个个长得歪瓜裂枣，她忧愁得不能自已，天天对着镜子孤芳自赏，哀悼自己还没来得及挥霍就要逝去的青春。

室友薛宝宝看不下去了，一拍桌子："不就男人吗？本校没有，你就不会上隔壁学校找去？"

安安汗颜了一把，虽然是事实，但也不要把她说得那么饥渴好吗？

为了她的恋爱生涯有一个美丽的开端，她默默蹭到薛宝宝身旁，狗腿地问："女侠，求指教！"

薛宝宝受用地抬了抬下巴："今晚和隔壁的法政大学有个联谊晚会，你打理一下自己，和我一起去吧，姐罩着你！"

两所学校的联谊晚会，说白了就是一个大型的学生相亲大会。至于成不成功，全看自己功夫。从前安安是从不参加这种活动的，但她现在一心想要谈一场校园里的恋爱，也就顾不得这么多了。

"宝宝你太好了！"

安安激动地抱着薛宝宝摇晃了一会儿，"咻"的一声冲进了厕所洗刷刷，她顾安安，总算要开始新生活啦。

法政大学和安安所在的港海大学是邻居，相距不过五百米的路程。安安晚上特地少吃了一碗饭，才费力地把自己挤进了去年女王送的连衣裙里。

薛宝宝盯着安安左看右看，对安安多日来披头散发游魂似的形象十分不满，最后用她鬼斧神工的手法，用一根筷子，把安安的头发统统都盘上去了。

安安在镜子前站了半天："宝宝，你确定以我这个道姑发型，真的有帅哥愿意和我搭讪吗？"

薛宝宝对安安的质疑很愤怒，她默默地举起拳头，一副质疑我者死的表情。

为了避免被怒火烧死，安安闭上嘴，顶着道姑头，挽着薛宝宝的手，款款去往联谊的地点。

联谊的场所在两所学校中间的一家酒店大厅里，一进门，就见灯光酒影，音乐声响起，人群一簇一簇地聚集在一起，放眼望去，几乎每个女生身旁都已经站了个男生。

薛宝宝捧了杯可乐，只交代安安"自己动手丰衣足食"，之后便两眼放光地开始寻觅目标。

据说法政大学帅哥遍地，安安摸了摸自己的道姑头，准备大开杀戒，拔根芳草回去让周晓媛开开眼界。

安安正眯着眼睛寻找目标，就听见有人喊她名字："顾安安？"

安安回过头，就见一身正装打扮的乔正阳拿着杯啤酒，正打量着她："真是你啊顾安安？"

一看见乔正阳，安安就暗叹糟了，她长这么大，那几个追求者数都数得过来，除了白子原，就是眼前这位乔正阳了。

当年她刚入学，迷糊又张扬，朝气蓬勃的样子倒是惹了个狂蜂浪蝶，还是隔壁学校的。乔正阳在法政大学有点儿名声，长相帅气，也有不少女生趋之若鹜。所以当初他看中安安，早已经胸有成竹，认定安安会乖

乖跟着他走。可惜他千算万算,算不到远在他乡还有一个让安安牵肠挂肚的苏维扬。

所以安安拒绝他的时候,他当场就炸毛:"多少女生喜欢我你知道吗?你凭什么拒绝我?"

安安以为他受了刺激,还小心翼翼地解释:"我有喜欢的人了。"

谁知道乔正阳立刻掀桌,把苏维扬从头到尾问候了一遍,踩得他一文不值。安安那时正值年轻气盛,哪里能容忍别人这样诽谤她的心上人,她冲过去,恶狠狠地推了乔正阳一把,小小的女孩子一发狠,也足以把一个大男人推得四脚朝天。

末了,她还居高临下凶巴巴地警告他:"我喜欢的人比你好一百倍,他知书达理,温文儒雅,虽然他现在在国外进修,但他很快会回来和我双宿双栖,在我心里,你连他一根头发都比不上!"

说完,她抬头挺胸地走了,留下乔正阳目瞪口呆地躺在篮球场,后来因此被嘲笑了整整三年。

乔正阳和安安这笔账还未清,现在是仇人见面分外眼红。安安有些没底气地往后退了退:"嘿,这么巧啊。"

乔正阳又朝她走近,语气嘲讽:"你不是有个在海外的金龟婿吗?还用得着来这种联谊会吗?"

如果实话实说,告诉他苏维扬跟洋妞跑了,就等于是在打自己的脸。不爱说谎的安安只好心虚地应:"谁规定有男朋友就不能来联谊会了?"

"顾安安,我找到工作了,今天刚签约,ST 的法政部。"乔正阳转了个话题,眼睛死死地盯着安安,"ST你知道吧?多亏了你,我才有今天。"

安安不明所以地眨眨眼睛,关她什么事?

"如果不是你贪慕虚荣拒绝我,这几年我又怎么会奋发图强,考上人人挤破头都想进去的ST。"乔正阳一副得意的样子,"看到我如今爱情事业都得意,安安你后悔吗?"

安安顿时觉得一阵恶心,这人不愧是学法律的,真能乱掰。

然而他一再提到ST，让安安不由得想起那场同学聚会上发生的闹剧，还有那一天为了她的脸面而陪着她演戏的阿希。

她一直在后悔，如果不是她，阿希就不会受这种折辱。

这么想着，她竟说出口来："嗯，我是挺后悔的。"

安安自顾懊恼的神色取悦了乔正阳，他靠近她，想去抓住她的手，却不料有人喊他的名字。

"正阳，你在干吗啦？这位是？"

安安正懊恼着，就听一个娇滴滴的声音响起，她抬起头就看见本校的校花陈曦挽着乔正阳的胳膊，对着安安笑得和蔼，眼里却闪过敌意。

"曦曦，遇到个老朋友，这个就是我跟你提起过的，顾安安。"乔正阳连忙撇清关系，"安安，这是我女朋友陈曦，你们校校花，你认识吧？"

"噢，你就是正阳那位曾经沧海难为水啊？"陈曦斜睨着安安，说话突然就变得言辞锋利起来，"怎么？总不会是被人踹了，想起我们正阳的好，特地找来的吧？"

此话一出，乔正阳自我感觉良好地笑了笑，却又假装劝阻："曦曦，别这样。"

安安却是一头雾水，什么情况啊，她只是碰巧遇见他，何况这两年她都没有再见过乔正阳，她又怎么会知道他好不好。

唯小人与女子难养也，安安现在两种都遇上了，还是走为上策，她保持礼貌地朝他们点点头："我同学在找我，我还是先过去了。"

陈曦却闪身过去拦住安安，一副一心要为乔正阳出口气的样子。

"你不知道吧？正阳他家背景其实很好，他父母都是律师，可是他低调，一直不说出来。"陈曦冷笑，"我听说你那个金龟，只是个秃顶又有啤酒肚的暴发户，像你这种爱慕虚荣的女人，我见得多了。"

当年安安拒绝了乔正阳之后，学校就疯传她勾搭上一个秃顶又有啤酒肚的中年暴发户，然而安安神经粗大，只觉得是风言风语，完全没想到这个秃顶又有啤酒肚的中年暴发户指的居然是苏维扬。

那个谣言明显是有人刻意为之。

安安心里有把火烧得噼啪响,但今晚她不是来吵架的,理智告诉她不要与这种人纠缠,她忍!

陈曦冷笑着看着安安的时候,安安一直在寻找薛宝宝的身影,然而人太多,她找不着,只好拿出手机打电话给薛宝宝。

手机刚拿出来解了锁,就被人一把抢了过去。

"呵呵呵,这个是你男朋友?现在PS技术越来越好了,牛粪都能P成鲜花。"安安的手机在陈曦手上,屏幕亮着,是那张"半个下巴"的照片。

陈曦虽然是港海大学的校花,但却是个出了名的胸大无脑的花瓶,刚才见乔正阳看安安的眼神不对,心里已经有刺,此刻处处找碴儿,见乔正阳没有阻止,就越发放纵起来。

"你法律系的男朋友没有告诉你,"安安心里那把火越烧越旺,"不问自取视为贼也!"

安安把手机从陈曦手上夺回来,心里那把火已经烧到脸上来了。她只是神经粗一点儿,但不是打不还手骂不还口的傻子。

陈曦却又笑眯眯地:"你慌什么?其实你和正阳,大家再见也是朋友,不如你把你男朋友叫出来我们见见?"

安安相当无奈,她和他们什么时候是朋友了,她和他们一点儿都不熟啊!她不想把时间浪费在和他们纠缠这件事情上,连带着这场联谊晚会都变得枯燥乏味。

安安淡定地扭头就走。

"等等!"这次拦住安安的却是一直坐山观虎斗的乔正阳,"曦曦说得没错啊,把你男朋友带出来大家聚聚……还是,你不敢?"

安安在景川弄星楼闹的那一场,乔正阳是收到消息的,此刻见安安一直躲闪不做回应,他就信了九成,这是羞辱她的好机会,他自然不会轻易放过。

安安只觉这两个人今天都忘记吃药了,一直缠着她算什么英雄好汉,但他们一直把她拦在角落里,她走也走不了。

"走开!"

"我听说你男朋友,是叫什么希的?压根儿不是什么海外金龟,只是个小保姆。"乔正阳言笑晏晏,说出来的话却让安安瞬间白了脸。

陈曦搭腔:"哎呀,学校这么多高级知识分子不要,跑去勾搭小保姆,还说是什么海外金龟。"

陈曦扬扬得意地挽住乔正阳的手:"正阳,还好当年你没和她在一起,你看她那眼光……"

安安被两个人堵在角落里,看起来就像几个朋友围在一起说话寒暄,然而安安此刻的脸却是惨白。

这些日子无论安安怎么努力假装快乐地生活,但弄星楼那一幕她就是忘不掉,她都已经离开景川了,为什么还是会有人要拿陆尧希是保姆这件事做文章。

这些人是不是闲得蛋疼?!

可是她却只能低着头不发一言,她从小到大都不爱说谎,因为一个谎言需要无数个其他谎言来圆,就她那粗神经,圆谎对她来说实在是一件很高难度的事情。

所以她只能努力抬头挺胸,告诉他们:"你们都不懂,阿希他、他很好。"

那么好的一个人,人们为什么一定要因为他的身份而看低他,面对着眼前对着她冷笑的两人,安安突然觉得前所未有的难过。

鼻子好酸,好难受。

就在安安抬手抹眼睛的时候,有个人冲过来一把抱住她,失踪了一阵的薛宝宝满脸惊喜:"安安,找你好久了!来了个超级大帅哥!超级帅哦!快跟我来。"

外边的人群一阵骚动,很多女生都往同一个方向拥去。薛宝宝拉了拉安安,没拉动,这才发现安安低着头,有水珠从她的下巴滴落。

在哭？

薛宝宝不由得瞪向安安面前那两个人："你们对她说了什么，欺负人呢？"

陈曦不屑地翻了翻白眼："自己男朋友是个保姆，还不能让人提了？哭个什么劲啊？"

要是平时，安安早扑上去用暴力解决问题了，可是今晚她觉得很累，就算使用暴力，陈曦身边还有个乔正阳，她打不赢两个人，好汉不吃眼前亏，她决心还是自顾自先难过一会儿。

但她不算账不代表薛宝宝不和他们算账，乔正阳这厮打着被安安拒绝的旗号，到处传播谣言毁坏安安的名声，现在居然还带了陈曦来蹬鼻子上脸，太浑蛋了。

薛宝宝推了陈曦一把，两个人就要动起手来，安安拖住薛宝宝，却见刚才骚动的人群往他们这儿靠近。

大庭广众之下打架可不好看，安安抱住还要冲上去的薛宝宝："宝宝，算了算了。不要和这种人计较。"

此时人群渐渐散开，安安听到有个女生的声音响起："帅哥，来我们这边玩游戏吧。"

然后便有人回答："不了，我是来找我女朋友的。"

"啊？谁是你女朋友啊？"

安安愣了愣，这声音怎么这么熟？

安安猛地回头看去，就见好几个女生围着一个男生，都一脸花痴地仰望着他。

而他鹤立鸡群般站着，笑着朝安安的方向指了指："喏，我女朋友在那儿……"

安安看着那个笑得倾国倾城的人，半天合不拢嘴。

陆尧希？！他为什么会在这里！

在安安回到港海的第二天,陆尧希已经住进了游知书为他在港海准备好的房子。只是他还没想好,要以什么样的方式让她重新见到他。

在他准备好接纳她的时候,她却拍拍屁股走人,他要怎么教训她好呢?

耽搁了一个星期,他才决定来她学校找人。

可他在她宿舍楼下摆了一个小时白马王子的造型,把路过的女生惹得连连尖叫,却偏偏等不到他要等的那个人。

无奈之下,他只好去宿管那儿打听消息,就听宿管阿姨很愉快地爆料:"安安啊,我知道我知道,她打扮得漂漂亮亮,和她室友一起去和法政大学的帅小伙们联谊去了。"

等了一个小时的某人脸彻底黑了,他不就考虑了一个星期吗?她居然迫不及待地去联谊了,还打扮得漂漂亮亮,要给谁看?!

陆尧希回想起安安跟他告白时那一身造型,登时咬牙切齿。

问了宿管阿姨联谊的地址,他毫不犹豫地杀了过来。

本来有一肚子话要说的,但看到那个呆呆傻傻看着他的人,他满腔的怒火就化成了无奈,这么粗神经的女孩子,你还怎么指望她能敏感一回?

安安呆傻了半天,就见陆尧希微不可闻地叹了一声,朝她走近,伸手抚上她的头发。

她那个道姑的发型已经在刚才拉扯中弄乱了,陆尧希干脆把固定着头发的筷子拔掉,让她原本柔软的长发洒下来,一缕一缕地帮她梳理好。

他这温柔备至的模样不知道惹红了多少人的眼。安安却只是愣愣的,她一定是在做梦吧,远在景川的陆尧希,怎么可能会突然出现呢?

为了证实自己的猜想,她伸出手,用力地掐上他的脸。

陆尧希的俊脸被她掐得变形,嘴角忍不住抽搐起来,这么温情的画面,顿时就四分五裂。

"顾安安,你在干吗?!"

她猛地缩回手:"我只是确认一下自己是不是在做梦?"

她眼圈红红的,似乎是刚哭过的样子,陆尧希轻轻碰了碰她的脸:"怎么回事?"

这个咋咋呼呼神经大条的女孩儿,有谁能让她哭?

"安安!这个帅哥是你男朋友?"一旁围观了许久的薛宝宝激动地拉了拉安安,"你个浑蛋啊,怎么不告诉我,不管啊,请吃饭请吃饭。"

安安欲哭无泪,现在是讨论这个的时候吗?

这种联谊会,帅哥美女的注视率本来就高,安安本来小透明一只,陆尧希一走到她身边,她就跟着备受瞩目起来,但问题就在于,这些女生的目光都不怎么友好。

安安拉着陆尧希的手,打算溜之大吉,就见乔正阳挡住了她的去路。

"安安,这是你男朋友?不介绍我们认识?"

围观群众见陆尧希名草有主,都遗憾地散去。乔正阳站在那儿毫无顾忌地打量着陆尧希:"我们和安安才刚聊起你呢。"

"哦?"陆尧希回视他,"她说我什么了?"

安安捏了捏陆尧希的手:"阿希,我们走吧。"

在弄星楼的悲剧要是再发生一次,别说陆尧希了,她的小心脏都会承受不住。

她拉着陆尧希就要走,陆尧希却反握住她的手,轻轻捏了捏,示意她不要紧张。

"别急着走啊。"乔正阳拉过对着陆尧希看直了眼的陈曦,装出一副和善的样子,"之前听安安说,你是在海外留学,哪所学校的。"

安安心里一个咯噔,完了完了,这是悲剧要重演的节奏啊。她说的是苏维扬,又不是陆尧希,可是她要是说出来,让陆尧希的脸往哪里搁啊。

还是三十六计走为上计最实际,最多被人说她信口胡说。

她拉了拉陆尧希,他却岿然不动,笑着回答:"哈佛,今年刚毕业。"

乔正阳笑得意味深长:"哈佛啊?安安不是说你在英国吗?"

乔正阳很得意，说谎草稿都没打好，就想和他斗。

谁知陆尧希却从容地笑了笑："她太迷糊了，记性也不好。我在哈佛读DBA，她却老记错我的专业。"

一旁对着陆尧希流了半天口水的陈曦终于反应过来，自己应该和乔正阳站在同一阵线，她立刻翻了个白眼："什么DBA，听都没听过，我只知道MBA。"

陆尧希笑笑不说话，乔正阳的脸却黑了一半，回过头看着陈曦，咬牙切齿地解释："DBA是工商管理博士。"

陈曦被乔正阳凶狠的眼神瞪得心里发毛，不由得嘟囔："不是说他是保姆吗？居然读过大学？"

乔正阳被这个无脑的女人气得快发疯，正要教训她，就听见陆尧希开口："我回国之后在一个朋友那儿住了一段时间，我又比较爱干净，经常忍不住替他打理房子，引起了不少误会。"

陆尧希笑得从容淡定，每一句都像是真的。安安在一边感叹，陆尧希的演戏技能已经到了登峰造极的地步了，真想给他颁个奥斯卡最佳男演员。

于是她这种渣演技，只能低着头，在一边默默抠他的手，暗示他快点儿拍拍屁股走人，再聊下去就出事了。

乔正阳尴尬地笑了笑，这人风度卓然，怎么看都不像是个保姆，难道消息有误？

乔正阳决定再试他一试："听说我们公司的太子爷也读DBA，是你校友呢，你认识吗？"

陆尧希"哦"了一声："贵司是？"

"ST。"

陆尧希假装沉思地点点头："Edvin.Lu，老朋友了。"

陆尧希笑了笑："他邀请我毕业后去他公司帮他，我这次来就是来看看分公司的情况，也许我们以后能有幸同事，多多指教了。"

乔正阳愣在当场，ST总裁陆萧然把他外孙保护得非常好，姓名都不曾公开，导致外界一直对ST未来的继承人猜测纷纷，也只有少数人，知道继承人的英文名是Edvin。

这个人果真是太子爷的同学，以后还有可能同在ST做事，他的职位肯定不会低，乔正阳立马见风使舵，伸出手去握他的手。

"哪里哪里，以后还要靠您指教我。"

陆尧希伸出手去和他相握，正好露出腕间的手表，设计精妙，做工精巧，明眼人一看就知道这手表价值不菲，开玩笑，小保姆哪里戴得起这种表。

乔正阳笑得更狗腿了，跟陆尧希又聊了几句。

居然用起了英文！安安一头雾水地听着，他们语速极快，她压根儿就没跟上。但让她震惊的是，陆尧希居然会说英文，还说得那么好。

一直到后来，乔正阳看他的眼神就跟看神仙似的，握住他的手不放。

陆尧希微皱着眉毛，抽回自己的手："我和安安还有些事，就不多聊了，先走了。"

再不走，他的手就要被身边这个小女人给抠烂了。

安安一听要走，如获大赦，还不忘跟薛宝宝告别："今晚回去再跟你说，你待会儿自己回去注意点儿。"

薛宝宝一副"你今晚别睡了，就等着我严刑逼供"的狰狞表情。

安安可怜巴巴地用眼神求原谅，谁知陆尧希却笑容满面地朝薛宝宝说了一句："不好意思，她今晚就不回去了，请多担待。"

然后，安安就在周围的人一脸暧昧和震惊的表情中被陆尧希拖走了。

出了大厅，陆尧希先是拉着安安直奔洗手间洗了半天的手。

安安等他从里面出来的时候，见他的手都搓红了，带着浓浓的洗手液的味道。

见安安一脸疑问，他还耐着性子解释："那人有手汗。"

被乔正阳握了半天，陆尧希忍得快要崩溃了。

安安了然地点点头,咦,现在难道是讨论这种小问题的时候吗?她想起更重要的事,叉着腰问他:"我有事要问你!"

陆尧希却笑眯眯地牵过她的手:"好,我们找个地方坐下来慢慢说。"

他的手刚洗过,冰凉冰凉的,被他握着,好像夏日的热气都散了不少。安安傻傻地盯着相握的两只手,明明平时没少拉来拉去,但现在的感觉为什么这么不一样呢?为什么觉得很……心动。

于是安安光顾着心动,完全忘记了自己要跟他讨论的严肃问题。

安安被陆尧希牵着走出酒店,正巧看见门口有两个人在争执,安安八卦地抻长脖子去看。

竟然是乔正阳和陈曦,乔正阳正低吼着什么,而陈曦正低着头呜呜地哭。

陆尧希视若无睹地牵着安安从他们面前经过,完全无视他们登时突变的脸色。

陆尧希牵着安安走到一辆格外酷炫的跑车旁,替她开了门,又温柔地替她系好安全带,这才绕去驾驶座坐好。

等跑车从乔正阳和陈曦面前呼啸而过的时候,安安恰好瞥见乔正阳一脸的尴尬和陈曦一脸的不忿。

这身行头是陆尧希准备要给安安惊喜的,却歪打正着,恰好用来震震那些不知天高地厚的人,居然敢惹哭她,真是找死。

跑车速度快,一下子就把身后的酒店甩在了后头。

安安看着路灯飞快掠过,就听陆尧希开口:"那个乔正阳是什么人?"

安安撇撇嘴:"是个喜欢耀武扬威的坏蛋。你刚才和他用英语聊的什么?"

"商业上的事。还有,他拜托我在 Edvin 面前美言几句。"

陆尧希不着痕迹地笑了笑,他当然会替乔正阳好好"美言"几句。

安安这时才想起她那一肚子问题:"对了,你怎么认识那个什么 Edvin 的?还好碰巧猜中了,要是被揭穿了,场面会很难看的。"

陆尧希眉头微皱，他这次来，其实是打算跟她坦白的，他的身份，还有他隐瞒的目的。用男保姆的身份和她相处了半个暑假，他太清楚她对他好，绝不是因为他是ST的继承人。

他斟酌着要如何开口，就听安安说："这车，这表，还有你今天这身衣服，都是问游知书借的吧？干吗穿得那么骚包？"

在她印象中，他明明不是这么高调的人啊，突然开着这么拉风的车，穿得如此骚包，一定不正常。

陆尧希噎了噎，为了见她特意打扮的装束，居然被说成骚包，陆尧希眉毛抽了抽，立刻拧成麻花。

他抿着嘴不说话，安安就开始滔滔不绝地开始教育他："阿希，我希望你不要再在别人面前说谎了。"

她低着头，看不清表情，语气却是前所未有的认真。

"你知不知道，一个人一旦开始说谎，就需要无数的谎言来圆。最后被揭穿时，总是会很难堪，我不想你为了我说谎，也不想你难堪。"

陆尧希挑了挑眉毛，她这是在为他担心？

他笑了笑，正想告诉她，他其实就是传说中的Edvin.Lu，就算被揭穿，也绝不会难堪。谁知安安却一拍大腿："阿希，你有没有事情瞒着我？"

自首和被抓包的区别实在太大了，一个是自愿，一个是被迫，刚才原本打算坦白从宽的某人，一听安安一副要严刑逼供的样子，几乎是下意识便应："怎么可能？我像是这种人吗？"

安安默默地注视着他，半响才乐呵呵地应："不像，就是你演富二代演得太像了，吓坏我了。"

陆尧希抽了抽嘴角，这下好了，自打嘴巴，坦白也不是，不坦白也不是。

最后他还是无奈地回答她："你忘了，我小时候也当过富二代，那时候英语学得不错，而且跟在游知书身边久了，知名企业的内部消息，我也知道些。"

安安一副"我信你我信你我真的信你"的笃定表情，看得陆尧希十分内伤，看来今天不是坦白的好时机，再找机会吧。

车子一路飞驰，晚风扑面，安安尽情地享受着夏日凉风，直到车子停在一间公寓楼下，安安才回想起最重要的那件事。

她猛地绷直了身子，刚才在联谊会的时候，似乎有人说过，她今晚不回宿舍了。

安安梗着脖子，僵硬地看向陆尧希："话说，你还没告诉我，你为什么会突然出现在港海……"

陆尧希笑了笑，突然解开了自己的安全带，猛地俯身过来，单手撑住椅子靠背。

"你说呢？"

他靠得那么近，又是那种若有似无萦绕鼻端的桂花香气，明明是淡淡清香，却那样迷惑人心。

月色清亮，陆尧希的脸就在眼前，安安突然连话都说不清楚，她也不想说清楚了，今晚的陆尧希和平时太不一样，今晚的他，充满了侵略性，让她下意识地想逃。

想做就做是安安的性格特点，她解开自己的安全带，慌慌张张地就想下车，却被等着她答案的某人一把按了回去。

眼前是那张让万千少女尖叫的脸，他抬起手，把安安散落在额前的刘海儿别在耳后，笑得像是在哄骗小红帽的大灰狼。

"你说过，你不喜欢异地恋，两个人要在同一座城市才能在一起，记得吗？"

安安看向那个志得意满的人，脑袋瞬间当机，呆呆傻傻地点了点头。

他朝她越靠越近，嘴唇轻轻擦过她的脸颊，落在她的耳畔："所以啊，为了你，我来了。"

直到安安被陆尧希一路牵上他的公寓，她的大脑还处在当机状态，微张着嘴，傻愣愣的，陆尧希下达一个指令，她就完成一个动作。

他说:"脱鞋……"

她乖乖脱鞋。

他说:"刚才在外面转了一圈儿,浑身都脏,先去洗澡好不好?"

她点点头就要往浴室走,被他一手拉了回来:"带衣服。"

他从衣柜拿出一件宽大T恤让她当睡裙穿:"你先穿我的。"

于是安安抱着衣服进浴室了,她脑子当机的样子乖得不得了,跟只小绵羊似的,陆尧希觉得有趣极了。

安安洗了大半个小时,她在思考人生啊。陆尧希特地不远千里从景川来港海找她,难道真的是为了和她在一起?

不得不说,今晚他拨开人群朝她走来的那个样子,仿佛带有万丈光芒,她承认她当时惊喜无限,所以才那么不可置信,只觉得自己是在做梦。

从浴室出来的时候,安安感觉自己已经彻底熟透了,陆尧希已经好整以暇地坐在沙发上,拍了拍他身旁的位置:"过来。"

怎么办怎么办?好想摘一朵玫瑰花来撕,究竟答不答应。

这么想着的时候,脚步已经朝陆尧希走去。

他拉着她在身边坐下,低笑着开口:"你别紧张,我只是想跟你说说未来的计划。"

安安猛地瞪大了眼睛,连未来的计划都有了?难道他立刻就想和她结婚生子?!谁让她别紧张的?她更紧张了!

陆尧希握住她一直抠手心的手:"我来港海是游知书帮忙安排的,我打算在这边开一间小餐厅,当然,是游知书投资的……你觉得怎么样?"

果然说一个谎话就需要无数个谎言来圆,他想了很久,觉得如果现在告诉她真相,她指不定会立刻踹他一脚然后走人,想想还是作罢,慢慢来吧。

果然安安惊讶极了:"你是说你要为了我留在港海?可是我毕业以后,不一定还会在这里的。"

"不怕。"他拍拍她的头,"等你毕业,你去哪里,我就去哪里。"

这绝对是她听过最美的情话了，比起苏维扬的远走他乡不告而别，陆尧希却对她说，你去哪里，我就去哪里。

她服了。

她深呼吸一口气，让自己勇敢一点儿，他都为她做到这一步了，那么她，要试着和他一起努力。

她朝陆尧希挪近了一点儿，几乎鼓足了勇气，在陆尧希脸上啪嗒亲了一口，亲完，整个人由于挪得太急，扑到了陆尧希怀里，好在他手疾眼快地接住她。

于是，两个人的姿势就变成安安依偎在陆尧希怀里，而他紧紧地抱住了她。

她结结巴巴地开口："我……我答应你了。"

说罢，她极其勇敢地仰起头，嘟起了嘴巴。

这下轮到陆尧希当机了，他今晚只是吓吓她，完全没有要对她做什么的打算，她却主动投怀送抱索吻。

她刚洗完澡，整个人像个香喷喷的水蜜桃，陆尧希喉结不由自主地动了动："你答应我什么？"

安安复又睁开眼睛，眨了眨："就是说，从现在开始你就是我的人了，我让你走你不可以躺着，要疼我，爱护我，工资全部交给我。"

一决定了心意，她就又活泼起来，还不等陆尧希说话，她脑里灵光一闪，等等，陆尧希刚刚是说他要开餐厅，那么他是大厨？！

安安顿时乐坏了，看向陆尧希的眼神就好像在看一张长期饭票。

陆尧希被她看得毛骨悚然，刚才旖旎的气氛顿时消失无踪。

告白成功后怎么也不应该是这种发展，陆尧希很是挫败，究竟是哪里不对。

安安笑眯眯地推了推陆尧希，大声说："我饿了！"

太好了！以后大厨专属于她，她要吃什么有什么，果然应了那句话，在吃货的世界里，大厨才是真爱啊。

　　大厨被吃货风风火火地推往厨房："为了穿上那条连衣裙，我今晚少吃了一碗饭，现在快饿死了。"

　　陆尧希被她推到厨房里，看着安安活泼乱跳地蹦出去，还不忘回头嘱咐他："别小气，多煮点儿。"

　　他抽了抽嘴角，认命地从柜子里拿下一大包面条。

　　安安快活地躺在沙发上，这才有时间观察这间屋子，装修风格和游知书在景川的屋子无异，用脚指头想都知道，车子房子都是游知书的。

　　想不到游知书终于洗心革面，这一定是周晓媛的功劳。一想到老友，立刻想到要给周晓媛报喜，她和陆尧希，算是正式在一起了吧。

　　安安从包里翻出手机，乐呵呵地给周晓媛打电话，谁知道打了几个，都是无法接通。安安撇了撇嘴，这死孩子，什么不好学，学苏维扬闹失踪，她最不喜欢打不通的电话号码了！

　　想了想，安安最终还是给周晓媛发了个信息：给我回电，有天大的喜事。

　　她顾安安，终于找到她理想的初恋情人了！

　　安安正傻乐着，就见陆尧希从厨房里端出一锅拉面，他放下锅，转身从橱柜里拿出两套碗筷，整齐地摆好。看着他忙碌的样子，安安竟然莫名地心安，不知道为什么，陆尧希竟然给了她一种家的感觉。

　　"发什么呆，不是肚子饿吗？过来吃面。"陆尧希大步走过来，朝她伸出手。

　　她乖乖把手交出去，任由他牵着自己走向餐桌，短短的几步路，她感觉走了很久，手心都开始发热。

　　陆尧希在她对面坐下，给她盛了一碗面，氤氲的热气里，他的脸有些模糊。

　　"快睡觉了，不能吃太多，明天再给你做别的。"他殷殷吩咐着。

　　安安乖乖地接过面，第一次展露出她优雅的慢条斯理的吃相，陆尧希以为她饿得太久了胃口不好，殊不知，有人此刻脑海里开满了花。

他们有明天，有无数个明天，真好。

吃完了面，难得她没嚷嚷着再来一碗，她摸了摸肚子，就被陆尧希拎到露台上消化。

露台上种了许多花，其中就有桂花，难怪他身上总是沾染了桂花的香气。安安蹲在那盆桂花前，凑近使劲儿地闻。

陆尧希洗完碗从厨房里出来，就见一坨白色蹲在那里，在用鼻子折腾他的花。

陆尧希无可奈何地把那个磨人的小妖精拉起来："消化完了，该睡觉了。"

安安忙不迭地点头，今晚简直让人身心俱疲，她已经很想很想见一见周公了。然而环视一周，她却发现这间公寓，只有一个卧室，卧室里，只有一张巨大的……双人床。

"我睡哪里？"安安心里还是觉得，陆尧希一定不会对她做些什么，她这次才不要胡思乱想招他嘲笑。

陆尧希抬一抬下巴："你睡床。"

哦，她睡床，那他一定是睡沙发了。

安安安心地跟他道了晚安，就往房间里走，谁知陆尧希却尾随她进来，还顺手关上了门。

安安一愣："你跟着我干吗？"

陆尧希挑起一边的嘴角，笑得如传说中般邪魅狷狂："因为……我今晚也睡床上啊。"

安安再次凌乱了，整个人石化在当场："这这……"

这了半天，愣是没能说出一句完整的话。

"睡觉前要先刷牙。"

石化的人被拽去了洗手间，陆尧希给她装好水，挤好牙膏，却见她一动不动，吓傻了？

他摇摇头，笑了："张嘴！"

她乖乖张嘴,他立刻拿着牙刷,仔仔细细地给她刷牙,他真的是交了个女朋友吗?怎么感觉像是领养了个女儿,要给她做吃的,还得负责给她刷牙。

安安一直张着嘴,任由陆尧希上上下下,把她整口牙刷了个遍。

把她领回床上坐好,他也进洗手间刷了牙,才慢腾腾地走出来,看了看还石化在床上的安安:"愣着干吗?睡觉!"

睡睡睡……睡觉?

安安终于惊醒般弹起来,却撞上站在床边的陆尧希,被狠狠地弹了回去。

陆尧希在她身边躺下,手臂一伸,把她捞进了怀里,低声道:"别怕,我什么都不会做。"

安安趴在他的胸口,听着他有节奏的心跳,却还是惶恐不安,才确认关系就抱着躺在床上了,发展能不能不要这么迅速?!她不怕,不怕才怪!

陆尧希看不到她表情精彩的小脸,只自顾自地说着:"我只是……想确认一件事情。"

从一开始的不打不相识,到她处处让他受伤受挫,到她不顾一切为他挺身而出,再到现在他决定追随她,来到一座陌生的城市。

游知书说他是个怪人,有时候严谨得可怕,有时候又轻狂随意,想做就做。

陆尧希也很费解,安安无论从任何一方面看,都不会是他喜欢的类型,她鲁莽、贪食、大大咧咧,可是,却会在他被千夫所指的时候,挺身而出保护他。

被一个女人保护的感觉,有些窝囊,可是因为知道她的心意,所以也显得很美好。

他有许许多多的不确定,甚至一直怀疑自己的心意,他不远万里而来,唯一想做的就是抱她在怀里,他想确认,当她实实在在在他怀中的时候，他会有什么感觉。

安安见他半天没动，终于抬起头看他："你在想什么？"

他低下头，和她相抵："我在想，我现在这种感觉，是不是就叫作心满意足？"

心满意足？因为他们终于在一起了，所以心满意足吗？

因为这一句话，她终于放松下来，朝他甜甜地笑。

他亲吻她的额头："睡吧，做个美梦。"

她听话地闭上眼睛，在他的怀里沉沉睡去，她开心地想，原来谈恋爱，是这样美好的一件事情。

原来谈恋爱，
是这样美好的一件事情

YUJIANNI,
ZHENGGESHIJIE
DOUBUDUILE

第二天，睡得迷迷糊糊的安安被陆尧希拎起来，她还有闲暇跟他打招呼："嘿，早啊，让我再睡一会儿。"

陆尧希也不急，只是淡淡地提醒她："你今天是不是有课？"

此话一出，安安立马就清醒了！大四的每个学分都非常重要，她决不能逃课。

于是刚刚还赖在床上睡觉的人，加速地冲进了洗手间里。

不一会儿，他就听见她在里面哀号："陆尧希！我没带衣服！你快准备准备送我回宿舍！"

安安在浴室里急得直跳脚，换衣服换到一半，才发现她压根儿没衣服可以换，她总不能穿着昨天的衣服去上课，班里知道她去联谊的大有人在，这不是存心让人想入非非吗？

正急着，门外就响起敲门声："开门。"

安安慌张地用浴巾捂着胸部，打开门。陆尧希只朝她看了一眼，立刻撇过了头。

"你干吗不穿衣服？！"

安安莫名其妙："我挡着呢！"

陆尧希把手里那袋衣服丢给她："换上！"

安安关上门，打开袋子，发现竟是自己平时穿的衣服。

"喂，你怎么会有我的衣服？！"

陆尧希已经坐在了餐桌前喝咖啡，笑着调戏她："早上特地回你宿舍问你舍友拿的，以后放几套在这里，就不用特地回去拿了。"

他早上去帮她拿衣服的时候，她那个室友看他的眼神活像在看八点档的肥皂剧，看得他浑身起鸡皮疙瘩。

但陆尧希贪图方便避免被围观的想法,听在安安耳朵里完全就不是那么回事了,他这是在邀请自己和他同居吗?

换好衣服的她风风火火地冲出去,"啪"的一声拍上桌子:"太快了!"

陆尧希端了杯咖啡正靠在椅子上发愣,突然"砰"的一声响,惊得他手一震,咖啡泼了自己一身。

这个场景实在太熟悉了。

"顾安安!"他冷冷地喊她的名字,放下咖啡杯就往洗手间走去。

安安一看他身上那一大摊咖啡渍就知道自己又闯祸了,但同居的事确实是吓了她一跳,她才那么激动的。

她扒在洗手间门口:"我不是故意的!但是我希望我们能慢慢发展,同居的事,以后再说吧。"

被女王大人知道她在外面胡搞瞎搞,女王大人会立刻让她见识到花儿为什么这样红。

洗手间里的声音充满无奈:"谁说要和你同居了?"懒得再和她继续在这种无意义的问题上纠缠,他飞快地把自己冲洗干净,换上衣服,逮了还在试图给他灌输"婚前同居是不道德的"想法的安安,急匆匆地出门。

昨晚明明很乖很听话的,今天怎么又故态复萌,惹他不舒服。

陆尧希把她丢在车上,以百米三秒三的速度赶回学校。

安安再次见识到他这种把车子当火箭开的技能,吓得把要说的话都忘记了。直到把她送到学校门口,一直紧抿着嘴的人才开口说话:"快进去吧。你要迟到了。"

安安闻言大惊失色,转身就往教学楼跑。

跑了一阵,突然想起什么似的回头望,安安就见陆尧希下了车,靠在车边,似乎在目送她。

他长身玉立,气质卓然,随意地靠在车旁,就犹如金子般夺人耳目,如果不是认识他,她无论如何也想象不到,他竟然是一个小小的男保姆。

突然觉得他离她很远，安安跺了跺脚，暗骂自己胡思乱想，转身就跑。

陆尧希站在校门外，看着那个把自己当短跑运动员的人几步一回头，差点儿没把自己绊倒，不由得失笑。

拿出手机给她发信息，就看到那张"半个下巴"的照片，昨天他拿她的手机拷过来的，算是情侣桌面吧。

他笑着打字：今天好好休息，明天周末，餐厅开张，带你去看看。

安安揣着叮咚响的手机，在上课铃响起的前一刻进入教室，自然而然地坐到薛宝宝身旁那个空位子上。

安安刚来得及喘气，大腿就一阵疼痛，一低头，就发现薛宝宝这个没良心的在掐自己，一副要严刑逼供的样子。

"安安，你行啊你！都有了那么酷炫的男朋友了，还看着锅里的，你不怕胖死？"

安安缩了缩脑袋，避开讲台上教授的目光，她本来想告诉薛宝宝前因后果，但这样势必会泄露陆尧希是保姆这件事情。要是不小心被乔正阳知道，不晓得他又会出什么阴损的招数。

于是，她只能忍耐薛宝宝超乎常人的掐人武功，想着下次见到陆尧希，一定要逼着他煮满汉全席犒赏自己。

她牺牲太多了！

安安一天都被薛宝宝追着严刑逼供，一直等回到宿舍，她才有时间看手机。

陆尧希的信息安安静静地躺在里面，安安看了一次又一次，恨不得唱一首《甜蜜蜜》来表达自己此刻的心情。

安安想起昨天给周晓媛打过电话，她没接，发过去的信息到今天也没有回复。

她想了想，还是发信息给陆尧希：给我游知书的电话。

信息回得很快：干吗？

啧！干吗一副戒备的样子，她又不会红杏出墙。她刚准备打字回复，

他的电话就打了进来。

"喂……"安安甜蜜蜜地接起来,像所有恋爱中的小女孩儿一样,还刻意拉长了音调。

"哇噻,安安,你这么温柔我表示好怕怕。"

游知书那欠扁的笑声从彼端传来,安安不由得一愣:"怎么是你?你怎么也来港海了?"

"阿希说你很想我,所以我就来了……嗷!"

说到一半,就听那端传来游知书的惨叫声:"呜呜呜,安安,阿希殴打老板,我要扣他工资!"

"安安是你叫的吗?"安安故意冷下声音,"周晓媛呢?"

"呜呜呜,你们都好凶!人家好怕怕……嗷,我又没说想她,你又打我!"

"说人话!"安安忍无可忍。

"是这样的,餐厅明天开张,身为老板的我当然要出现。"游知书总算恢复正常,"晓媛没有和我一起来,前几天突然接到一个电话,然后她就急急忙忙地说要出国。"

安安问:"她去哪里了?"

游知书便又开始哼哼唧唧:"不知道,人家正和她冷战呢,抛下我去国外玩,恨死我了呜呜呜……嗷!"

安安浑身鸡皮疙瘩都起来了,好在手机那边已经换了一个人。

"喂,问完了?"

陆尧希含着笑意的声音在耳边响起,安安忍不住又甜蜜了下。

第一次恋爱,感觉新鲜又胆怯,安安感觉自己就像在拍韩剧似的,她捂着脸在床上滚来滚去,惹来薛宝宝一阵阵白眼。

那头的人似乎能感受到她的心情,只是低低地笑:"早点儿睡,明天早上我来接你。"

"你别来!"安安飞快地坐起来阻止他。

陆尧希的声音有些不悦:"为什么?"

他问游知书借的那辆跑车实在太骚包了,在学校门口转那么一圈儿,得吸引多少眼球啊!她还年轻,她不想被顶上BBS的首页然后被无数人的口水淹死。

安安委婉地跟他说:"那个……你来也可以,不过,可不可以换辆两个轮子的车?"

骑辆单车来多好啊,翩翩少年带着貌美如花的少女,多么小清新啊。

陆尧希在电话那头沉吟半晌:"好吧,那我换一辆两个轮子的。"

陆尧希这么唯命是从让安安很是愉快:"那明天见。"

对方也带着淡淡笑意:"嗯,明天见。"

第二天,天朗气清。

安安特地穿了一条飘逸的裙子,来营造单车后座小清新少女的形象,然而她刚踏出校门,就见陆尧希戴着墨镜,威风凛凛地等在那里,他的背后是一辆黑得耀眼的重机车。

安安朝他走过去,每一步都有千斤重,她说的两个轮子是指单车啊!开什么重机车?同样骚包好吗?

安安的表情如此沉重,完全没有相隔一天再见面的欢喜,陆尧希对她的反应表示很不满意,不是说要个两轮的吗?他开来了她又不开心了。

女人心海底针啊。

安安坐在陆尧希的重机车后座泪流满面,重机车速度极快,狂风乱舞,别说飘逸了,她觉得自己都快飘起来了。

安安只想咆哮一句,坑爹啊。

到达餐厅门口的时候,她觉得自己一定已经成了传说中的扫把头。陆尧希停下了车,安安却还死死地抱着他的腰,太惊悚了,以后还是走路吧,环保又安全。

陆尧希回头看着紧紧抱着自己的人,整个人都贴在了他的背上,刚

才还很不爽的某人,突然就满意了。

"如果你不介意被人围观,我也不会介意你这样一直抱下去。"

安安这时才惊醒,到了?

她苦着脸扭过头去看,就见眼前一间装潢精美的餐厅,装修是法国风情,四周都是落地窗,招牌上还写着她看不懂的法文!

安安忍不住倒退了两步,她一直以为,陆尧希要开的所谓小餐厅,不外乎是街边那些小饭店,她还幻想过他满身油污挥舞着大勺子的样子。

可是他开的居然是个高档的法国餐厅!安安不淡定了。

她揪住陆尧希的胳膊,脸上满满写着担忧:"法国菜耶,你会做吗?"

陆尧希皱眉:"谁说开法国餐厅就一定要会做法国菜?"

"那游知书请你来干吗的?"

他笑得更欢快了:"看场子的。"

说完,为了堵住她的好奇心,他立刻推着她往餐厅走去。

这家餐厅原来就是家法国餐厅,为了不被老头子发现行踪,他以游知书的名义盘下来,装修都不用弄,直接改了个名字就能开业。他并不是真的想做生意,当初来港海,也只是想随便找个离安安近一点儿的地方歇歇脚,等她毕业。

所以这家餐厅业绩好坏,他都不大关心,交给游知书就是了。倒是游知书,在港海的猪朋狗友也不少,呼朋唤友的,倒也来了不少的人,餐厅门前还像模像样地安排了彩条,要行剪彩礼。

安安刚从重机车之旅的刺激中冷静下来,就看见门前浩浩荡荡的舞狮队,这好好一家法国餐厅,舞什么狮啊?

她看向陆尧希,陆尧希正抽着嘴角:"游知书安排的,我什么都不知道。"

游知书正在左右逢源地应酬来宾,一眼看到陆尧希和安安,立刻唤人准备剪彩。

这家餐厅名义上是游知书的,陆尧希自然不能出面,他搂着安安站在人群中,看着舞狮队敲锣打鼓,热热闹闹,如果忽视这家餐厅是卖法国菜的,这喧闹热烈的样子倒真有些开业的味道。

剪彩完毕,来宾都纷纷拥进餐厅里。

今天因为人来得多,只安排了自助餐,安安两眼发光:"哇噻,这些都是你做的。"

陆尧希一边牵着小吃货去进行饭前消毒的洗手工作,一边回头好笑地问她:"你男朋友在你心里原来是这么全能的存在吗?"

真当他是十项全能啊,一夜之间能做出这一大堆菜。

小吃货乖乖地跟着陆尧希去洗手间洗手,站在男女厕中间那个豪华的洗手盆前,看着陆尧希把自己的手当脏球鞋一样,洗了一遍又一遍,五分钟后才放开她的手。

安安看着自己有些发红的手,欲哭无泪:"你当我手有剧毒啊,洗那么久……"

陆尧希已经能够淡定面对她的吐槽,忽视了她的小委屈,牵着她去给她找好吃的。果然,小吃货一看到好吃的,立刻两眼放光,什么委屈都抛到了后头。

太美味了,虽然为了方便上的是自助餐,自然比不上正宗的法国菜,但安安还是吃得合不拢嘴。

陆尧希掏出餐巾纸,帮她擦掉嘴角一点点几乎看不见的面包碎屑:"喜欢吗?"

安安把头当机器一样点得飞快。

陆尧希笑着捏了捏她肉肉的脸颊:"以后你就是老板娘了,想吃什么让大厨给你做。"

安安赶紧把嘴巴里的东西吞下去,纠正他:"不对不对,老板是游知书,老板娘是周晓媛,周晓媛是我闺密,那么我来吃霸王餐也是可以的。"

他一不小心说漏了嘴,正想着如何兜回来,没想到她自己绕了一圈儿,倒也不用他解释了。

一提到游知书,安安就下意识地寻找他的身影,正想抓来问问周晓媛的去向,就看见他正站在角落里,面前是一个穿着艳红色连衣裙的倾

国倾城,两个人有说有笑。

后头刚好有侍者端着酒路过,不小心碰撞到那位倾国倾城,就见她身子一歪,倒进了游知书怀里。

哎呀呀!安安看得眼睛都直了,周晓媛前脚刚出国,游知书后脚就出来勾三搭四。

作为一个中国好闺密,要有替闺密时刻盯人的觉悟。

安安放下手中的盘子,直奔游知书的方向去。

陆尧希正在给安安挑好吃的,一转身,发现人已经蹦了出去,朝游知书那边走去。他一眼看见游知书身旁站着的人,不由得皱了皱眉头,犹豫了一阵,还是跟了上去。

"游知书!"安安飞快地蹦到游知书身后,用力拍了一下他的肩膀。

游知书龇牙咧嘴地捂住肩膀:"小祖宗,下手能别这么重吗?你这是打招呼不是打劫啊!"

安安笑眯眯的,不理会他的投诉:"这位美女是你新女朋友吗?"

游知书一怔,正要反驳,就看见不远处正皱着眉头大步走来的陆尧希,他看了看安安,又看了看他身边视线刚好落在陆尧希身上的那人,暗叹失策。

"阿希……"身边那人还没等他开口,已经朝陆尧希走去,一副要投怀送抱的姿势。

谁知陆尧希后退一步,任由投怀送抱的人一个趔趄差点儿摔跤,也不去扶。

游知书赶紧上去扶人:"元素,怎么样?"

安安见拷问了一半人都跑了,赶紧蹦过去,站在陆尧希身边:"你也认识?"

陆尧希一手牵住站在身边噘嘴瞪眼的人:"老朋友了。"

元素看向陆尧希牵着安安的手,刚才见到陆尧希时的狂喜瞬间全失,只愣愣望着。

安安一听是老朋友，不由得看向游知书："介绍介绍。"

游知书这下真是猪八戒照镜子，里外不是人，抬眼看了看陆尧希，发现他也在看着自己，满脸写着叛我者死。

游知书只得咬牙半搂住元素，对安安说："就是老朋友嘛，没什么好介绍的。呵呵呵……"

说罢，游知书搂着失神的元素就走，场面如此混乱，前任和现任居然就这么碰上了，要是揭穿了这层关系，可不是火星撞地球那么简单了。

游知书脚底抹油，安安还想再追，却被陆尧希困住："你去哪里？"

安安愤愤不平："游知书趁着周晓媛不在就勾三搭四，我要送他入宫！"

陆尧希眉头一皱："什么意思？"

安安阴森森地接下去："当太监！"

认真听着解释的某人突然感觉身体某个无法言喻的部位隐隐一痛，眉头皱得更深："不是说了是老朋友了吗？没有勾三搭四。"

"老朋友不就是前女友吗？别以为我听不出潜台词，和前任藕断丝连，也是死罪！我要代表月亮阉了他。"

看着安安一副为女性同胞服务的凛然神情，陆尧希只觉格外可怖。

"算了，我们先走了。清官难断家务事，等周晓媛回来，让她自己处理吧，好不好？"

陆尧希一边哄着安安，一边搂着她往外走，还不忘对着游知书投去一抹同情的目光。

让你把不该请的人请来，坑你也是情非得已，自求多福吧。

陆尧希回头的时候，目光不小心落在元素身上，她正哀哀地看着他，似乎有千言万语。

陆尧希扭过头，看着还在气鼓鼓的某人，如果让她知道，这个前女友不是游知书的，而是他的，会怎么样呢？

不能想，一想只觉那无法言喻的部分又开始隐隐作痛。

陆尧希几乎是急切地问安安："你什么时候毕业。"

安安抬起头,疑惑地问:"很快要找实习单位了,你问这个干吗?"

陆尧希淡淡一笑:"没什么,我等不及要和你远走高飞了。"

和陆尧希确认关系以后,安安突然就变得忙碌起来,一边是需要着手准备的毕业论文,一边是跟随大流找寻实习单位,另外还有每天必赴的约会。

薛宝宝每天看着安安赶进赶出,不由得感叹:"安安你知道吗?我觉得你整个大学最忙的就是这段时间了。"

安安笑呵呵地不说话,虽然很忙,可是很甜蜜啊。她容光焕发,教授都称赞她和往常不一样了。

安安抱着换洗的衣服往陆尧希的公寓走,他的公寓永远保持整洁,每天清扫,头发都不会有一根。更重要的是,有陆尧希这个私人大厨给她做吃的,安安觉得实在太有家的感觉,因此就找机会经常往他那里跑。

去到公寓门口的时候,她熟门熟路地按开密码门,因为考虑到安安的记性,陆尧希干脆把密码改成了她的生日。

安安像小猴子一样蹦进去,发现陆尧希正靠在沙发上看书,眼帘低垂,侧脸泡在柔和的光线里,这个瞬间她总算见识到什么是自带柔光效果的美男了。

安安扑过去,盯着陆尧希手上的书看了一会儿,居然全是法文。

他们在一起后,有几次一起过夜,陆尧希不知为何辗转反侧夜不能寐,硬要拉着安安起来谈谈人生。安安只好爬起来,正好她有许多问题,关于他的过去,他的一切,身为女朋友的她,必须得好好了解。

"阿希,我觉得你什么都懂,比我还像大学生呢!你家乡究竟在哪里,你什么时候回家啊?"

"咳,我以前在图书馆里打工,书都可以免费借阅。每天没事看看书,慢慢就知道了很多事情。"陆尧希摸了摸她的头,他的确是在图书馆里做过义工,这次不算说谎了吧。

至于家庭，陆尧希眼神柔和了一些："我父母在我小的时候，在一次飞机事故中去世了。家里只有一个外公，他住得比较远，是个别扭臭脾气的小老头，等以后有机会，我带你去见他。"

自小父母亡故，他一定很难过，安安轻轻抱住他。

安安点点头，嗯嗯，既然家庭背景这块了解得差不多了，那就该到情史了："还有一个很重要的问题，你在我之前，有谈过恋爱吗？"

陆尧希想起元素，她是唯一一个，想了想，还是老实回答："有过一个。可是后来，她觉得我不好，所以离开了。"

安安瞪大了眼睛，觉得他不好？莫非是在他家破产以后？安安立刻脑补了一出言情大剧。

她其实是想告诉陆尧希，关于苏维扬和她。

但在斟酌着怎么开口的时候，陆尧希已经突然捧了她的脸，细细摩挲，慢慢低下头来，轻轻地含住了她的嘴唇，辗转地吻她。

陆尧希的卧室有一面巨大的落地窗，可以俯瞰整个港海夜晚的灯火辉煌，那天晚上星星很亮，有闪着灯的飞机飞过夜空。

陆尧希伸出手，轻轻盖住她睁得老大的眼睛。安安闭上眼之前的最后一个画面是，陆尧希纹路分明的左手，他的手心里有一颗浅褐色的痣。

这是她真正意义上的初吻，她听见自己的心跳如雷，却不讨厌。

直至她大脑空白，觉得自己快要窒息而死，陆尧希才放过她，气息不稳地说了一句"我今晚睡沙发"，便转身离去。

直到今天，一想起那个吻，安安依旧会脸红心跳。

安安抱着陆尧希的胳膊："说好的大餐呢？"

陆尧希合上手上的书，转头看她："今天不是来做简历的吗？"

学校明天就开招聘会了，到时各种大企业都会派人来招聘，谈恋爱谈得乐不思蜀的她差点儿就把这件重要的事情忘在脑后了。

"想好要投哪家公司了吗？"

"想好了，优先投 ST，我这儿有一份计划表呢，别担心。"

计划表是当时和苏维扬最后一次视频后他传过来的,他习惯了给她规划人生,人生每一个重要的转折,他都必须要参与进来,他已经把她的前景考虑清楚,所以也就有了这份表格。

陆尧希把表格仔仔细细看了一遍:"思路清晰,分析得不错,对你的优缺点也很清楚,谁给你做的?"

安安打马虎眼:"我老爸朋友的儿子。"

陆尧希不疑有他:"来吧,帮你做简历。"

安安赖在沙发上不动,她的大餐大餐大餐,不吃肉哪里有力气干活?!

对吃货的脾性已经摸透的某人回过头,抛出奖励条件:"简历做好了,就给你做大餐吃。"

果然,吃货眼睛一亮,蹦蹦跳跳往书房去了。

有陆尧希在,简历做得很顺利,安安对他的崇拜已经快要决堤,陆尧希自学成才,不能更励志。她一个大学生都不如他知道的多。

他还给她列了一堆面试官初试会问的问题,陪她练习了一个下午,直到她对答如流,陆尧希才给已经饿得奄奄一息的人做大餐去。

第二天,安安去参加学校的招聘会,面试了表格里的几家公司,主考官开口问的几个问题,居然都被陆尧希猜中了。陆尧希已经给她备好了答案,所以主考官听到安安回答的时候,似乎很是赞赏地点了点头。

几乎每一家她面试的公司,都把她的简历放在了"有机会"的那一沓里面。

果然,当天晚上,安安就接到了几家公司打来的,通知三天后去公司复试的电话。

安安开心地抱着陆尧希乱蹦,虽然最后的结局依旧是被拖着背诵了一个晚上的面试问题。

安安被折磨了整整三天,脑子里装满了这些公司的背景资料和主考官可能会问到的问题。

去ST面试的前一天,陆尧希总算是放过了她,做了满满一桌子的菜犒劳她，然后又牵着她出门遛弯。

自从在一起后，因为安安太忙，所以他们约会的地点都是在他家卧室、他家厨房，还有他家的沙发。

一起手牵手出门，这是第一次。

晚风习习，桂花香若有似无，陆尧希牵着她的手，缓缓往江边的长廊走去，港海的长廊一直是情侣圣地，一盏一盏昏黄的路灯底下，情侣的眉目被晕染得暧昧且模糊。

风吹得她有些昏昏欲睡，抬起头，夜色下陆尧希的侧脸稍显冷清。

她连忙低下头，心想为什么她的心突然就跳得这么快呢？似乎在一起后的每一天，她都会忍不住，对他怦然心动。

她干脆低着头走，有一下没一下地踢着脚边的一块小石子，目光落在自己和陆尧希十指交缠的手上，暧昧又温馨。

长廊的尽头是一个万人广场，建成很久了，可是平时没什么节目人们都不会往这里跑，所以大部分时间，这里都比较冷清，情侣也都选择了在长廊上依偎着看风景。

这里夜色深深，只有树影婆娑，半点儿人烟都没有，安安越走越不安："我们来这里干吗？"

久违的《犯罪实例》的画面又浮上脑海，安安抖了抖："你不是要对我先奸后杀吧？"

原本好好走着的人突然一个踉跄，陆尧希已经被她的天马行空噎得有些内伤了，忍不住伸手戳了戳她那个不知道装着些什么东西的脑袋"顾安安，有时候我真不懂你，你究竟在想些什么？"

他拉着一脸不服气的人来到广场中间："你在这儿等我。"

说完，他转身就走，脚步极快，没一会儿就隐没在黑暗中。

安安凌乱了："不要抛下我一个人在这里啊！"

可是偌大一个广场，只有安安一个人的吼声，末了全世界便安静下来，只有远处传来江水拍岸的声音，浪声一阵接着一阵，差点儿没把安安拍出

心肌梗死。

安安默默等着,黑暗里能够看清繁星点点,但周围的黑暗实在令人不安,她开始出声喊:"陆尧希,你不出来我走了啊。"

第一次出门约会为何搞得如此惊悚,实在太不符合浪漫温馨的基本原则,安安一咬牙,决定还是早点儿回家洗洗睡。

安安刚转身踏出一步,便感觉身后亮了起来,安静的广场突然在一瞬间变得人声鼎沸。她扭过头,就见广场上那块投影用的大白布上,一个个看似鲜活的人影跃于其上,屏幕上,周星驰正笑得一脸的正经八百。

她愣怔地看着屏幕上的周星驰,觉得自己一时间丧失了语言功能。

有人在身后牵住了她的手,力道温柔,她扭过头,就见陆尧希在电影的白光里朝她笑。一时间,只有明明灭灭的光打在脸上,安安有些目眩,刚才被惊吓出来的心肌梗死此刻变成了心律不齐,一颗心扑通扑通差点儿没跳出一场拉丁舞。

隔了很久,她才结结巴巴地问:"这是干吗?"

陆尧希微微扬起嘴角:"你前阵子不是一直嚷嚷着要我陪你看《大话西游》吗?"

所以他就为她安排了这样一场大电影,伴随着江风和浪潮,在荧荧星光下,他侧着头,眉角上挑:"怎么样?喜欢吗?"

夜幕下,繁星点点,电影里有人嬉笑怒骂,安安愣愣的,不知该如何反应。

她其实也看过别人谈恋爱,牵手、逛街、看电影、一起吃饭,周晓媛以前那些男朋友,也有大费周章为哄红颜一笑。

不是不羡慕的,可是她经历过苏维扬,苏维扬那么淡然的一个人,相处也只是淡淡的,所以她对陆尧希原本就没抱太大的希望。更何况私心里,她总觉得他不是会这样大费周章的人,只希望能遵从最普通的恋爱原则,也和他一起看场普通的电影,压马路吃吃小吃,这样就很好。

她对初恋的要求,其实很简单。

但他为她放了一场只有两个人看的大电影,她突然就有些感动。

安安红着眼睛一头扎进陆尧希怀里，他接住投怀送抱的某人，笑得志得意满："给你放一场电影就这么感动？要不要以身相许？嗯？"

安安这厢已经感动得泪流满面，想她活了二十年，终于也体会到什么叫作浪漫。她紧紧抱住陆尧希："陆尧希，以后无论发生什么事，你都不许骗我，不许瞒着我，你告诉我……我都可以接受的。"

不要像苏维扬那样，骗她，瞒她，让她傻乎乎地等，直到最后希望破灭，太残忍了，她才不要再经历一次。

江风徐徐，让人有些冷意，陆尧希抱着那个在他怀里哽咽的人，沉默了一阵，终于应了："好。我答应你。"

他低下头，在小吃货头顶印下一个吻。

等你毕业吧，等你毕业的时候，我就把所有的事情，都向你坦白。

男朋友竟然成了自己BOSS

YUJIANNI,
ZHENGGESHIJIE
DOUBUDUILE

去 ST 面试的那天,安安得到了陆尧希全天免费大餐的资助,她开开心心地被喂饱,拒绝了陆尧希相送,雄赳赳气昂昂地面试去了。

每一次面试都让她打从心底崇拜陆尧希,面试官的问题,他一抓一个准,所以她对答如流,让所有面试官都觉得,这个女孩子思路清晰,对商业的大环境和企业未来发展路线把握准确,真是个人才啊,得留下留下!

安安几乎是一帆风顺地在 ST 的面试中过关斩将,一路杀到最后的笔试。

笔试完的第二天,她就被通知到公司签约。

一切一帆风顺得让她像是在做梦,陆尧希果然有旺妻命哪。

这一段时间,她一直自己搭公交车来回,没办法,要是有个陆尧希在外边等着她,指不定她反而会更紧张。

签约后,安安笑眯眯地给陆尧希发信息:顺利拿下 ST,为了庆祝,我决定让你请我吃饭!

安安抱着手机乐呵呵地走进电梯,就遇见了熟人。

乔正阳和一个美女站在电梯里,惊讶地看着她:"安安,你也来ST 了?"

这不就是传说中的狭路相逢吗?安安疏离地点了点头,算是承认了。

那位美人一直盯着她看,眼神里充满探究。

乔正阳笑笑,一副了然的样子:"也对啦,你男朋友不是太子爷的朋友吗?把你弄进来才对。"

"你男朋友?是阿希?"一直站在乔正阳身边的美人突然开口。

安安疑惑地回望她:"你是?"

乔正阳连忙介绍:"这位是元小姐,我们部长的女儿……刚从美国回来。"

元素朝安安伸出手:"我是元素,阿希的……老朋友,那天在知书的餐厅里,我们见过。"

说到游知书的餐厅,她脑海里登时一道亮光闪过,她是游知书的前女友!

乔正阳笑笑:"啊,都认识啊,那真该坐下来喝杯茶,好好聊聊。"

安安猛地绷紧了身子,陆尧希可是在乔正阳面前撒了好大一个谎,如今元素又是陆尧希的旧友,自然知道他原本只是个保姆的身份。

安安默默抹了一把冷汗,电梯刚好"叮"的一声打开,安安灵机一动,立刻拉住元素就往外走:"对对对,应该坐下来好好聊聊。"

乔正阳想要跟上去,可是安安却拉着元素走得飞快,一副不想他跟上来的样子。而元素也任由她拉着,一点儿想把乔正阳叫上的想法都没有。

原本乔正阳还想好好结交一下元素,他追了两步,见自己确实被撇下了,只好作罢。

安安拉着元素走出了ST港海分公司,立刻道歉:"不好意思啊,刚才拉着你出来。"

元素却摇摇头:"没事,我也正好想和你聊聊阿希。"

安安有些为难:"元小姐,我有个不情之请,在乔正阳面前,能不能不要聊到阿希。"

"为什么?"

呃,安安总不能说因为她曾爱慕虚荣,而导致后来一出又一出的闹剧,只好隐晦地回答:"乔正阳不知道阿希他……做过保姆?"

"你说什么?阿希他做过保姆?怎么可能呢?"

元素尖叫起来,安安恨不得扑上去捂住她的嘴,却见元素狐疑地看了她一眼。沉默了半响,元素才开口:"我们还是找个地方坐坐吧。"

于是安安被元素带到ST附近一家咖啡馆里,元素从小到大生活优渥,举手投足间都自成优雅,和周晓媛那个咋咋呼呼的丫头太不同了。

安安在心里汗颜,周晓媛该怎么和元素斗啊?

坐在咖啡馆里,安安从来喜欢开门见山,直来直去,她率先开口:"元小姐,你这次回来,是来找游知书的吗?"

元素放下手中的咖啡:"也不算是,就是听说他的新餐厅开张,我就不请自来,去看看了,没想到会遇见你们。"

安安摸了摸鼻子,莫非她错怪游知书了?

元素手摸着咖啡杯的边缘:"你和阿希,好吗?"

提起陆尧希,安安不由得露出一个甜蜜的微笑:"我们挺好的啊,阿希虽然学历不高,可是懂的东西特别多。"

元素皱眉:"你在说什么?阿希他是哈佛高材生,这学历还不算高吗?要不是他提前回国,可能还会修个博士后呢。"

安安笑眯眯地说:"哎,这都是陆尧希随口乱编骗骗人的,你和他不是老朋友吗?你怎么也信他?"

元素正色起来:"我不明白你在说什么?我和阿希在一起三年,我们当时是情侣,但也是同学,他是十分优秀瞩目的一个人,而且家世背景特别好,他那么有钱,怎么可能会去做保姆呢?"

安安开始感觉自己和元素不在一个频道了:"什么……情侣?你不是游知书的前女友吗?"

元素有些诧异地看了安安一眼:"他是这样跟你说的?没想到他现在连认都不愿意认我了。"

安安回想起餐厅开业当日,元素急匆匆朝陆尧希扑过去,那激动的样子那么明显,她的注意力却因为全放在游知书身上,压根儿没有去注意。

安安握紧了手里那杯果汁,手心里突然全是汗:"你是说,你和陆尧希,曾经在一起三年,而且关于他是哈佛毕业的这件事,也是真的?"

元素点点头。

安安向后靠了靠,手已经微微有些抖:"不可能!我第一次见他的时候,他就是在游知书家当保姆的。"

元素摇摇头:"我听说,阿希回国之前和他外公吵了一架,他一气之下,收拾东西回了国。他说自己是保姆,恐怕是不想身份曝光,被他外公找到吧。"

"你是说,他在撒谎?"安安愣愣的,感觉自己就像刚听了个冷笑话,但这个笑话,也实在太冷了些,冷得她想把自己狠狠抱住。

"我没想到他还没告诉你,是我鲁莽了。不过,当时我和阿希在一起三年,也是分手了才知道。他身份的保密工作做得太好,没多少人知道。"元素看了呈呆滞状态的安安一眼,继续说道,"不过大概他也是迫不得已,有些有钱人很低调,隐藏他这个身份,可以省去很多麻烦,只是我没想到,他居然说自己是个保姆……"

安安低垂着眼,心里却还倔强地咆哮,玩什么青蛙变王子,一个一无所有的男保姆,怎么可以突然摇身一变,就变成富二代呢?

怎么可以……骗她呢?

安安恍恍惚惚地捧着杯子,想喝口果汁冷静冷静,却没想到发抖的手握不住杯子,微微洒出来一点儿,滴在干净的木桌子上。

元素瞥见了,几乎是立刻拿起手边的纸巾去细细地擦。

安安怔怔地看着,果然是在一起长达三年的人吗?据说两个人一起相濡以沫,久而久之,性格都会变得相像。元素连不能容忍桌子有污渍的习惯,也和陆尧希一模一样。

元素不好意思地笑了笑:"我是处女座,有点儿强迫症,不过阿希也是处女座啊,你应该习惯了吧?"

眼前似乎有明晃晃的闪电闪过,安安不确认地问:"你说什么?什么处女座?"

"你和他……还不知道对方的生日和星座吗?阿希他是处女座啊。"

如果说刚才元素说出陆尧希是富二代外加她是陆尧希前女友的双重爆炸性消息惊吓到了安安，那陆尧希是处女座的这个真相何止是惊吓，她觉得自己快要灵魂出窍了。

安安快哭了："他个人资料上填的明明是狮子座啊。"

她发过毒誓的，她绝不会找一个处女座当男朋友的，可是为什么！为什么！一定是元素搞错了。

安安猛地站起来，她现在迫切地想找到陆尧希，问清楚这究竟是怎么一回事。

元素却一把抓住安安的手："等等，我的话还没说完。"

安安跌坐在椅子上："还有什么我不知道的真相，你还是一次性全说出来吧。"

元素看着安安的眼睛："我希望你可以离开他。"

轰隆隆，又一道霹雳，安安不可置信地看着元素。

"我和阿希在一起三年了，我们无论性格、学识、为人处世的看法，都无比契合，你见过他发光发亮的样子吗？你见过他在万人的大会堂里只为你演讲的样子吗？"元素伸出手去握住安安的手，"也许这些话对你很残忍，今天和你聊过之后，我才敢说出口。我太了解阿希，他不会喜欢你这样的女孩子，何况你对他一点儿都不了解，证明你们也没有到他可以对你吐露实情的地步，他和你在一起，一定是有隐情的！"

在离开咖啡馆的时候，安安的耳朵还在嗡嗡作响，她觉得自己一定是遭遇到了传说中最狗血的三角恋，还有一个巨大的骗局。

骗她他是小保姆就算了，居然还对她隐瞒了自己是处女座的身份！

安安回想从前，他对物品的龟毛，还有那些酷爱整洁的习惯，不能容忍一滴污渍。她和顾先生还有女王大人一起生活了这么多年，为什么会看不出来，陆尧希是个地地道道的处女座呢？

爱情果然是盲目的！

安安咬着牙,风风火火地跑去陆尧希家找他算账。

刚输入密码,门就开了,游知书笑眯眯地看着她:"找阿希啊?从监控里就看见你了,才不见几个小时,用得着这么赶吗?"

说着,就把她让进屋子里。

"阿希呢?"

游知书指了指紧闭的房门:"在卧室的浴室洗澡呢,刚出去打了回球,死活不肯在球场的公共浴室洗澡。"

安安冷笑:"是啊,处女座都是这样龟毛的。"

"就是就是。"游知书非常认同地附和,"咦……不对,你怎么知道他是处女座的?"

安安默默看了游知书一眼,敌人们太狡猾,只能智取。

她笑:"谈恋爱本来就是要坦诚,阿希什么都告诉我了,包括他压根儿不是你家保姆的事情。"

她随口就说出了真相,游知书不疑有他:"他本来还说打算等你毕业再说的,没想到这么快。你一定很生气吧?罚他跪搓衣板了吗?"

"当然,骗我的人我都不会轻易原谅。"

游知书哈哈大笑,很乐意听到好友被蹂躏:"谁让你当时不分青红皂白喷他一脸防狼喷雾,他这么一个睚眦必报的人,这么逗你玩都算是轻的了。"

安安那一片混沌的脑子因为游知书这一句话而豁然开朗,他一开始,只是因为想报仇,所以隐瞒自己的身份,看着她因为愧疚,为了他忙前忙后,看着她一次又一次为他挺身而出。

陆尧希,那个时候,你心里究竟是什么感觉?

游知书说着说着,突然就觉得气氛不太对了,沙发上坐着的那个人,突然就红了眼眶。

他暗叹要糟,正巧这个时候房门打开,陆尧希用毛巾擦着头发走了出来。

安安抬起头看陆尧希，眼睛都是模糊的。

"怎么了？"陆尧希快步走过去，眼里有寒光乍现，狠狠地看了游知书一眼。

这一眼让游知书凄然泪下，完了，这下要被殴打成渣渣了。

"好玩吗？"安安终于抬起头来，眼泪正好顺着脸颊落下。

"安安？"她的眼泪落在陆尧希的手指上，突然让他止不住一阵心慌。

"骗我你是男保姆，骗我你不是处女座，然后和我在一起之后，就找个时间把我甩了，好报一箭之仇对吗？"安安一把推开陆尧希，"我不就是错手伤了你吗？你至于大费周章来耍我吗？陆尧希！你好幼稚！"

她这辈子，就算是苏维扬在国外找了个洋妞，她都不及此刻那么愤怒，什么浪漫温存，什么倾心以待，全都是假的，全都是一个被宠坏的富二代的幼稚把戏。

她气疯了！

"安安！"陆尧希喊了她好几次，可是她就是疯了一般各种拍打他踹他，这个小女人的力气他见识过，太可怕了。

安安正挣扎着，就被陆尧希一把按到沙发上。

"我道歉！关于这所有的一切，我道歉，但你答应我，安静下来听我说。"

如果是言情剧，此刻安安就应该捂住耳朵，大吼着我不听我不听我不听，但她是安安啊，哪来那么多废话，她一抬脚，恶狠狠地送了他一脚。

正中那个最脆弱的部位，陆尧希瞪大眼睛，猛地跪在了地上。

"顾！安！安！你是想要绝子绝孙吗？"

纵是游知书只是在一旁围观，也觉得疼得入心入肺，女人好可怕，他决定这辈子都不要得罪女人。

安安居高临下地看着他："就算我要生孩子，也不会和你生。"

陆尧希猛地站起来,发狠地把她按在沙发上,按住她死命挣扎的两只手:"那你要和谁生,你说?"

安安死命挣扎,却挣扎不开,干脆"哇"的一声哭出来,她终于丢下了最后一颗炸弹:"陆尧希!我要和你分手!"

安安忘记自己是怎么回宿舍的,她抛出分手这颗深水炸弹之后,趁着陆尧希发愣,再次踹了他一脚,趁机跑掉。

她一路跑回宿舍,疯疯癫癫的样子狼狈至极。

正在镇宅煲美剧的薛宝宝,一个没留神,就看见一个披头散发哭得眼睛发红的女人跑过面前。

"安安?你被人打劫了?"

安安一口老血横在胸口,咬牙切齿地应:"老娘被人骗财骗色!"

薛宝宝眼睛猛地放出八卦的光芒:"他对你做什么了?细节说来听一下。"

安安抱着枕头,恨不得买块豆腐过来一头撞死在上面,哪里有时间和薛宝宝讨论细节。

那么明显的蛛丝马迹,为什么她就一直没看出来呢,她究竟是蠢,还是蠢。

她呆呆地看向窗外,那一个晚上,也是这样无云的夜,月色清明,他信誓旦旦地答应她,绝对不会骗她,她用生命在相信他,换来的却是一场欺骗。

她坐在床上,任由时间流逝,她只想这样发呆到天荒地老。

薛宝宝被她两眼无神的样子吓坏了,虽然不知道究竟发生什么事,但还是杵在一旁把陆尧希数落了个遍,但安安还是一动不动。

"安安,你找个人说说话吧,如果不想和我说,你不是有个闺密吗?你打电话跟她聊聊?"

周晓媛吗?安安两只眼睛总算回了神,苏维扬骗她,陆尧希也骗她,这个世界唯一一个不会骗她的,大概只有周晓媛了。

"可周晓媛在国外啊。"安安呆呆地说,"她很久不和我联系了,我和陆尧希在一起的事情,都没来得及告诉她。"

薛宝宝一咬牙,把自己的手机递出去:"打吧打吧,如果你心疼话费,用我的打!"

薛宝宝肉疼话费的样子让安安心里紧绷的情绪舒缓了一些,她拿起自己的手机,拨了周晓媛的电话。

电话响了两声就被接起来:"安安?"

一听到周晓媛的声音,安安原本还强忍着的委屈情绪登时决堤,她带着哭腔喊了一声"晓媛",便立刻泣不成声。

周晓媛吓了一跳:"安安你怎么了?有什么话你慢慢说。"

"我和陆尧希在一起了。"安安深呼吸,试图平复自己的情绪。

"所以你激动得哭成这样?顾安安,你是在逗我吗?"周晓媛的声音不知道为什么突然就带上了怒气。

"不是的……我们今天,又分手了。"

"我不是说了别跟他在一起,你怎么不听我的?他就一男保姆!现在还让你成这样了,他……他该不会真骗财骗色了吧?"

安安声音总算恢复平静:"晓媛,他不是男保姆……"

问清楚前因后果的周晓媛在那边差点儿没把电话砸了:"安安,你别急,这事我一定帮你讨个公道,管他多有钱呢,他又不是总统。"

周晓媛沉默了一下,还是说出口:"我现在在英国,苏维扬就在我五米之外的地方……安安,你……要和他说话吗?"

苏维扬?安安眼前突然浮现那个在机场拥抱她,许诺要回来找她的少年。她还没决定要不要和他说话,那边已经传来了熟悉的声音。

"安安。"

这一声安安,她曾经等了好久,可是在这个这么狼狈的晚上,他却突然出现了。

"我原谅你了!"在他开口之前,安安抢先说出这句话,"我不怪你突然失踪,不怪你不联系我,我不怪你违背承诺,我不怪你找了个身材比我好的洋妞,所以,苏维扬,你快回来吧。"

快回来吧,我只有你们两个朋友了,只有你们两个人,能让我安心了。

苏维扬的声音不知为何有些微颤:"我有很多话想跟你说,所以你等我,等我回去,好不好?这些日子发生什么事,你都跟我说。谁欺负你,我都替你撑腰。"

安安在这边拼命点头,一时才想起苏维扬是看不到的,只有哽咽地应:"好。"

似乎电话又被周晓媛抢了过去:"安安,你乖啊,这几天别跟他见面,也别接他电话,我现在就去找游知书算账!"

说罢,也不等安安阻止,就挂断了电话。

安安看着恢复到待机模式的手机,慢慢变暗的屏幕上,还有 45 个未接电话和几条未读短信。

她颤着手点开,是陆尧希的短信,她记得她今天从 ST 签约完出来,就给他发短信。

他这么回复:好,今晚给你做好吃的,还有入职礼物。

安安甚至都能想象出来,如果他站在她的面前,说出这句话的时候,会是如何的温柔缱绻。

下面还有几条信息,是在她踹人出走后发的。

"我有允许你和我分手吗?"

"顾安安,接电话!"

"给你一个晚上的时间冷静,明天早上我过来找你,我们好好谈谈。"

谁要和你谈了!

安安倒在床上,睁着眼,这注定是个无眠的夜晚。连和安安关系最好的周公,这次都没能招她入梦。

她一夜回想着和陆尧希相处的点点滴滴，只发现陆尧希简直处处发散着"我是处女座"的信号，爱干净，爱整洁，追求完美，有强迫症。

一定是她太蠢了，才轻易就忽略了，她越想越不服气。

天亮的时候，她一骨碌爬起来，默默制定了一个"逼死处女座计划"。

她把自己所有社交网站的头像，都改成万绿丛中一点红的头像，再默默下楼。

凌晨六点的天空，晨曦初现，安安顶着一头乱发走在校园中，看着远处晨跑的人有些发呆。

陆尧希有晨跑的习惯，安安有时候在他的公寓里过夜，每天早上醒来都见不到人。有一天她忍痛离开了被窝，悄悄调了闹钟，发现陆尧希六点已经起床，穿着运动服去外面跑了一圈儿回来，回来洗了澡就开始给她做早餐。

她明明是醒着的，趴在床上装睡，早餐的香气传入房间里，她爬起来，将门打开一条缝，偷偷看向厨房。

他系着一条浅蓝色的围裙，看起来很有居家好男人的感觉，哼着歌在给她煎荷包蛋。厨房在最里面，阳光明明没有照进来，她却觉得那个人，被万丈光芒笼罩着，格外耀眼。

他做好了早餐，进房间里叫她起床，她飞快地扑回床上装睡，他过来坐在她床边，捏住她的鼻子："起床啦，小熊猫。"

安安捂住脑袋加快脚步，不能再想了，明明是个大骗子，为什么在回忆里还是这副温情动人的模样。

安安快步走到陆尧希公寓楼下，当初为了方便，他买的公寓是在她的学校附近，走过来也不过十五分钟。

安安路过停车场的时候，一眼瞥见那辆一直被她吐槽太骚包的跑车，她一直以为是游知书的，没想到其实是他的，那些昂贵的腕表、数码用品，其实也统统是他的。

富人装穷,是什么变态爱好?!

安安走到车边,想抬脚踹一踹出出气,但一考虑到这车的价格,她还是默默收回了脚,踩坏了,她赔不起啊!

她一路走上去,熟练地输入密码,大摇大摆地进门。

这个时间陆尧希按理是在跑步,他那规律到可怕的作息,一定不会随意更改,所以她才敢有恃无恐地杀上门来。

这间公寓她太熟悉了,她一进门,就随手把玄关摆着的花瓶转了个方向,把墙上的画摆歪一些,再冲进厨房,打开他的橱柜,把排列整齐的碗筷统统弄乱。

她从小在处女座家庭里长大,对于怎么样让处女座抓狂,她太在行了,因此没少被女王大人家法侍候。

此时此刻,她也只能用这种幼稚的方式报复他的欺骗。

她在客厅里捣乱了一通,又进书房里,把所有按颜色和序号排列好的书籍统统调乱。她一边调乱一边感叹,难怪她对这里有家的感觉,陆尧希和顾先生的排列习惯,简直是一模一样的。

就是因为太熟悉了,那些陪伴了她许多年的东西,一旦成为习惯,就被她轻易地忽略掉。

调乱了书架上的书,她拍拍手,顺手拿了瓶墨水,奸笑地走去卧室,就在他的每件衣服上都点上一滴墨水好了。

然而一进门她就发现不对了,窗帘都拉着,床上还有被子包着的一坨东西。

陆尧希居然不整理床铺?这不科学,平时她弄乱了被子的正反面他都会皱眉的。

安安朝床边走过去,一把掀开那床被子,就见眼圈发青的陆尧希,躺在床上,睁着眼睛看着她。

他怎么会在这里吓人的?他不应该去跑步吗?

安安反应过来之后,第一个动作是,跑!

然而她再快也快不过陆尧希,他突然弹坐起来,手一伸,抱着她的腰,把她压倒了在床上。

"放手!"安安挣扎着,"你是不是还想试试被踹的滋味?!"

尝试过男人最痛滋味的陆尧希不由得抽了抽嘴角,膝盖一抬,压住了她的两只腿:"现在呢?难道你还带了防狼喷雾?"

防狼喷雾她没有,可是喊她还是会的!

"救命啊!非礼啊!"

陆尧希却突然愉悦地笑起来。

安安怒:"笑屁哦!"

陆尧希却不生气:"我记得我第一次见到你,也是这样的。那次我没有办法,可是现在……"

安安想问他现在又怎么样,然而还没问出口,他已经一手捏住她的下巴,低头重重地吻了下来,他的吻从来都是点到即止,这次却像景川的台风,疯狂肆意,席卷了她所有的理智。

被放开的时候,她视线都还是模糊的。

陆尧希紧紧地抱住她:"我刚才,听到外面有人在走动,那脚步声是你的,我以为我是在做梦,不敢起来。"

他把头埋在她的颈窝:"你那么生气地走了,一副永远不会原谅我的样子,安安,我害怕。"

第一次,他这样低声下气,跟她道歉:"我承认,一开始我的确是抱了不纯洁的目的,我道歉。可是安安,我现在,是真心的。"

昨天她跑得那么快,他追都追不上,那一刻心里空落落的,他竟然感觉到恐慌。

安安向来是非分明,轻轻推开他:"可是阿希,我生气,是因为这些所有的真相,都是元素告诉我的,而不是你。"

"元素?"陆尧希眼里有寒意闪过。

"对啊,元素,你也并没有告诉我,她其实是你曾交往了三年的前

女友。"

"安安,我觉得过去了的人,已经不再重要。"

"不重要,不代表不存在……更何况,我已经不敢也不愿意再相信你了,没有信任的两个人,在一起又有什么意义?陆尧希,我们还是分开吧。"

事实证明,看多了言情小说和偶像剧,还是有用处的,安安觉得在和陆尧希谈判的时候,自己能充分做到淡定从容,这样起码不丢女性同胞的脸。

但安安没想到的是,陆尧希在沉默了半天之后,轻轻放开了她。

"安安,我给你时间,但你不要想太久。"

别让我等太久。

他翻身到一旁,不再困住她。

这是放她走了?安安登时有些失落,她以为……他还会争取一下,她连后面的话应该怎么说都已经想好了。但他却已经想开了,也许她还是把自己想得太重要了。

她翻身下床,径自走出房间,外头的客厅凌乱不堪,不知为何竟然有些刺眼。

她一路走到公寓楼下,他都没有再追上来。

经过那辆拉风跑车的时候,她终于还是没忍住,一脚踹了上去,然后转身就逃。

跑车发出尖锐的报警声,但响了两声便恢复沉静,似乎有人刻意掐断。

安安没有回头,也没有看见,站在公寓阳台上,一路目送她跑远的人。

安安想找周晓媛诉苦,然而她的手机又恢复了无法接通模式。

安安只好静静地趴在宿舍的桌子上发呆,顺便思考一下人生,手机却毫无预兆地响起来,安安看了看陌生的号码,有气无力地接起来。

是 ST 公司的电话，通知她三天后正式入职。

安安挂断了电话之后，眼泪莫名其妙就掉了下来，明明一切正是顺风顺水的，她爱情事业都得意，难道真的是鱼与熊掌不可兼得，她得了这个，就得失了那个？

安安摇摇头，一拍桌子站了起来，她要振作！

鼓励完自己之后，她就带了饭卡，风风火火下楼，昨天晚上到现在她滴水未进，凭什么为了一个男人这么折腾自己，她要喂饱了自己，重新做人。

同宿舍的薛宝宝看着安安一会儿哭一会儿狂的样子，吓得没敢说话，但安安经过她的时候，还是捎带拽上她："姐失恋了！陪我彻夜狂欢去！"

安安的彻夜狂欢，就是买了一堆陆尧希不让她吃的零食，拉着薛宝宝没日没夜地看电影，从血腥恐怖片到日本鬼片，从悬疑到警匪，除了爱情片，她几乎要把所有其他的片子看了个遍。

这期间，她的手机一直安静无比，除了10086会发信息来问候她，那个人……没有再找过她。

放手放得那么轻易，一定没有真正爱过。

安安很沮丧，但她向来是小强体质，她安慰自己，没事的，很快会满血复活的，毕竟人一辈子，谁没爱过几个人渣。

三天后，安安顶着浓重的黑眼圈，感觉自己算是浴火重生，重新做人了！

她要好好工作，什么情啊爱啊，都滚一边去！

安安满怀壮志，换上利落的职业装，踏着正步前往 ST 报到。等周晓媛和苏维扬回来的时候，看到的一定要是这样一个坚强自爱的她。

公司人力资源的主管对新来的实习生很和气，笑着给他们发工作牌，安安是学会计的，按理会安排去会计部，然而她的工作牌上却没有写上明确的部门。

安安伸出头去看，咦，别人的都有啊，有几个还被分去了据说帅哥最多的市场部。

安安问主管："主管，我是在哪个部门啊？"

主管笑眯眯地看着她："我记得你啊，小姑娘，面试的时候表现很出色，所以上面把你调给了新来的副总当特助，好好把握机会啊。"

主管说完，身边一起领工作牌的实习生们立刻叽叽喳喳讨论起来。

有一个长得很漂亮的女生拽住安安，一脸羡慕："我有内幕，听说这新来的副总是空降来的，应该是哪个董事的亲戚。"

另外一个也凑过来："听说长得超级帅啊！好羡慕你啊安安。"

安安却不动如山，只淡淡地回复："色字头上一把刀。"

安安没有多想，赶紧去跟她的顶头上司报到。

安安一路搭电梯走上最高层，一个叫 Lucy 的秘书给她指路："前面直走，左边最后一个房间就是了。"

说完，还不忘用羡慕的目光打量安安。

安安被看得起鸡皮疙瘩，赶紧开溜，走到副总的办公室门前，敲了三下。

"Come in."

得到回应，安安立刻深呼吸，打开门走了进去。

办公室很大，但装修和摆设都格外简洁，一个男人站在落地窗前，背对着她，他穿着合身的白色衬衫，袖子仔细整齐地卷起几层。

大概是在他气势的压迫下，安安飞快地低下头，自我介绍："您好，我是新来的实习生顾安安……"

那人闻言，慢慢地回过头来，安安微微抬眼，就看见一个熟悉的下巴。

等等！这个下巴和她手机桌面上那个下巴，也太像了点儿吧！

她猛地抬头，果然，面前那个对着她笑得眼睛眯起来的人，不是陆尧希又是谁。

"你怎么会在这里？！你就是那个新来的副总？"

安安几乎要跳起来了，她花了三天，才勉强从失恋的阴影里走出来，他居然就这么毫无预兆地出现了，还是以她顶头上司的身份出现。

陆尧希有模有样地在办公椅上坐下："因为我想见你，安安，你想好了吗？"

安安呆立着，难道他还不够解气，还要追来这里折磨她？

见她不说话，他站起来，走到她的面前，抬手轻轻扶住她的肩膀："安安？"

安安拍开他的手，怒目相向："说吧，你是哪个董事的亲戚？"

陆尧希沉默了一阵，才开口："安安，我就是那个 Edvin.Lu，我外公是 ST 董事长，陆萧然。"

他不打算再瞒她了，她要是想知道，他可以立刻把生辰八字都掏出来给她看。他这次贸然向港海分公司要了一个职位，老头子那边，铁定是要知道的，那么他起码要在老头子来逮人之前，得到安安的原谅。

安安已经石化在当场，她曾以为，陆尧希最多不过是和周晓媛那样的富二代，谁知道他居然富到这种地步，那他就不是富二代了，他是土豪！

安安没有做过灰姑娘变公主的美梦，也并不是很想和土豪做朋友，她后退了一步："所以呢？太子爷有什么吩咐？"

她的语气酸不溜秋，面前的人一下子皱起眉头："不要闹了，听话。"

做错事的人明明是他，凭什么还居高临下地命令她听话。

"陆总，这里是公司，希望你别公私不分。"

陆尧希特地早早等在办公室里，等着向她坦白，他已经把所有的真相全盘托出，她却还是不冷不热地吊着他，这个死脑筋真是让人恼怒。

他冷下了脸："怎么，你那么想公事公办？"

安安看到他那张含着冷意的脸有些害怕，不由得撇开了脸不去看他，说话都少了几分底气："我……我是来上班的，不是来谈恋爱的！"

"好。"他被她气得没了脾气，转身回到办公桌边，按下了内线，"Lucy，

把公司所有发展计划的资料拿进来,给顾特助熟悉熟悉。"

他的声音淡漠,完全是一副公式化的口吻。

安安抬头挺胸地站着,一副不畏强权的样子。不就是资料吗?她大学四年的教材都看过了,还怕你那点儿资料。

很快,Lucy就抱着一份资料进来了。

安安目测了一下厚度,啧,不过就那一点点,还比不上一本小言的厚度,不用一个小时就能搞定。

特助有自己的办公桌,本来应该是在陆尧希办公室外面,但不知怎么,安安的桌子却偏偏安排在了陆尧希的办公室里,虽然在角落,可是也就意味着,她每天都要跟他共处一室,安安一想到要每天对着前男友,就一阵别扭。

Lucy把资料放在安安的桌子上,在安安乐呵呵地翻开第一页的时候,又递给了她一个小小的U盘。

"我们现在也都电子化了,除了你手上那份,这里还有10G的资料,你慢慢看。"

Lucy有些同情安安,10G啊,得看到什么时候,都说陆总帅得无边无沿,跟着他会很幸福,可是对着一个上班第一天的新人下手就这么狠,果然人不可貌相啊。

Lucy飞快地走了,安安捏着那个U盘石化了,10G啊,真当她是机器人啊!当小言看都没那么快好吗?

陆尧希瞥了一脸愁苦的人,忍住笑意,保持他那公式化的口吻:"怎么?顾特助,还有什么不清楚的吗?"

安安敢怒不敢言,是她说要公私分明,好嘛,他立刻就化身压榨员工剩余价值的吸血鬼,一招就让她想哭爹喊娘。

安安咬牙切齿地应:"没有问题,我会尽快看完的,陆!总!"

"那就好,慢慢看,然后把你对每个计划的见解写出来。"

安安快把牙咬碎了,看吧看吧,他果然是来折磨她的!

一整个上午，安安都泡在那一堆资料里，密密麻麻的数据和表格看得她头昏眼花，偶尔抬起头，就看见大大的落地窗前，陆尧希偶尔低着头沉思，偶尔在打着电话，说着她听不懂的语言。

她原本以为他其实不过一个二世祖，跑来这里上班是闹着玩的，但现在看来，他对待工作，似乎格外认真。

他骨节分明的手握着一支银灰色的钢笔，微微侧着头，在纸上唰唰地写着什么。

是谁说过认真的男人迷人？安安怔怔看着，她从前觉得有钱人遍地都是，就跟大白菜一样，可是她现在看着眼前这个人，有些疑惑。

他受过良好教育，视野广阔，懂得很多，光是一个早上，她就听他说了不下四种语言，他究竟还有什么是她不知道的吗？

为什么，她突然觉得这个人高高在上，离她很远很远。

她发呆的样子落在某人眼里，他扬了扬嘴角："顾特助，有什么问题吗？"

安安反应过来，她竟然盯着他看了半天，连忙把头扭过来，埋在资料里。

看着她瞬间红透的脸，陆尧希突然觉得，发展成办公室恋情什么的，好像也挺不错的。

安安在资料的海洋里浮浮沉沉了一个上午，差点儿没把自己淹死在里面。

眼看到饭点了，安安赶紧准备收拾东西走人，好歹不用再和他待在同一间房里了。

她刚站起来，就听见有人敲门，Lucy提着一大袋东西走了进来："陆总，您点的午餐。"

"嗯，放下吧。"

Lucy放下午餐后立刻就退出去，安安也想跟着走，就听见后头有人叫她。

"顾安安。"

安安收住脚步:"陆总还有事吗?"

陆尧希用笔敲了敲桌面:"吃饭。"

他这是在邀请自己一起吃饭?安安看了看他桌上大袋小袋的,还有袋子外面的 LOGO,都是那些安安平日很想吃,却总是因为他的阻拦而没吃成的店。

哼,用一点儿吃的就想贿赂她,没门。

虽然食物的诱惑力是惊人的,但尊严价更高,安安礼貌地回绝:"我第一天上班,还是随大流去食堂吃就好。"

她一脸的冷漠疏离,说完头也不回地走掉。

她的心在滴血,啊啊啊啊,那些袋子里有她最爱的小笼包啊!

红木门开了又关,陆尧希脸色沉沉,连食物都诱惑不了她,看来事情比他想象中棘手。

安安是第一次在公司的食堂吃饭,她迅速找到早上一起报到的新人们,随着他们一起去吃饭。

一路上,有两个女生一直八卦地盘问安安。

"那个陆总真的像传说中那么帅吗?"

"哎哎哎,人品怎么样?顾安安,你不要浪费啊,扑倒他扑倒他!"

安安抽了抽嘴角,试图破坏她们的幻想,把陆尧希布置的高强度工作任务告诉她们,谁知道那两个女生是小言的资深读者。

"他一定是想把你留下来!你知道的,很多事情,要在夜深人静的时候才好发生啊。"

"哇噻,好劲爆哦!"

安安对这两个想象力超群的八卦天后彻底无语,放弃了继续黑陆尧希的打算。

公司的食堂很大,供应的食物新鲜量大,安安两眼放光地拿着食盘蹭了过去。

公司没有禁止办公室恋爱的规矩,听说今天来了不少年轻貌美的女实习生，很多饿狼已经虎视眈眈，安安和两位八卦天后刚坐下来，就有几个技术部的过来拼桌。

安安倒是无所谓，吃顿饭嘛，对着谁不是吃，只要不是对着陆尧希就好。

她埋头吃饭，八卦天后中一人对着一个技术部的前辈，谈笑风生。安安虽然不是倾国倾城，但有着婴儿肥的小脸也是蛮可爱的，一个自称小高的坐在她身边，五分钟内已经对着她讲了不知道多少个冷笑话了。

不胡闹的时候，安安也是进退得宜，在陌生人面前吃相远不及在陆尧希面前时那样恐怖，细嚼慢咽的，活生生就是个小淑女的样子，看得身边那只饿狼心痒难当。

哼，陆尧希耍着她玩，真当她没人要呢。

正吃着饭，食堂里却突然一阵喧闹，八卦天后中一人揪住安安一边的胳膊："快看快看！有帅哥。"

旁边桌子一位看起来像是经理级的女人立刻从小口袋里拿出粉底补妆，她身边的男人吐槽："空降的副总，来的时候给下马威，开了一天的会，今天又来食堂玩亲民了。"

话刚说完，就被身边所有的女人齐刷刷剐了一眼。

"安安，你家 BOSS 耶！"

安安看着从门口进来的人，像明星一样被左拥右簇，他往她这边扫了一眼，就被簇拥着取饭去了。

以前，她以为他还是小保姆的时候，总是想尽办法保全他的自尊，她怕他敏感的心太易碎，做什么都小心翼翼，关于穷的字眼，她总是缄口不言。她恍惚地觉得他还是需要自己去保护的那个人，可是她的保护一直都只是一个笑话，现在的他高高在上，众星拱月，他再也不需要她了。

安安终于可以承认，她和他，是两个世界的人了。

她低头戳着食盘里的鸡肉，就听周围的喧嚣突然安静下来，紧接着

那个熟悉的声音响起。

"我可以坐这里吗?"

安安抬起头,就见陆尧希站在桌边,礼貌地询问她,好像他真的只是单纯想要和她拼桌而已。

安安抬头扫了一眼食堂,空桌子那么多,他偏偏往她这桌坐满人的凑,说他不是故意的,谁信!

安安抬起头,义正词严地拒绝他:"不好意思,我们这桌坐满了。"

"不不不,我吃饱了,陆总您坐您坐。"

身旁刚才那个一直给安安讲冷笑话的小高率先站起来,把位置让给了陆尧希,紧接着,她所在桌子的人接二连三地站起来,纷纷离座而去。

安安狠狠地瞪了陆尧希一眼,谁知他却无辜地回望着她:"瞪我做什么?我只是吃个饭啊。我又没叫他们走。"

他眨巴着好看的眼睛,一脸委屈。

安安无言以对,副总这个身份压下来,谁敢和你一起坐啊?

陆尧希一来,整个食堂的气氛就变得格外诡异,所有人表面是在吃饭,实际上却都在偷偷往他们这边看过来。

偏偏陆尧希还一副毫不自知的样子,拿着筷子在饭盘里挑了挑,把一块炸猪排挑出来,夹到了安安的饭盘里。

周围的人几乎不约而同地倒抽气,安安脑袋发麻,压低声音说:"陆尧希,你这是在毁我清誉。"

陆尧希狡黠地看了她一眼,把耳朵凑到了她的嘴边:"你说什么?我听不见。"

又是一阵倒吸凉气的声音。

"这……他们在咬耳朵耶,好暧昧哦。"

"果然近水楼台啊,一天就搞定了。"

安安嘴角抽搐,推开他又不是,她早就见识过了不是吗?陆尧希无赖起来,简直不是人。他这是想让她在公司里待不下去吗?

她低头飞快地扒饭,想了想,又把筷子放在一边,一根朝内,一根朝外,她拿起勺子继续吃。

果然,陆尧希的眉毛挑了挑,下意识地伸手就要去拨乱反正。

"陆总,连员工怎么放筷子都要管吗?"

陆尧希不理会,还是把筷子放回同一个方向:"现在不是上班时间,你就是我女朋友,我管我自己的女朋友,有问题?"

他这话虽然刻意压低了声音,可还是说得安安心里一慌。

"我们已经分手了。"她也压低声音回答他,这样鬼鬼祟祟地对话简直就跟特务接头没什么两样。

陆尧希挑着嘴角看着她笑,眼睛里不知不觉蕴了寒意。

"我没同意。"

这句话倒是说得掷地有声,群众的目光纷纷投向安安这里。

安安觉得这里待不下去了,她匆匆吃完饭,起身就要走。

"去哪里?我让你走了吗?"陆尧希的饭盘还是满的。他向来不喜欢在外面吃饭,特地下来是为了她,她却要走了,连陪他吃顿饭都不愿意吗?

他心里不悦,语气就重了些。

"抱歉啊陆总,现在又不是上班时间,还有……我也不是你女朋友。"

最后那几个字她用口型说完,扭过头就走,留下陆尧希一个人孤零零地坐在桌边。

但逃得了和尚逃不了庙,一到上班时间,她就得和他共处一室,不知道他又会出什么招数欺负她。

果然,一到上班时间,她一到位置上坐下,就听他说:"顾特助,今晚加班。"

上班的第一天就让她加班?!吸血鬼也不是这么当的。

"凭什么?"对于不公平的待遇,就要奋起反抗。

陆尧希气定神闲地看着她:"你的工作没做完,不应该加班吗?"

安安急了:"可你也没说这些资料要今天之内看完啊!"

"哦?那我现在说,顾特助,麻烦今天把事情都做完。"

这是摆明跟她杠上了,安安大怒:"老娘不干了。"

说完,她就想甩袖子走人,然而陆尧希却在背后幽幽地提醒她:"实习期主动离职,要赔偿违约金的。"

安安迈出去的脚步登时顿住,为什么她以前从没有发现他竟然如此阴险狡诈,这一切,怕是在帮她考ST的时候就计划好了吧?

安安心里默默泪两行,垂头丧气地回到办公桌前。枉费她以前还傻乎乎地帮他反抗吸血鬼资本家,现在她才发现,陆尧希才是吸血鬼族群里的领头羊。

她看着那些密密麻麻的资料,只想哀号一声,噢,多么痛的领悟!

只要你马拉松跑第一,
我就原谅你
———
YUJIANNI,
ZHENGGESHIJIE
DOUBUDUILE

　　陆尧希新官上任,虽然只是突然要来的副总职位,但他却认认真真地把公司的业绩报告看了一遍,哪里该改进,哪里该动刀子,他从进公司那一天就开始在整理,这几天倒真的都在加班。

　　安安看了看墙上的钟,已经指向了七点半,外面的人都已经走光,食堂也关了,她可怜的肚子已经抗议了好几回。

　　然而陆尧希依旧盯着电脑,一副专注工作的样子。

　　他没说下班,她也不敢动,但那满屏幕的资料,她却愣是一个字都看不下去。

　　安安正像一摊泥一样趴在桌上,就听见敲门声响。

　　在做计划的陆尧希头也不抬:"进来。"

　　安安饿得没力气,自然懒得抬头,反正这一天他办公室进进出出的人可多了,没准是哪个要讨好老板陪着加班的。

　　正腹诽着,就听一个熟悉的声音响起:"就知道你又加班,我自己熬了粥,给你带了一碗。"

　　安安猛地抬起头,是元素?

　　安安的办公桌在进门的死角,进来的人通常会直接忽略掉她,因此元素也没有看见她,径自向陆尧希走去。

　　陆尧希这时才缓缓抬起头,看了一眼精心打扮过的元素,他皱眉:"不是让你不要再来了吗?"

　　元素看了陆尧希一眼,竟然绕过办公桌,整个人跨坐到陆尧希身上:"你还要生气到什么时候?"

　　安安脑门儿直抽,五脏六腑都在冒火,还说过去的人不重要,都已经找上来了还不重要!再看下去,她怕忍不住会扑上去就地掐死这对奸夫淫妇。

安安飞快地站起来往外走，边走便报告："陆总我先出去了。"

安安走得急，声音因为生气已经抖得厉害，元素被突然出现的人吓了一跳，看着那个匆忙离开的背影，竟然也没有认出来是安安。

安安出了办公室，顺手把门带上，她想趁机走人，但脚却不听使唤，愣是迈不出一步，只好杵在办公室门口，一动不动当门神。

看着紧闭的门，陆尧希推了推元素，冷喝："下来！"

他生气时的样子格外骇人，但元素却吃了秤砣铁了心，死死地缠住他："你别生气了好不好？你不就是气我当时离你而去。我爸爸逼着我去相亲，我也没有办法啊。"

"是吗？"陆尧希冷冷地看她一眼，"那怎么知道了我是ST继承人之后，你又有办法了？"

元素的脸色突然就变得很难看，当年和陆尧希在一起三年，差点儿就要谈婚论嫁，但当时他隐瞒了自己是ST继承人的身份，一个无名小卒，即使是哈佛毕业，又如何比得上那些早已功成名就的青年才俊。

元素去相亲，是她父亲牵的线，但也是她自己的意愿。她习惯了养尊处优，要是让她跟一个默默无名的小卒挨苦，等他成功，她断然是受不了的。

但如果他是ST的继承人，那就彻底不一样了。

"阿希，我是真的爱你。你对顾安安不是真心的，那天在游知书的餐厅遇见你，你是故意忽视我，故意和她亲近，以此来气我的，是吗？"

陆尧希无语了，为什么女人想象力都这么丰富？

元素见他沉默，更加笃定自己猜对了："阿希，我们好歹在一起三年，我才是最了解你的。难道你一点儿都不想我吗？"

说着，嘴唇就要往他脸上凑。

他猛地站起来，把元素从自己身上挪开，丢到办公桌上。

"啊！"元素受到惊吓，尖叫了一声，"阿希，不要，你轻点儿！"

元素一边嚷嚷着,还一边往他身上攀,一用力,就扯断了他衬衫的几颗纽扣,露出他精壮的胸膛。

安安在外边杵着,里面的对话断断续续,她听不清楚,但元素那一声尖叫落在耳中,却清晰无比。

她猛地整个人趴到门上,就听见元素在喊着:"阿希,你不要这样,你先放开我,不要这样对我。"

安安被雷焦了,为什么现在的场景那么像霸道总裁惩罚离他而去的小妖精。

安安几乎想都没想,就开门冲了进去。

里面的场景比她在外面听到的更加精彩,元素躺在办公桌上,头发凌乱,眼神迷离,双手被陆尧希用领带捆住。而陆尧希更是衣衫凌乱,两眼发红。

安安的大脑突然一片空白,喊出了连她自己都觉得莫名其妙的一句话。

"禽兽!放开我的男人!"

元素惊恐地看着安安,原本有些慌乱的陆尧希听到这句话,却微微地弯起了嘴角。

安安吼完却愣住了,她现在算什么,她已经和他说过分手了,他们之间只是上下级的关系,他爱和谁旧情复燃破镜重圆,她都管不着了。

一想通这一点,安安立刻冲去办公桌旁,抓了包包就夺门而出。

"安安!"陆尧希见安安脸色惨白,就知道她一定是误会了。

他立刻跟了上去,留下元素在办公桌上哀号:"阿希!"

安安连电梯都没等,直接冲往楼梯间,恨不得自己是成龙,直接飞下去才好,违约就违约,不就是赔偿吗?她就算借高利贷也要赔给他。

安安今天穿的高跟鞋,又走得飞快,祸不单行,她在转角处一歪,毫无意外地崴到了左脚。

她一头冷汗,发现瞬间连站都站不了,别说走了。

她掏出手机,想随便召唤个人来拯救她,一翻通信录却蒙了。苏维扬和周晓媛都还在英国,而陆尧希……

那个浑蛋正在胡天胡地,哪里还有空理她。

灯光昏暗的楼梯间里,安安突然觉得空虚寂寞冷,再也忍不住,哀哀哭了起来。

陆尧希见电梯没有显示数字,就知道她一定是走了楼梯间,他不敢大意,一层一层地找,找到她的时候,就发现她蹲坐在角落里,哭得像被人遗弃的小女孩儿。

他急忙走过去,蹲在她面前:"怎么哭了?"

她没答话,伸出脚便踹,他眉头一皱,捏住了她的脚,疼得她倒抽一口冷气。

他这才看到她脚踝那里肿起老高,碰一碰,她就横眉竖目地瞪他:"放手。"

他却不由分说地把她抱起来:"我带你去看医生。"

"我不要你抱!"安安很有骨气地挣扎,他刚才和元素滚过办公桌来的,她才不要他碰。

"那你自己能走?"陆尧希被她闹得很烦躁,低下头就瞪她,"别胡闹!"

他凶人的时候格外可怕,明明是一张俊美的脸,生气的时候就跟修罗似的。她被他唬住,乖乖缩着不敢再动。

陆尧希叹了一口气,抱着她走出楼梯间,进了电梯,到楼下拿了车,直奔附近的骨伤诊所。

到骨伤诊所的时候,诊所正要打烊关门,陆尧希喊了一声"等等",绕过去把她抱下来,快步走过去。

骨伤诊所坐镇的是个老中医,摆摆手:"不看了,我要回家了。"

陆尧希皱了眉,一脚伸出去挡住快要关闭的门:"医生,帮我看看我女朋友,她的脚肿得厉害。"

陆尧希很着急,连衣服扣子开了都无暇顾及,安安看了看老中医,又看了看陆尧希,莫名就很想笑。

这个场景,也太像武侠剧里女主中毒,男主抱着她挨家挨户去求救的场景了。

老中医门关不上,没办法,只能让他们进去,给安安看脚。

擦跌打药酒的时候,安安喊得撕心裂肺,听得陆尧希眉头直皱:"医生,你轻点儿。"

"轻点儿能好吗?"老中医没好气地看了安安一眼,"女孩子不能仗着有男朋友就各种娇弱,现在不是都流行什么女汉子吗?"

安安羞愧了,陆尧希瞥了瞥她憋红的脸,笑笑没有说话。

从骨伤诊所出来的时候,安安坚决不让他抱了,像只独角公鸡一样,一跳一跳的,在玩金鸡独立。

她是往公交车站的方向跳去,陆尧希叹了口气,走过去胳膊一甩,把她整个人扛在肩膀上,丢进了车里,在她发出尖叫前先瞪她一眼:"闭嘴!"

一个晚上接连被吼了几次,安安彻底委屈了。

陆尧希抿着嘴,视若无睹,一脚踩上了油门。

"陆尧希,你知道我为什么要和你分手吗?"一路上,安安还不忘壮着胆子,试图跟他讲道理。

既然事情都已经到了这个地步,两个人就不要纠缠不休了,相忘于江湖不好吗?她觉得自己已经越来越像言情剧里的矫情女主了。

"我知道。"他淡淡地应,"第一,我骗你我不是处女座;第二,我骗你我是男保姆;第三,你觉得我和元素还藕断丝连;第四,你觉得我和你在一起,要么是为了报仇,要么是情伤未愈,随便找个替身。"

安安瞪大眼睛一时无言,没想到这个人认识错误还蛮充分的。

"我说得对吗?顾安安。"陆尧希直视前方,并不看她。

安安撇嘴："既然你知道得这么清楚，干吗还纠缠着我不放？"

陆尧希用力抓着方向盘向路边拐，一踩急刹车，车子便七扭八歪地停在路边。他转过来看着她，眼睛里有流光溢彩在闪动："你觉得呢？你觉得我一个为了逃避工作而隐瞒行踪的人，故意暴露身份，来ST的分公司上班，是为了什么？"

安安扭过头，不敢看他的眼睛。

陆尧希也不强迫她，只是长长舒了一口气。

"我一岁那年，父母因为飞机事故身亡，我是跟着我外公长大的，老头很严格，对我的要求很高，追求完美，要是按你的逻辑算，那他大概也是处女座。"

安安终于扭过头来看他。

他继续说："我以前也认识很多女孩子，她们要么看中我的身份，要么看中我的脸。"

安安脱口而出："你怎么知道我不是看中你的脸？"

陆尧希嘴角微微一抽，似乎回忆起什么痛苦的往事："刚认识你那段时间，被你折腾得很惨，脸肿得像猪头，我都不敢照镜子，你难道会看中那样一张脸？安安，你和别人都不一样。"

安安努力稳住阵地不动摇："世界上不看重脸和身份的女孩子一大把。"

"我知道，可是我喜欢的是你。"

以为会很艰难才能说出口的那句话，被他轻而易举地说出口，安安转过头去看他，就见他眼里光彩更盛，连笑容都是温柔的。

他拉着她的手，细细地摩挲她的手臂，那里还有一块浅浅的疤痕："你以前太坏了，一直欺负我，我从小到大都没么憋屈过，于是想逗逗你，虽然一开始目的不纯，可是在你为我挡了火炭之后，我就叛变了。"

他缓缓地说着，似乎陷入自己的回忆世界里。

"还有元素，我和她刚才，不是你想的那样……"

安安总算能够回应他,但语气依旧不善:"那是怎么样?"

那种场景,还能是怎么样?安安甩过头,觉得自己窝囊极了。

陆尧希把她的脸掰过来:"她对我动手动脚,想非礼我,我只好把她绑起来了。"

他一脸的委屈,仿佛真的是被怪阿姨欺负的小男孩儿,安安抬手揉了揉太阳穴。

陆尧希语气却极认真:"我告诉过你,对我来说,过去了的事情,就是过去了的。"

安安心头的怒火慢慢散去,但还是不愿被看出来,高贵冷艳地转过头:"关我屁事。"

她说粗话?陆尧希微微眯起眼睛,也不说她,只是回去的路上,把汽车当火箭开,跑车性能极好,又是敞篷车,速度太快,安安吓得脸都白了。

陆尧希把她从座椅上弄下来的时候,她还白着脸,仍由他摆弄,连反抗都不会,自然也没发现,他没有送她回学校,而是直接回了他的公寓。

等被他一路扛回公寓,丢在沙发上,安安才反应过来,哆哆嗦嗦地指着他问:"你、你带我来这里干吗?"

"嗯?"陆尧希瞟了她一眼,"那我再开车送你回去?"

安安一想到那擦得耳朵都疼的风,登时噤声不语,和面子比起来,还是自己的小命重要那么一丢丢。

陆尧希在她对面坐下,半晌不说话,安安狐疑地看向他:"你坐这里干吗?你不用去洗澡吗?"

以前他回家的第一件事,就是把自己关浴室里,没有半个小时都别指望他出来,如今他却陪着她坐在沙发上,连衣服都没有换。

"我在克服。"他目光灼灼地看向她,"你不是不喜欢处女座吗?虽然我一直认为,星座匹配都是无稽之谈,但如果你非要按照这个作为谈恋爱的标准,我奉陪。"

他说得笃定,安安这时才发现这屋子好像有点儿不对劲,那门口的花瓶,还是她那天动过的样子,沙发上有一个椅垫是背面朝上的。

安安抻长了脖子望向书房,以前整齐排列的书籍,此刻像彩虹碎了一地,乱七八糟地堆放在书架上。

她一直支持凌乱美,但如今看着这面目全非的公寓,突然觉得格外别扭,似乎身体里有股小冲动,在劝说她去收拾。

完了完了,她要被同化了吗?

连她这个凌乱美主义者都觉得那么难以忍受,那陆尧希这几天都是怎么忍下来的。她看向他的目光里不由自主地带上了同情。

"饿了吧?我去做饭给你吃。"

对视了许久之后,还是陆尧希先开口,他们又是加班又是大闹,到现在滴水未进。

眼看着他卷起袖子走进厨房,安安的内心还是很受冲击的,他突然就从那个高高在上的副总,变成居家妇男,好像他从来没有变过,从来都是那个小保姆。

安安低低"嗷"了一声,揪着头发倒在了沙发上,她只是想谈个恋爱而已啊,为什么那么艰辛?

陆尧希从厨房里端出两个菜的时候,就见安安两眼失神地坐在沙发上。

他走过去,干脆把人抱起,放在餐桌旁的椅子上:"吃饭。"

两个人默默无言地吃饭,气氛一时竟很温馨,安安抬起头,看着他微微垂着头,不知在想什么,他似乎也感觉到她的目光,抬起头来对着她笑。

一顿饭吃下来,心思各异的两个人都没吃多少。

安安也不再矫情地闹着要回宿舍,给薛宝宝打了电话报备之后,就从衣柜里拿了衣服,跳着脚去洗澡。

衣服都是陆尧希准备的,因为她不愿意回宿舍拿,感觉就像是搬出

来和他同居一样。陆尧希无可奈何之下,只好亲自替她准备。

那天安安打开衣柜,就见半个衣柜都挂满了女人的衣服,连内衣都准备妥当,安安试了试,尺寸毫无误差。她当时就震惊了……他是怎么看出来的。

现在想想依旧会脸红心跳,安安揉揉脑袋,阻止自己再胡思乱想。

"想什么?快睡觉。"在外间洗过澡的陆尧希一走进来,就看见安安又揪着头发在发呆,怎么认识他以后,这个活蹦乱跳的女孩儿就陷入无止境的发呆里了。

折腾了一天,两个人都很累了,安安一头栽在床上。

陆尧希识相地在一旁坐着,不敢贸然接近她。

在安安迷迷糊糊睡过去的时候,似乎听到有人在她耳边说话,她努力去听,却抵不过猛然袭来的睡意,最终还是放弃,投靠了周公。

这是安安睡过的最不得安宁的觉,夜里她总在做梦,梦见陆尧希咬着雪茄,一手抱一个美女,把钞票甩在她身上,一下子就把她砸了个脑震荡。

醒过来的时候,天才蒙蒙亮,陆尧希睡在房间的沙发上,似乎还在甜梦里。

安安愤愤不平,凭什么她一夜噩梦,他倒是睡得香甜。

她在床上坐了一会儿,想了想陆尧希那手骇人的车技,还是决定自己回学校,更何况,她还没想好,要不要和陆尧希破镜重圆。

她蹑手蹑脚地下床穿衣服,穿鞋的时候觉得不妥,还是决定给他留个便笺,谢谢他收留了她一个晚上,由于他现在是自己的BOSS,她还顺便请了假。

把便笺贴在鞋柜上之后,她一蹦一跳地回了学校。

脚伤得并不是很严重,但近期要正常走路恐怕是不行了。

她在宿舍发呆了整整大半天,薛宝宝去打饭上来时,劈头盖脸就丢过来一包药:"给你的,人家在楼下等了你大半天,你都不接电话吗?"

"啊?谁啊?"安安接过了药,脑子里还是处于当机状态。

"陆尧希啊,他说你脚伤了,特地给你送来的,你不接电话,他就在楼下一直等,刚刚遇见我才让我拿上来的。"

安安摸过那部调了静音的手机,发现果然有N个未接来电。

她想了想,还是站起来,金鸡独立地往外跳。

宿舍里没有电梯,等她跳下去的时候,已经满头大汗,扶着宿舍的铁门喘气,就看见门外大榕树下站着的某人。

他今天穿着T恤和牛仔裤,脚上蹬一双白球鞋,整个人青春洋溢,和她初见时的样子重叠在一起。

她跳过去:"你来干吗?"

"我今天早上起来,你就不在了,你不辞而别。"他抱着双手,一副来兴师问罪的模样。

安安愣愣地看着他,努力地表演"我是一个哑巴,我不会说话"。

陆尧希无可奈何地叹了口气:"我以为我们昨天已经谈好了。"

安安继续不说话。

陆尧希拉了她一把:"我早上去跟骨科医生拿药,他说最好还是带你过去看一看,上车吧。"

事关自己的脚,安安没有抗议,乖乖就要往外蹦。

陆尧希却已经跨上了身边的自行车,一脸哭笑不得地看着她:"你要跳去哪里?"

安安回过头,就见陆尧希坐在单车上,单脚踩地,那模样和普通的大学生几乎没有差别。

"愣什么?不是说我的跑车严重危害了你的生命财产安全吗?现在换了你喜欢的两个轮子了,上车。"

终于可以满足她对小清新单车场景的幻想了吗?看看陆尧希那张俊俏到足以秒杀MV男主的脸,安安心里圆满了。

但表面上还是不动声色,她跳上车,故作矜持地捏住陆尧希的衣服。

"抱紧。"

安安刚想用他们已经分手了的借口甩他一脸,这边陆尧希已经用力一蹬脚踏,在她的尖叫声中,单车就跟离弦之箭一样冲了出去。

安安傻眼了,这哪里是小清新电影了,简直是极速恐怖片好吗?连单车都能当飞机开,怕死的安安终究放下面子,死死地抱住了陆尧希的腰。

飞快蹬着单车的某人,笑得眉飞色舞。

从骨科诊所出来,安安的脚又换上了新的药,脚踝已经消肿了,但还是不能正常走路。

安安站在骨科诊所门口,瞪了陆尧希那辆天蓝色的单车大半天,觉得压力很大,抱着电线杆始终不肯上车。

她还年轻,她才不要因为某人超速骑车而英年早逝。

最终还是陆尧希信誓旦旦地保证:"我不骑太快,我一超速你就掐我。"

安安想了想,这个办法可行,这才小心翼翼地上了车。

陆尧希终于把单车当乌龟骑了,慢悠悠地骑着,遇到什么好吃的,就停下来,给安安买一份。

手里的零食多增加一份,安安的眼睛就"噌"的一下亮了一分,最后更是趾高气扬地点单:"我要吃鸡蛋饼……羊肉串……还有冰糖葫芦!"

这些都是陆尧希平时严令禁止的东西,但今天的他好说话得很,就像所有宠爱小女友的男孩子一样,有求必应。

卖鸡蛋饼的摊子很热闹,需要排队,陆尧希把安安安置在一棵大树下,然后跑去街对面给她排队买鸡蛋饼。

排队的大多是女生和情侣,有些成群的女孩子都在偷偷看他,不知道说了句什么,几个人就闹成一团。而陆尧希只是立在队伍中,似乎对旁人的讨论毫无察觉,只是时不时地朝在大树下的安安看一眼,见她还抱着一大堆吃的傻愣愣地站在那里,不由自主地对着她粲然一笑。

即使隔了一条街,即使阳光正耀目,可安安还是一瞬间把他笑容里那些不可言传的情绪看得一清二楚,然后她就很不淡定地心动了。

她心如擂鼓地看着他接过鸡蛋饼,买了单,又小跑着过马路,朝她走来。

她只觉得他一定是把那个大太阳也带过来了,他的身边光影浮动,耀眼得不行。

陆尧希跑近了,把手里的鸡蛋饼吹了吹,递到她嘴边。

她还愣愣地看着他,他把鸡蛋饼递过来,她就乖乖地张开口,然后"啊呜"一声,咬到了他的手上。

某人皱着眉头抽回自己的手,甩了甩,低下头看她:"想咬我?"

她没好意思坦白是他把她帅晕了,她压根儿没看清楚眼前的是啥,就一口咬下去了。

陆尧希却不疑有他,伸出手指指了指自己的嘴唇:"喏,给你咬这里。"

呃……大街上这么光明正大地引诱良家妇女真的好吗?没见过大风大浪的良家妇女,登时脸红了。

陆尧希却逼近她:"不咬?那你刚才咬我,我要讨回来。"

安安想躲已经来不及了,被他扶着腰带进怀里,他一低头,周围的喧嚣都在刹那间远去,她的手抖得厉害,压根儿抱不住怀里那一堆吃的,只能任由它们稀里哗啦掉落一地。

夕阳的光笼罩着在街头拥抱的两个人,年轻的女孩儿的长睫毛微微颤抖,男孩儿嘴角带笑,怎么看都是青春肆意的浪漫。

回来的路上,安安嘟嘟囔囔地投诉:"吃的都没了,好浪费。"

骑车的人头也不回地应:"我明天再给你买。"

安安撇撇嘴,这才想起今天要上班的人好像悠闲得太过分了。

"你不用上班吗?"

"我请假了。"

"是我受伤又不是你受伤,你请什么假?"

陆尧希笑了笑,慢悠悠地回答:"我请的是事假,哄女朋友。"

单车慢悠悠地进了学校,安安却不说话了。

离宿舍还有一段距离的时候,陆尧希刹住了车,却没有回头。

"安安,你现在原谅我了吗?"

她的气其实已经消了大半,可是仍旧有信任危机,这是原则问题。于是她老实地回答:"还没有。"

坐在车上的人跨下车来,打了脚架,蹲在还稳坐在单车后座的人面前,循循善诱:"那,你要怎么样才肯原谅我?"

即使这样卑躬屈膝地蹲在她面前,也不能掩盖他的气质,有女生路过他的身边,都红着脸多看了他两眼。

安安突然就烦躁得很,这样优秀的陆尧希,她一点儿都不想拱手让给这些虎视眈眈的女人啊。可是她心里却还是有一点点不服气。

她揪着头发,就一眼瞥见公告栏上的宣传海报,灵机一动,指着一张港海市马拉松比赛海报,说:"我本来想去参加马拉松的,现在跑不了了,这样吧,你替我去参加,如果得了名次,我就原谅你。"

"马拉松?你?"陆尧希狐疑地看着眼前跑一百米都喊累的某人,实在难以置信。

安安怒了:"我怎么了?我体育细胞好着呢,不许质疑我。"

陆尧希暗暗叹气,看来不受点儿苦,她是不会松口的了。他伸手捏上她的鼻子:"好,那我去跑马拉松,说话算话啊,磨人的小妖精。"

"呸呸呸!你才是磨人的小妖精!"

他避开她的花拳绣腿,对着她伸出小拇指:"幼稚是幼稚了点儿,不过为了避免某些人出尔反尔,还是盖个章吧。"

"盖就盖!谁怕谁?!"安安勇敢无畏地伸出自己的小拇指,有些甜蜜地钩上他的。

她想,等他跑完马拉松,就算跑了最后一名,她也原谅他。

自从陆尧希答应了她跑马拉松之后,她除了上班时间,就难得见他一面。

她主动要求调职,特别行政助理的职位,实在太不适合她了。陆尧希原本也只打算把她借过来几天,当即就答应,让人力资源部把安安调到符合她专业的会计部去。

于是她就连上班的时间都见不到他了。

偶尔在电梯里逮到野生陆尧希一只,她强忍着兴奋和他搭讪:"最近在忙什么啊?"

他低头笑笑:"恶补长跑,过几天要跑马拉松。"

她随口一句话,他真的天天一有时间就练习长跑,就连办公室里都放了一台跑步机。安安有些后悔,怎么就忘记处女座追求完美的执着了呢?让他拿名次,他还不拼死拼活地跑第一……

她正斟酌着怎么开口让他请她吃饭,就听电梯"叮"的一声,陆尧希就径直地走了出去……头也不回。

安安目瞪口呆地看着电梯门关上,抓心挠肺了好一阵。

好不容易等到了马拉松前夕,陆尧希终于打来电话。

"你明天会不会等在终点?"

她还在为了电梯里的事耿耿于怀,没好气地问:"干吗啊?"

那边低低地笑:"你到终点站着,为了见到你,我估计会更有动力一点儿。"

安安在电话这头抿着嘴偷笑,却还要装出淡漠的声音:"好吧,那你最好跑快一点儿,如果等太久,那我就走了。"

"一言为定。"

说完,安安刚挂断了电话,就又响了起来。

安安看都不看就接起,带着恋爱中的女人固有的娇嗔:"又干吗啦?"

"安安……"电话里头却不是陆尧希。

"苏维扬?"安安猛地从床上坐起,"你们回来了啊?"

自从上次通话之后,他们就又陷入无法接通的状态,安安开始默默鄙视英国的通信网络,这也太差了吧!

今天接到电话,十有八九就是他们要回来了。

果然,对面的人带着笑声应:"嗯,回来了,今晚的飞机,明天到,想见我吗?"

安安默默幻想了一下苏维扬搂着照片里那洋妞出现的场景,若是之前她一定接受不来,但现在嘛……

"想啊。"她笑眯眯地应,"我去接机吧,把班次和到达时间发给我。"

那头的人却沉默了一阵。

"要见你了,我很紧张。"

向来淡定从容的苏维扬居然会紧张,安安安慰他:"虽然你抛下我失踪了这么久,但是你放心,我不会拿着菜刀追砍你的,放心吧,明天见。"

安安乐滋滋地挂断电话。和陆尧希和好了,她最好的两个朋友也要回到她身边了,安安觉得日子突然就美好起来了。

第二天起床的时候,安安就收到苏维扬昨天发来的短信,上面有他们到达的航班。安安看了看时间,接了机去看陆尧希跑马拉松,时间正好。

她爬下床梳洗,挑了件大红色的连衣裙,抹了点儿口红就要出门。到底是年轻,稍稍一打扮,就艳丽非常。

薛宝宝从被子里冒出头来瞪着她:"穿得这么骚包干吗去?"

安安神神秘秘地对她笑,也不回答。

薛宝宝翻了翻白眼,抛给她一个懒得理你的眼神,钻进被窝里继续睡了。

于是安安快快乐乐地出了门,薛宝宝当然不知道,安安特地挑了大红色,是要陆尧希一眼就看见站在终点的她啊。

她把时间都算好了,接了机之后,立刻飞奔马拉松赛场。

然而人算不如天算,飞机居然延误了。

安安在机场转了好几个圈儿，足足等了两个小时，马拉松都开始了。

她打陆尧希的手机，却想起比赛的时候是不会把手机带在身上了，只好作罢。两边都联系不到，她急得快把头发都拽下来了。

安安正在出口处来回踱步，就听见有人喊她的名字："安安。"

她立刻站住脚步，出口处，一个身穿长款薄风衣的男人，风尘仆仆地大步朝她走来。

她微微张口，还没来得及喊出他的名字，就被他一把拉进怀里，紧紧抱住。

跟在苏维扬身后的周晓媛笑眯眯地看着这一幕，还不忘拿着手机拍照。

这场景和安安想象中的也太不一样了，说好的洋妞呢。

苏维扬把她抱得死紧，她只觉得自己快要窒息，忍不住拍了拍他的背："你去的英国又不是法国，不用这么热情吧。"

他放开她，眯起那双她再熟悉不过的眼睛："安安，好久不见。"

他看起来似乎有满腹的话要跟她说，可惜安安的注意力却在别处。

"说好的洋妞呢？你喊她出来吧，我大人有大量，不会追杀她的。"

苏维扬却轻轻揉了揉她的头发："傻瓜，没有洋妞。"

"就这么没有了？"

"嗯，没有了。"

安安一脸的不可置信，按照她的理解，一定是两个人分手了。她默默感叹着，这也太迅速了。

周晓媛冲上来对着她一个熊抱："顾安安，我帮你把他带回来了，你要怎么感谢我？"

安安豪迈地拍一拍周晓媛的肩膀："我让你请我吃饭！"

"一说到吃饭，我们还没吃呢，飞机餐难吃死了，我们先去吃饭吧。"周晓媛一手捂着肚子，一手把安安往苏维扬那边推，"让回来的某人请吃饭，你们啊，都应该好好感谢我。"

安安一头雾水，苏维扬却笑着捏了捏她的脸，顺手就牵住了她在挠

脑袋的手。

安安心里一跳,看看苏维扬,他却回过头来看着她:"怎么了?"

安安不着痕迹地抽出手揉鼻子:"没什么,我鼻子痒。"

苏维扬的目光闪了闪,把手揣在风衣的口袋里:"走吧,你也饿了吧。"

安安其实是不饿的,她现在比较急着去马拉松赛场给某人打气加油。

计程车上,安安委婉地向周晓媛表达了这个意向,就遭到周晓媛惨无人道的一顿狂掐:"不许去!你今天要是去,我跟你没完。"

苏维扬坐在副驾驶上,没有任何反应。

安安只好可怜巴巴地用手机给陆尧希发了条短信,默默祈祷他能看见。

三个人进了一家中式酒店,周晓媛捧着菜单,安安就盯着一旁的服务员催促:"你们怎么上菜这么慢?还做不做生意了?"

一旁的服务员都快哭了:"小姐,这不还没点菜呢。"

安安急躁不安,满脑子都是陆尧希发飙时冷若冰山的脸。

周晓媛还偏偏点了一堆海鲜,麻辣小龙虾,清蒸大闸蟹,甚至还有一道红烧猪手,都是吃起来费时费力的菜,菜上来的时候,摆满了一整桌。

安安看着满桌子的菜,不淡定了:"我们才三个人……"

周晓媛皮笑肉不笑地看着她:"急什么?慢、慢、吃!没吃完不许走!"

这是摆明了不让她去看陆尧希跑马拉松,她坐在中间,看了看一直拿眼瞪她的周晓媛,再看了看一直置身事外给她剥小龙虾的苏维扬。

"好久没和你一起吃饭了,吃多点儿。"苏维扬把剥好的小龙虾凑到她嘴边,"来,张嘴。"

安安苦恼着待会儿怎么跟陆尧希解释才不会被他冰死,以至于苏维扬喂过来什么她都张口就咬。而那个一直嚷嚷着肚子饿的周晓媛,却一直在摆弄她的手机。

苏维扬吃饭一向慢条斯理，安安盯着那一大桌菜，这得吃到什么时候？她深呼吸一口气，决定发挥一个吃货的大胃潜能，把那些盛满菜的盘子默默拉到自己面前。

正当安安啃完一块猪脚时，周晓媛却突然站起来："你们慢慢吃吧，我先回酒店去。"

可以走了？安安两只眼睛灯泡似的亮起来，拿过纸巾抹了抹手，觉得不够干净，还是冲进洗手间里用洗手液洗了半天。

等安安从洗手间里出来的时候，包厢里只剩下苏维扬一个人，他站起来："安安，我有话跟你说。"

他爱了你整整二十年，
我要怎么比？

YUJIANNI,
ZHENGGESHIJIE
DOUBUDUILE

跟苏维扬一起坐上山顶的缆车时，安安已经什么想法都没有了。

缆车的车厢里只有他们两个人，苏维扬挨着她坐着："没有问题要问我吗？"

安安动了动嘴唇，其实是有的，在他还没回来之前，她有一肚子的问题，想问他为什么不说一声就闹失踪，她又不是不讲理的人，断不会阻人真爱，想问他她哪里不好，为什么他最后选择了洋妞。

但现在，安安看了看似乎有些消瘦的苏维扬，却只是笑眯眯地摇头："你回来就好。"

苏维扬眼里似乎有一片轻薄的水光，他伸手扫了扫她的眉毛："安安，我想抱抱你。"

安安看着他这副样子，忍不住暗暗叹了口气，果然失恋是可怕的，把向来乐天的苏维扬变得如此多愁善感。

她很豪迈地伸出双臂："来吧，不就是一个洋妞吗？别伤心，等我介绍我们宿舍之花薛宝宝给你认识。"

原本倾身往安安身上靠的苏维扬登时停下动作，似笑非笑地看着她："我记得你以前这么说的时候，宿舍之花可是你自己。"

安安红着脸傻笑，那是以前了，现在，哦不，过了今天，她就又是名花有主的人了。

想到那个主，安安觉得他此刻应该是暴跳如雷了吧？她忍不住害怕地缩了缩脖子。

苏维扬微笑着，一路都没有再说话。

等坐了一圈儿缆车下了山，天色都已经昏黄了。

苏维扬却一点儿要走的意思都没有，在公园里找了一张长凳，拉着

安安坐下。

"在英国的时候,我总是找一张这样的凳子坐着,然后给你打电话。"

安安微侧着头,表示她有在听他说话。

"在英国的每一天,我都很想你,很担心我不在的时候,你闯祸了怎么办?遇到作业有难题你不会解怎么办?生病了怎么办?"苏维扬也侧过头,对上安安有些惊诧的目光,"可是我更担心的是,这所有的问题,都有其他人能帮你解决,我怕我不在太久,你就要被拐跑了。"

他站起来,在她的面前半蹲着,让自己的眼睛可以和她直视。

"你打电话过来的时候,接电话的女孩子叫Jana,是我同班同学Ken的妹妹,她很喜欢我。"

安安低着头,像个小学生一样正襟危坐,并不说话。

"我和Jana还有阿Ken一起去过爱尔兰旅游,所以,上传到微博的那些照片,是真的。"他伸出手,强迫她看向他,"但是,我和Jana的恋情是假的,我在英国没有谈过恋爱。"

安安想抽出她被苏维扬握住的手,却被握得更紧,紧得她感觉自己的骨骼都快要被捏碎。

苏维扬猛地站起来,把安安扯进怀里,用力地抱住她:"你信我。"

安安挣扎了一会儿,没挣开,干脆听之任之:"既然是假的,当初为什么不说?现在告诉我这些,又有什么用?"

苏维扬的声音染上了苦涩:"安安,我有苦衷。"

安安双手垂下:"你说,我听着。"

半响,苏维扬却没有声音,他慢慢放开她,一字一句地问:"安安,再给我一次机会,好吗?"

安安抬起头,非常坚定地回答:"不好,苏维扬,我像是那种被你呼之则来挥之则去的女孩子吗?太迟了,我已经有男朋友了。"

他还想再说什么,安安却不听:"走了。"

她大步走开,在公园的门口拦了两辆计程车,回头跟苏维扬说:"你坐这一辆回酒店吧，我坐后面那辆回学校。"

"安安……"苏维扬试图拉住她。

安安却慢慢抽出自己的手："我现在不想听。"

苏维扬也不再勉强："好，我这段时间都会在港海，等你想听了，我随时都在。"

安安坐上计程车，只觉脑海里一团乱麻，她好不容易原谅他，决定接纳他和他的外国女友，他却来告诉她，这一切都不是真的，他有苦衷。

他是当了特务还是借了高利贷，需要用这种"苦衷"来糊弄她。

安安闷闷地坐了一阵，突然想起她还有很重要的事情没有做——陆尧希！

她立刻打电话过去，他没有接，看了看手机，今天发出去的信息没有回复，他也没有打电话来追问。

她的手立刻颤抖起来，用力拍了拍司机的后背，吓得司机差点儿大转弯开进路边的花坛里去。

"小姑娘你吓死我了！"

"师傅师傅，拐个弯……"

她半路改道，去了陆尧希公寓，一下车就飞快地往上走，她的脚还没好全，走几步就疼，她按了密码进去，却发现里头一片黑乎乎的，陆尧希似乎并不在家，进去找了一通，果然不在家。

安安有些慌了，打电话他不接，莫非发生了什么事情？

她掉转头，立刻赶去 ST。

然而到达 ST，陆尧希所在的那一层也是黑漆漆的，他也没有回公司。安安一时想不到他会去哪里，只好垂头丧气地回宿舍，找薛宝宝帮忙一起想想办法。

今天走了太多路，她的脚踝似乎又肿起来了，拖着沉重的步伐往宿舍门口走，一抬眼，就看见宿舍的大榕树下，站着一个熟悉的身影。

"陆尧希？！"

安安也不顾脚疼,拖着脚快步走过去。

陆尧希那样爱干净的一个人,此时却背靠着树干坐在地上,低眉敛目,不知道在想些什么。

这样的他让安安很心惊,她伸手拉了拉他:"阿希,你在想什么?"

她的手一碰上他,他就好像触电似的醒了过来,立刻站直了身子,低着头迷茫地看着她。

他的身上还穿着跑马拉松的运动服,难道说他跑完马拉松就一直在这里等她?

想到这儿,她的心一阵绞痛:"干吗傻乎乎在这里等,我不是发信息告诉你我没有在宿舍,你为什么不给我打电话?"

沉默了许久,陆尧希终于开口,声音却是沙哑暗沉:"你去哪里了?安安,你没有在终点等我。"

他整整跑了42公里,满心以为在终点能见到那个又蹦又跳的小傻子,可是等他跑到了终点,那个人却不在,于是他硬生生地在终点前停了下来,许多人越过他跑向了终点,拿到了名次。

观众都莫名其妙地看着他,而他脑海里翻天覆地只有空荡荡的终点,她不在。

他皱了皱眉头:"安安,我没有拿到名次。"

安安以为他是在为了这件事情难过,连忙安慰他:"不要紧不要紧,就算你跑最后一名,我也原谅你。"

她急匆匆地表着决心,陆尧希却依旧木然。

她一展臂,扑到他怀里去:"阿希,我们破镜重圆吧。"

他没有回应她,只是淡淡地问:"你今天去哪里了?"

安安心有些慌,只好囫囵地应:"我去接一个朋友了。"

陆尧希和她拉开距离,看了看她身上大红色的裙子,忽地笑了:"那个朋友,比我还重要吗?"

安安愣住了,要怎么说?苏维扬的确对她很重要,和周晓媛一样重要，但是并不代表陆尧希不重要啊。

得不到回答的陆尧希静静站着，安安突然觉得，此时此刻像是一场对峙。

她不敢告诉他今天发生的一切，她不敢告诉他，她曾经喜欢的人回来找她，要她回到他的身边。

安安想，陆尧希这样的小气鬼，听到了这种事，无论如何都不会轻易释怀。

第一次，她想到了撒谎，明明还在考虑，嘴巴却先于大脑开口："周晓媛也去了，那个人……是周晓媛的青梅竹马，是对她很重要的人，所以，我才陪着。"

说完，她就有些慌张，不知道陆尧希，会不会信。

良久他才淡淡地说："哦，是这样啊？"

他嘴角似乎弯了弯，安安松了一口气。

他拍拍她的手："上去吧，我自己回去就好。"

安安有些不舍，他们破镜重圆的日子，就这样？

她期待地看了他半天，却发现他依旧没什么表现，这种大日子，居然要女生主动？！

但看陆尧希似乎真的没有要给她一个晚安吻的意愿，她只好一咬牙，踮起脚，亲吻了陆尧希的左脸，然后拖着疼得要命的脚，用最快的速度往宿舍走。

陆尧希看着她走远，才掏出口袋里的手机，上面是游知书给他发来的截图，来源周晓媛的朋友圈。

背景是机场大厅，一个红裙飞扬的人，正在别人的怀里，笑得青春肆意。周晓媛配上了这样一句话：竹马回来了，你们又在一起了。

在他为她努力奔跑42公里的时候，她在别人怀里。

他随手拨出了一个电话："知书，我想见一见周晓媛，有些话要问清楚。"

说完,陆尧希把手机收回口袋里,眼里闪过复杂难明的情绪,顾安安,你什么时候,也学会说谎了?

天气进入深秋,早晨有些冷,安安把自己裹在外套里,站在长长的队伍里买豆浆油条,心里是甜蜜的。

她没有陆尧希会做饭的技能,只能在外面买,好在这家店挺干净,陆尧希是给过PASS的。

今天是破镜重圆的第二天,她已经下定决心,要和他好好地在一起,过去那些事情,就好像他说过的那样,都已经不重要了。

她抱着早餐一路走上陆尧希的办公室。

然而,向来通行无阻的她,却在办公室外被Lucy给拦住了。

"陆总现在在见客,你一会儿再来吧。"

不知为什么,Lucy的表情有些奇怪,笑得也很僵硬。

安安看了看怀里的豆浆,一会儿就该凉了。

她笑着问Lucy:"应该不会很久吧?我就在外面等着他好了。"

Lucy一脸尴尬:"你还是走吧。"

"怎么了?你干吗这么紧张?"安安再粗神经,也知道事情不对了。

Lucy似乎下定决心要提醒他:"你别傻了,听说陆总可是太子爷的朋友,他们那些人哪个不是花花公子,玩玩就算了,你还付什么真心?"

安安一头雾水:"什么意思?"

Lucy恨铁不成钢地瞪了她一眼:"陆总今天是带着那个元小姐来上班的……还……还吩咐我去给她买换洗的衣服,现在还没出来呢!"

安安脑子里"嗡"的一声响,笑容有些挂不住了:"怎么可能?"

Lucy却已经开始推她:"走吧走吧!"

安安被Lucy推着走出两步,却突然一个急转弯,绕过Lucy就去开办公室的门。门没锁,安安转动手把走进去的时候,就看见陆尧希半躺在沙发上,而元素整个人都倒在他的怀里,双手死死抱住他的脖子。

"出去！"陆尧希瞪了安安一眼。

安安当真被他唬了一愣，后退了一步。但这一步之间她就想明白了，她为什么要退，现在是她抓奸在沙发。

安安不退反进，从袋子里掏出那杯还温热的豆浆，打开盖子，走过去劈头盖脸就往陆尧希头上浇。

元素尖叫一声，立刻从陆尧希身上弹开。

"顾安安！"陆尧希站起来，居高临下地看着安安，那副表情似乎要把她拆吃入腹。

安安却无惧，抬头挺胸地看着他："解释！这次又是她在非礼你吗？"

"我凭什么对你解释？"

"就凭我是你女朋友？"

"哦？"陆尧希抹走脸上的豆浆，冷冷地看过来，"那么现在我告诉你，我们分手了。"

安安的手无力地垂下："阿希，为什么？"

为什么这么反复无常，为什么刚刚对她承诺过，转眼又抱别人在怀里，是她一直看错了他吗？

陆尧希撇过脸不看她："不为什么，你不是都猜对了吗？我这种幼稚的人，睚眦必报，顺便拿你来刺激一下前任而已。"

"你骗人！"安安瞪着他，"要是这样，你何必把我追回来。"

他终于看过来，眼神冰冷得没有任何情绪，声音像是小龙女那张寒冰床，刺得她浑身都抖。

"安安，我只是没玩够而已。"

她不想再听下去，转身就走，谁知道陆尧希却一把扭住她的手，凶神恶煞的样子让安安瞬间哭了出来。

"你哭什么？这种随便找个人来刺激前任的伎俩，你不是最清楚吗？顾安安，你赢了，你还哭什么？"

最后他几乎是用吼的，元素吓得屁滚尿流地跑出去，还顺手关上

了门。

安安死命挣扎,她学过的招式都派上用场,可惜不过是花拳绣腿,陆尧希一只手,就让她无法动弹。

她被他压制在墙上,就好似初见那样,她极恐惧,他极愤怒。

她本来是咬着下唇闷声地哭,谁知他这样粗鲁无礼,她被吓坏了,失控地哭了出来。

"不许哭!"他又是一声吼,她不听,哭得直抽抽。

下一秒,嘴就被人堵住,带着恨意,几乎是肆虐般啃咬着她的唇,让她发不出声音。安安只觉嘴上火辣辣的,带着豆浆的甜味,然后,那阵火辣就转移到她脖颈,似乎有一路往下的趋势。

安安吓坏了,想起当时学的防身术,忙不迭地用自己的头去撞他。

他终于停了下来,抬眼看她,眼里已经是一片猩红:"安安,你爱我吗?"

安安这辈子就没有被人欺负成这样,她又恐惧又愤怒,想也不想就吼回去:"爱个屁!陆尧希!我讨厌你!你走开!"

话音刚落,他就松了手。

他转过身,看都不看她,似乎在极力克制着什么,半晌才冷冷地说出来:"滚出去,明天开始,你不用再来上班了。顾安安,不要再让我看见你,否则,我会让你生不如死。"

明明被欺负的是她,他却一副比她还要愤怒的样子,安安哆哆嗦嗦地站起来,一刻也没有迟疑地跑了出去。

安安这副样子吓坏了不少人,一路上不少人对着她指指点点。

安安不知道自己现在究竟狼狈成什么样了,她打了车,想去找周晓媛。

司机大叔在后视镜里瞄了她两眼:"小姑娘,是不是要去警局啊?"

安安用力地拍他的椅背:"去皇庭酒店!!"

安安一路号啕大哭,司机大叔吓得一身冷汗,把窗户都关死了,一路往酒店飙。

到了酒店，安安丢了一百块给惊魂未定的大叔，抽抽噎噎地上楼，敲开了周晓媛的房门。

周晓媛昨晚大半夜才睡，一大早被吵醒，怒气冲冲地去开门，就看见安安头发凌乱衣衫不整地站在门口，吓得什么起床气都没了。

周晓媛慌忙把她拉进来，上上下下把她检查了一下，见她一瘸一拐，手腕上还有五个发红的手指印，脖子和嘴唇更加惨不忍睹。

周晓媛怒了："我以为他只会跟你说分手骂你几句，谁知道他居然对你动手！老娘去找他算账！"

安安本来正呜呜地哭，闻言愣愣地抬起头来，她还什么都没说，周晓媛怎么会知道陆尧希和她说了分手。

以安安这么多年来对周晓媛的理解，一定是她暗地里做了什么不得了的事！陆尧希的反常难道和她有关？

安安立刻跳起来，抓住周晓媛拼命摇晃："你说！你究竟又干了什么？"

周晓媛被她摇得翻白眼，掏出手机给她："你自己不会看朋友圈啊？"

安安慌慌张张地翻开朋友圈，登时想一头撞死在墙上。周晓媛昨天可谓刷了一天的屏，从安安见到苏维扬那一刻她就各种拍照拍小视频。

安安抖着手一路翻下去，有她和苏维扬的照片，苏维扬牵着她的照片，还有苏维扬喂她吃小龙虾的照片，最后更放出一张两个人靠得极近的照片。

安安记得当时苏维扬是拿着餐巾帮她擦掉嘴角的汤汁，然而这张照片的角度，却更像他们在接吻。

安安很不淡定："周晓媛你做了什么？"

用脚指头想想也知道，陆尧希一定是从游知书那儿获得了这些照片，他一定误会了。

脑海里突然闪过陆尧希对她说的那句话，他说，这种随便找个人来

刺激前任的伎俩,你不是最清楚吗?

安安现在连哭都哭不出来了,她想把周晓媛就地掐死:"损友啊!你怎么可以这么坑?!"

周晓媛倒是坦然:"昨天他通过游知书把我约出来,我就告诉他真相了。"

安安瞪大了她肿得像核桃一样的眼睛:"哪里来的真相?"

"我告诉他,你和他在一起,只不过是为了刺激苏维扬,好让他从异国他乡回来,现在苏维扬回来了,他就可以功成身退了。"周晓媛淡定地看着安安,"反正,你也从来没对他说过喜欢或者爱,不是吗?"

难怪陆尧希发疯失控,他信了周晓媛,他一定以为她一直是在骗他,还义正词严地要求他不能对她说谎。

他一定以为,这是她的一个局。

安安一屁股跌坐在床上,觉得这真是一个天大的玩笑。

安安猛地站起来:"我要去跟陆尧希解释清楚!"

酒店的空调开得很足,安安坐在那张巨大的双人床上,冷得瑟瑟发抖。

她没有走成,因为在她握上门把的时候,周晓媛在她背后幽幽地问她:"你难道不想知道苏维扬失踪的真相吗?"

安安回过头去看她:"什么意思?"

周晓媛一字一句地说:"安安,你知道吗?苏维扬在英国出了车祸,差点儿死掉。"

安安游魂似的回到了床上。

"在我发了你和陆尧希的合照不久后,苏维扬给我打了电话,我才知道了这件事,他昏迷了一个半月,醒来的时候,就看见我的朋友圈。"周晓媛把安安拉到身边坐下。

"为什么没人告诉我呢?"安安愣愣地看向周晓媛,"为什么都瞒着我呢?"

"因为他昏迷前,一直在念叨着,不要告诉安安,她会害怕。"周晓媛抬眼看她,有些不忍心,但还是继续丢炸弹,"他内脏大出血,肋骨断了,像个木乃伊一样在床上躺了一个月,可能当时他以为他要死了,他说,他怕你会害怕,那个时候谁会来安慰你。他在那种危急的时刻,还是一心想着你。"

安安喉咙发涩:"可是……那个 Jana。"

"Jana 在他昏迷以后,一直照顾他,把自己当成他女朋友,接了你的电话,她感觉到威胁,才在微博上传了那些照片。"

周晓媛伸手拥抱她:"他身边的人,都知道你的存在,他的手机背景、电脑桌面,还有他钱包里,都是你的照片。安安,苏维扬爱你,他从来没有背叛你。"

安安被她抱在怀里,想起那些血肉模糊的瞬间,她不在他的身边,不明真相的她一直在怪他。

"我去英国,就是为了去找他,他不让我告诉你,我只好自己去。"周晓媛眼神凌厉,"我去的时候他在做复健,他很努力,比别人坚持更长的时间。我劝他休息,他却说,我如果不健健康康地回去,会吓到她的。"

安安捂住了脸,可是该怎么办呢?她什么都不知道,什么都没有为他做。

"现在他回来了,你难道不应该回到他身边吗?顾安安?"说到最后,周晓媛的声音都抖了起来。

安安却捧住脑袋:"我不知道。"

周晓媛恨铁不成钢地推开她:"我就知道你会优柔寡断,所以我替你做了决定。安安,这个世界上,不会再有人像苏维扬那样爱你,他爱了你整整二十年,陆尧希怎么比?"

陆尧希,这三个字在安安脑海里转啊转,最终幻化成他笑的样子、他假装生气的样子、他暴怒的样子,还有刚刚他为她失控的样子。

　　阿希他，其实是个很自卑的小孩儿，所以一切都要求完美，然而遇到一个这么不完美的她，他却妥协了，接受了。

　　他也是爱她的吧。

　　周晓媛见安安眼神恍惚，正想再趁热打铁地劝两句，就听到敲门声。

　　周晓媛看了看时间，是约了苏维扬一起吃饭，她又看了看狼狈不已的安安，不发一言地去开了门，把苏维扬引了进来。

　　苏维扬莫名其妙地被拉进来，一眼就看见床上抱着膝盖坐着的那个人，披头散发，好不狼狈。

　　"安安？"苏维扬眉头紧蹙，大步走到安安面前，捧起她的脸，就见她的眼睛已经哭成了核桃，眯着一条缝在看他。

　　目光落在她脖颈间的那块红上，苏维扬的眼神立刻暗下来："怎么回事？"

　　他是知道陆尧希的，周晓媛一到英国，就把该说和不该说的都告诉他了，所以第一时间，他就想到了这个人。

　　"是他做的？"

　　安安没有回答，却猛地将他扑倒，伸出手去解他的衬衫纽扣。

　　"我去！安安你……你等我出去再动手啊！我出去了！"周晓媛大惊小叫地跑了出去。

　　重重的关门声响起，而安安却还是专注地解苏维扬的纽扣。

　　苏维扬被她扑倒在床上，不发一言，任她为所欲为："安安，你想确认些什么？"

　　解开了一半衬衫之后，安安终于看见那条疤痕，在左胸下露出一个狰狞的头。苏维扬不愧是从小陪着她长大的人，她一动，他就知道她想要做什么。

　　她不信啊，她觉得周晓媛是为了把她留下来，才捏造了这件事，可是当她看到那做手术留下的疤痕后，她宁可周晓媛说的是谎话。

　　她伸出手轻轻碰了碰那条疤痕，又猛地收回手来。

"安安……没事了，不用怕，我不疼了。"苏维扬伸出手把她拥入怀里，有一下没一下地拍着她的背，"你没有失去我，你看，我不是好好地又回来了吗？"

他总是那么清楚地知道她在想什么，她的恐惧，她的虚张声势，他都看得透彻。

安安伏在苏维扬的胸口，听着他平稳的心跳，突然觉得很茫然。

"安安，他对你不好？"苏维扬将她拉开一段距离，低下头看她，她的眼里满是迷雾，层层叠叠，看不清楚隐藏其中的情绪。

可是那双眼睛像有巨大吸力，苏维扬缓缓地朝她靠近，在触碰到她嘴唇的那一瞬间，她却猛地从他的怀里挣脱出来。

"你别过来！"安安跳了起来，"周晓媛说过，你从小看着我长大的，长兄如父，你就跟我爹似的。"

饶是苏维扬再从容淡定，此刻也止不住嘴角抽搐。

安安意识到自己激动过度了，她低垂着头："我有男朋友了，他要和我分手，可是我还没有答应。"

她现在心里矛盾极了，如果没有遇上陆尧希，没有和他一路打打闹闹至今，那现在苏维扬回来，她就可以和他光明正大地在一起，一切顺理成章，无须考虑。

可是，她偏偏遇上了陆尧希。他就像一颗流星，她本来对着他许愿来着，但是他却狠狠砸下来，在她身边砸了个坑，然后把她也给拉下去了。

"安安，没关系，我不会再走了，以后你在哪里，我就在哪里。"

这句台词太熟悉，安安猛地抬头看了看苏维扬，"哇"的一声哭了出来。

苏维扬以为她是感动的，手忙脚乱拍着她的背安慰："不哭不哭。"

安安却号得差点儿背过去，上天本来给了她一块熊掌，在她乐呵乐呵要把熊掌吞了的时候，他又把熊掌拿走了，给了她一条鱼。现在她抱着鱼，考虑着清蒸好还是红烧好的时候，他又突然把熊掌丢了回来，还

逼迫她只能选择一样。

安安抓心挠肺，指着天花板怒吼："月老你给我下来，我们单挑！"

苏维扬费了好大力气，才把她按住，但她却像个小孩儿一样不受控制，"啪"的一声，乱甩的手打在他的伤疤上，他疼得闷哼一声。

安安吓了一跳，登时就收了手，乖乖躺着不敢动，像做错事的小孩儿一样。

"对不起，我不是故意的。"

苏维扬一手捂着伤疤，一手去顺她的头发："安安，如果可以，永远不要跟我说对不起。"

他一语双关，也不知道她听懂了没有，她乖乖地点头，侧躺在床上一动不动。

苏维扬叹了一口气，起身去浴室，用热水泡了毛巾来给她洗脸。

床上的人估计闹得累了，眼睛紧闭，像是已经睡着了。

苏维扬把软软的人抱起来，用温热的毛巾替她擦脸，手臂和手掌，舒服得她直哼哼。

擦过脖子的时候，安安"嘶"地倒抽了一口凉气，苏维扬皱起眉头，脖子那里有些磨破了，看着那一块红，苏维扬的眼神暗了又暗。

周晓媛小心翼翼打开门的时候，就见房间一片凌乱，床单扯成一团，一个枕头被安安踹到了地上，她面上还有可疑的潮红，被苏维扬宝贝似的抱在了怀里，睡得跟死猪一样。

周晓媛"啧啧"两声，暧昧地看向苏维扬："你刚痊愈就这么激烈，不好吧？"

苏维扬放下安安向周晓媛走过来："你照顾一下安安，我出去一下。"

说完大步走了出去，周晓媛追出去："喂喂喂，你跑那么快干什么，记得对我们安安负责啊。"

苏维扬头也不回，周晓媛似乎看到他背后有一团怒火，直觉告诉她这个男人惹不得，她缩了缩头，决定还是去折腾安安算了。

"怎么样？你得偿所愿了，开不开心？"

安安醒过来，就看见周晓媛这个女人一脸八卦地趴在她旁边，问着她莫名其妙的问题。

她艰难地爬起来："为什么我觉得自己浑身酸痛？你趁我睡着的时候揍我了吗？"

周晓媛暧昧地撞了撞她："这种事情，你不应该去问苏维扬吗？"

眼看周晓媛一脸的荡漾，安安抖了抖，觉得还是远离这个女人好了。

安安揉揉胳膊坐起来："苏维扬呢？"

"他怒气冲冲地出去了，一副要去砍人的样子。"周晓媛无所谓地耸耸肩。

"哦。"安安点了点头，下了床去浴室洗脸，洗了一半，突然看着镜子尖叫起来，"我怎么变成这副鬼样子？"

镜子里的女人两眼浮肿，只剩下一条缝可以视物，头发凌乱。

苏维扬刚才就是看着这个鬼样子的她告白的吗？安安突然觉得他实在勇气可嘉。

周晓媛被她吓得从床上跌下去："不要鬼叫，我刚才看到你这副样子，还以为陆尧希怎么你了，差点儿扛把刀找他拼命去！"

安安对着镜子哀伤着，听到周晓媛这句话，立刻飞快地从洗手间里跑出来。以前她伤到指甲苏维扬都紧张得不得了，现在她这副要死不活的模样，苏维扬一定是找陆尧希算账了。

"你说苏维扬是不是去找陆尧希了？"

周晓媛的脸白了。

见她不应，安安自问自答："还好还好，他不认识陆尧希，更不知道他在哪里。"

周晓媛的脸更白了："维扬什么都知道，我都告诉他了。"

"苏维扬出去多久了？"

"呃……有半个小时了吧……"

话没说完,就见安安一阵风似的飘了出去。

安安到达公司楼下的时候,正遇上下班高峰期,很多人从她身边经过,对着状若疯癫的她指指点点。

安安穿过人潮,正好一眼看见下班的Lucy。

"Lucy,陆总呢?他下班了吗?"

早上那一幕让Lucy心有余悸,唉,总裁背后的女人不好当啊,看向安安的目光里就多了同情。

"下午有个姓苏的先生来找他,两个人就一起出去了,到现在还没回来。"

安安急了:"他们有没有说去哪里?"

Lucy摇摇头:"这我就不知道了。"

安安走出公司大门,茫茫然不知道往哪里走好,刚好一辆计程车在她面前急刹车,周晓媛从里面伸出头来:"我知道他们在哪里,上车。"

安安钻上了车,周晓媛就用一副看白痴的眼光看着她:"果然恋爱中的女人都会变笨吗?打个电话不就知道了。"

车子往陆尧希开的那家法国餐厅驶去,这餐厅当时只是开来搪塞安安的,如今竟然生意红火,外头停了不少车子。

安安远远地就看见陆尧希和苏维扬对立站着,两个人脸上似乎都挂了彩。

安安立刻吩咐周晓媛:"你拉开苏维扬,我拉开陆尧希,记住了。"

周晓媛却不动:"不去。"

安安拉了她半天没拉动,只好自己走过去,她的脚很痛,好像又肿起来了,单脚跳走不快,于是就看见两个男人都向她转过来,看着她。

她看了一眼陆尧希,就见他面色沉沉地盯着她,她想起早上那个恐怖的陆尧希,缩了缩脖子,但仔细一想,早晚都要去面对的,越是恐惧的东西,就越要去直面它。

然而她走近了,就看见苏维扬的手捂着胸口下方,似乎很痛苦的样子。

他的伤!安安几乎是立刻掉转方向,朝苏维扬走去:"怎么样?你受伤了?哪里疼?你干吗和他打架啊?"

要打架也要等伤好了再打啊。

然而听在两个男人耳朵里,都是安安在为苏维扬心疼。

陆尧希的脸色慢慢地沉下来,眼里有什么东西慢慢地破碎、剥落,最后散了一地,再也无法拾取。

"我没事。"苏维扬不着痕迹地搂住她的肩膀,身上一部分重量压了过来。

还说没事,安安嗔怪地看了他一眼,明明就站不稳了,刚出院的人,居然跑来打架,不要命了。

"顾安安!"陆尧希的声音冷冷的,拉回了安安所有的注意力。

然而安安一手扶着苏维扬,整个人都被困住,动弹不得,只能和苏维扬一起,站在陆尧希的对立面。

"我给你最后一次机会,过来!"陆尧希的目光锁住她,下命令似的口气凶狠极了。

安安害怕地缩了一缩。

"你在怕我?"陆尧希很不可思议地问她。

她抬起头,就看见他眼里所有的光彩,都在瞬间暗淡下去,那个一直神采飞扬的人,那个优雅的人,下巴竟然都是青色的胡楂。

"过来!"陆尧希几乎是用吼了。

安安突然感到一阵心慌,面前的陆尧希虽然凶得不得了,可是她看到更多的是脆弱,她抬起脚,就要向陆尧希走去。

然而安安刚刚要有动作,就听身旁的人低声闷哼了一声,身上更多的重量靠过来,安安分了神,赶紧抱住苏维扬。

那边陆尧希已经缓缓放下朝她伸来的手,看向苏维扬,自嘲地笑了笑:"好,很好。顾安安,我们这次真的完了。"

陆尧希不再看他们,转身就走。

安安想追,可是身旁的人已经彻底滑了下来,她惊慌失措地抱住了苏维扬,却承受不住他的重量,跟着他往下滑:"苏维扬!"

她的声音让背着她的陆尧希脚步一顿,然而只是一瞬间,他抬起脚,大步地向前走去。

他一定是疯了,竟然还在期许,竟然还抱希望,周晓媛在那天晚上不是已经跟他说得很清楚了吗?

她爱的人是苏维扬,她当时失恋又失意,才找了他当替身。而他却一直以为,一个女孩儿,不为他的身份,不为他的样貌,却一直对他好,那她一定是爱他的。

所以他因为欺骗她而愧疚不安,用尽一切方式也要得到她的原谅,但最后他才发现,她一直都在把他当傻子耍。

他曾以为他能掌控一切,原来不过是个笑话。

顾安安,不要再出现在我面前了,再也……不要。

安安抱着脸色苍白的苏维扬,看着决绝离去的陆尧希,只觉得天旋地转,有什么东西在敲击她的心脏,一下一下,把她撕扯得血肉模糊。

CHAPTER 13

你要记着,那个让你
揪着心肝疼的,才是男主
———————
YUJIANNI,
ZHENGGESHIJIE
DOUBUDUILE

　　景川的天空是灰黑色的,这是台风欲来的节奏。

　　自从那天在餐厅外上演了惊天动地的诀别戏之后,失魂落魄的安安就被周晓媛强制带回了景川。

　　苏维扬也劝她:"安安,当陪我回家休养,好吗?"

　　安安想了很久,最后还是跟着周晓媛回了景川。

　　住在家里的时间里,安安一直在思考,她甚至拿出两张纸,写了苏维扬和陆尧希的名字,写上各自的优缺点,直到两张纸写得满满当当,她还是无法抉择。

　　顾先生和女王大人都不敢打扰她,她回来的时候,那副林黛玉上身的模样,就连旺财都清楚是怎么回事。

　　唯一敢往安安房间里闯的人,就只有周晓媛。周晓媛闯进来,一把就将墙上贴着的两张纸撕下来,揉成一团丢进了垃圾桶。

　　"还纠结个屁啊,你和陆尧希,早就没有可能了。"

　　安安抬起头,不可思议地看着她:"大姐,我正失恋,你说话能委婉一点儿吗?能照顾一下我的玻璃心吗?"

　　"呸!"周晓媛呸了安安一脸,"你想想啊,陆尧希那么骄傲的一个人,被你这么耍,还能吃回头草不成?"

　　安安一口老血横在了胸口:"我什么时候耍他了?要不是你煽风点火插朋友两刀,我能这样吗?"

　　周晓媛却对安安的滔滔怒火视若无睹,径自倒在她的床上。

　　"安安,你从小到大都这么迷糊,你什么都不想的。陆尧希是什么人?他是 ST 的太子爷,以后有一整个企业等着他去继承,他身边的诱惑不会少,腰细腿长的美女,知书达理的淑女,他的长相又是上等。安安,你真的有信心能守住他吗?"

安安摩挲着自己的手机,她不是不去想,她只是不敢想,她没想过要做灰姑娘,可是她却偏偏遇上了高高在上的王子,他扮作平民,和她走过了一段旅程,他们很快乐。

可是王子还是王子,他终有一天要回去继承巨大的权力和财富,到时候她怎么办呢?

如果有一天他不要她了,她又该怎么办?

安安不应,周晓媛便接着说:"你驾驭不了这个男人,安安,可是苏维扬不一样,他爱你,而且我知道,他会爱你一辈子,你和他在一起,会很安全很幸福。"

周晓媛翻身坐起,拉过一脸哀愁的安安:"在遇见陆尧希之前,你的愿望不就是和苏维扬在一起吗?你和陆尧希短短这大半年,能比得上和苏维扬二十年?安安,愿望既然实现了,你好好接受就是了。"

周晓媛走了,走的时候还不忘拣出垃圾桶的那两团废纸,带出去毁尸灭迹。

安安默默坐了很久,最终还是爬起来,开始擦桌子。

顾先生和女王大人很惊恐,因为凌乱主义者顾安安,居然开始收拾东西了,更可怕的是,她收拾整理的功夫有模有样,书籍是按颜色排列,抽屉也全部倒出来一一整理。

等她的房间变得整齐规整的时候,安安又鬼魂似的飘进了厕所,开始刷马桶。

女王大人揪着顾先生的胳膊开始摇晃:"孩子他爸,你掐掐我,你看我是不是在做梦……哎呀,你真掐啊!你不要命了!"

两个人加上旺财,鸡飞狗跳地追逐着。

安安又悄悄飘出来,开始打扫客厅。

接下来的一个星期,安安闭门不出。每天除了洗刷刷,还是洗刷刷,只要能拿出来洗一洗刷一刷的东西,她都不会放过,包括旺财,包括她

自己。

导致旺财现在一看见她就躲,被洗了太多次,它都开始掉毛了。

苏维扬来看过她,静静地坐在沙发上,看着她游魂似的飘来飘去。顾先生在一边做严肃状,瞪着苏维扬不放,试图严刑逼供。

往常这种时候,安安就该跳出来护着苏维扬了,但如今她只是在他们面前飘来飘去,把他们面前装满了茶的茶杯拿去清洗。

连苏维扬都拯救不了她,顾先生快哭了:"女儿,要不我们去看医生吧。"

安安不应,抱着惊恐挣扎着的旺财飘进了厕所。

苏维扬坐到了天黑透,在安安第二次试图把旺财抱进厕所的时候,他终于开口:"安安,我陪你回趟港海吧。"

安安终于停下了脚步,抱着旺财呆站着,直到旺财成功从她手里挣脱,她才抬起头来,看着苏维扬。

苏维扬站起来,礼貌地看着顾先生:"叔叔,我先走了,能不能让安安送送我?"

顾先生见女儿终于有反应了,赶紧附和:"安安,送客送客。"

安安陪着苏维扬走下楼,愧疚不已,总觉得自己的行为就像是捅了苏维扬两刀,而且还是直接捅的心脏。

"怎么?觉得对不起我?"苏维扬向来能够轻易看透她的想法。

安安觉得自己现在简直就像是贪心不足的人,她连看着苏维扬都觉得心虚。

苏维扬看着她,眼睛里闪过一些她看不懂的光彩:"你放不下他,就不能好好待在我身边。我陪你,去做个了断。"

周晓媛和苏维扬都太过了解她,所以周晓媛迂回地阻止她,试图就此断了她的念想。而苏维扬却选择让她直面问题,如果不和陆尧希解释清楚,那么她估计会死不瞑目。

安安点点头,恢复从前的神采飞扬:"好,我们什么时候出发。"

"明天吧。"苏维扬伸出手揉了揉她的头发,"你越早和他说清楚,我越早安心。"

安安下了决定,此刻心里就跟明镜似的,嬉皮笑脸地看着苏维扬:"你就不怕我见到了陆尧希,情难自禁,再也不回来了吗?"

苏维扬笃定地答:"你不会。"

安安没话说了,她觉得自己和苏维扬讨论陆尧希,实在是很诡异的一件事情,而苏维扬帮着把她送到情敌面前,这种无畏的表现也让安安很纳闷。

事情往这种诡异的方向发展,安安觉得自己有些扛不住了。

她跟苏维扬挥手告别:"我先上去了,你别告诉周晓媛我们要去港海,她会带着炸药包把飞机炸了的。"

苏维扬点点头,看着她快速消失在他的视线里,他站了很久,不知在想些什么。

等安安到家走到阳台的时候,发现苏维扬还在那里,朝他招手:"维扬,你怎么还在?"

苏维扬飞快地看她一眼,摆摆手,这才转身离去。

第二天,苏维扬准时来接她。

飞机难得没有延误,到达港海的时候,才早上十点钟,是陆尧希的上班时间。

苏维扬把安安送到 ST 楼下的时候,她阻止他再跟随:"我自己进去就可以了。"

"不行,如果他再对你动手怎么办?"

安安揉了揉鼻子,那次,他只是气疯了,强吻了她,不算对她动手吧。

但她撒娇耍赖,苏维扬还是不松口,她只好带着他一起上去。

Lucy 一见到她就皱眉头:"怎么又是你?!"

安安很不好意思地赔笑："Lucy 姐，我想见见陆……总。"

Lucy 却一声冷笑："他被你害成那样，你还敢来？"

安安的脸色苍白下来："你说什么？"

"想知道什么？我告诉你。"办公室的门打开，游知书靠在门边，冷冷地看向安安。

苏维扬半搂住安安的肩膀，把她推到自己的身后，谁知道这个保护的姿态却让游知书冷笑出声。

"安安，你过来。"

游知书把她让进陆尧希的办公室，一进门，她就闻到一股浓浓的酒味，办公桌翻倒在地，文件资料散落一地，甚至还有破碎的酒瓶。

"他们还没派人来收拾，正好可以让你看看现场。"游知书耸耸肩，"随便看，随便问，不用客气。"

"怎么回事？"安安皱着眉，"陆尧希呢？"

"昨天总公司来人了，阿希的外公，ST 的陆董事长亲自来这里抓人，带了五六个保镖，阿希闹了一顿，这里就成这样了。"游知书嘲讽地笑，"也不知道他闹什么，最后还不是要跪在他外公面前，被他外公用拐杖一棍一棍地揍他。"

他的外公那么凶狠，难怪他要逃出来隐姓埋名了。

安安急了："他们为什么打他？动用家法也不用上棍子这么狠啊！"

"因为你，他为了你在公司大闹一场的事估计传到美国了。"

安安像个做错事的孩子杵在门口："那天是因为元素……我才……"

"元素？"游知书像听到什么可笑的话一样，"他知道了你那样利用他之后，差点儿失去理智。我认识陆尧希这么多年，从来没见过他这么失控。至于元素，他是故意要让你看到的……"

一直在一旁沉默不言的苏维扬皱了皱眉头。

安安不可思议地看向游知书，傻傻发问："为什么？"

"为什么？"游知书同样不可思议地看向她，"因为你让他发疯了，他想以牙还牙,想让你难受,他那么精明的一个人,不知道为什么在面对你的时候,却像是一个智商只有十几岁的孩子。"

Lucy 本来只是在一旁听着,这时候也忍不住出来说话:"安安,你都不知道你把陆总毁成什么样子,你走以后,他每天带着酒气来上班,每隔五分钟就问我,安安来了吗?我说你回景川去了,他就一直沉默,后来又叫我打电话给人事部,让他们通知你来上班。"

安安记得那几个人事部的电话,几乎是求着她去上班的,可是她那时候那么低落,统统推掉了。

"你一直没有来,他就把自己当机器人使唤,每天工作十几个小时,一下班就去喝酒,元小姐来找过他,连门都进不了。"Lucy 埋怨地看着安安。

"所以……顾安安,你和陆尧希之间最好就这样结束,我不想看到他这么痛苦,即使你是晓媛的朋友,我也不会手下留情。"

游知书冷着脸说完,便吩咐 Lucy 送客。

安安却追上去:"告诉我他在哪里?我有话要说!"

港海的天空突然变得很暗,似乎即将有一场倾盆大雨,游知书看着窗外暗沉的天,沉默了一阵,终于缓缓开口:"他回美国去了,以后都不会再回来了。"

安安被苏维扬带回景川的时候,下起了大暴雨,他们困在机场里,电闪雷鸣大有把窗玻璃震碎的架势。

苏维扬从后边握住了她的肩膀:"你在为他难过吗?安安。"

安安头也不回,只是看着被闪电龟裂的天空发呆,紧接着是一阵巨大的雷声在耳边炸响。她突然想起,有一天睡着了之后,陆尧希在她耳边说着话,他以为她没听见,其实她听见了。

他说:"安安,等你毕业,我们就结婚,好不好?"

一个人,怎么会跟另一个只认识了半年的人求婚呢?她很想问问他,

这样是不是太快了,万一大家其实都不了解对方呢?

可是只是想想,她都知道他会说,顾安安,我知道我要的是什么。

"去美国不过一张机票。"苏维扬把她整个人都扳过来,"你还不甘心的话,我陪你去美国。"

安安抬起头看着他,表情出乎意料的冷静。

"不去,我们回家吧。"

陆尧希曾说过,她在哪里,他就在哪里,他再次骗了她,她还要傻傻地去找他讨公道吗?开玩笑!她像是这种人吗?!

回家的路上,一路沉默无言。

苏维扬把她送到家楼下的时候,得知了消息的顾先生和女王大人早就在楼上阳台张望。周晓媛哪里敌得过这两块老姜,安安被苏维扬带走后,他们一个逼供,周晓媛就什么都招了。

现在两人站在阳台上,只有对底下的人浓浓的担心。

安安却无知无觉,她跟苏维扬说了一句"我上去了",转身就走,没走几步,就被人从身后紧紧抱住。

多么偶像剧啊,如果是以前,她肯定已经两眼冒星星了。从小到大,以前她看肥皂剧,每个男主角向女主角表白的方式,她都会下意识地把人脸换成她和苏维扬的,每幻想一次,都幸福得在床上打滚。

她也曾经幻想过背后抱啊,可是为什么幸福不起来了呢?

"那一天,我是去给你买你要的英国土特产,我开车去的,半路的时候,遇到几个街头青年在追逐,我急转弯,撞上了隔壁道的垃圾车。"

这是苏维扬第一次亲口跟她提起车祸的事情,他说得轻描淡写,她却依旧听得心惊肉跳。

"我从车里爬出来,救护车来得很快,我跟阿KEN说,不要告诉安安。那个时候,我担心你看到我浑身是血的样子会害怕,你会哭,你会不知所措,但我却不能安慰你。"说着说着,那个向来清朗沉稳的声音变得有些颤,"可是如果重来一次,我宁愿告诉你,让你去英国,你不知道我多么后悔,让你遇上他。"

安安怔怔听着,沉默得像个木头人,一动不动。

"你在生我的气。"苏维扬轻轻放开了她,绕到了她的面前。

她知道,她一切情绪,都瞒不过他。她终于抬头看他:"是的,我在生气。其实你早就知道陆尧希回美国了,所以你带着我过去,希望一场扑空和游知书的冷言冷语能让我死心。"

以前傻乎乎的迷糊女孩儿,此刻眼前清亮得可怕,苏维扬不由自主地皱起眉头。

她歪着头看他,向过往和他撒娇的时候一样,微微噘起嘴,可是此刻,她嘴里却轻描淡写地说着那些让他心惊的话。

"还有那些我们在一起的照片和小视频,如果没有你的允许,晓媛是不敢那样做的。我想知道的是,在餐厅外面,你和陆尧希说了什么?"

苏维扬终于正视眼前这个他以为长不大的女孩儿,原来她一直那样迷糊,是因为她不需要站出来保护别人,可是当有一天,她终于有了自己要保护的人呢?

苏维扬叹了一口气,终于坦白:"我告诉他,晓媛说的所有话,都是真的。然后我跟他打了个赌……"

他记得那天,那个风度卓然的人听见安安的名字时突变的神情,他便知道,安安是他的软肋。

面对苏维扬的挑衅,陆尧希却坚守立场:"我不会放开她的,只要她还在乎我,我就不会放手。"

陆尧希的笃定让苏维扬心慌,于是苏维扬跟陆尧希说:"你猜安安同时看见我们两个,会先走向谁?"

她的性格两个人都清楚,当然是先走向那个更重要的人,她常常在无意识的时候,就已经做出了最准确的选择。

安安出现的时候,苏维扬看着她脚步的方向,不得不使了诈,捂住了他的伤疤,让安安以为他伤口疼。

他以为他掩饰得很好,可是就像他知道她所有情绪一样,这么多年来,她也知道他的。

最终他只能交代一切,无奈叹气:"安安,我们二十年的感情,真的比不上和他的这半年吗?我们这样了解对方,为什么不可以在一起?"

他问了一个她无法回答的问题,她不发一言,转身就走。

苏维扬不追上来,却用所有人都能听到的音量大喊:"顾安安,你可以慢慢想,但你记得,我会一直等你。"

安安脚步没有停顿,飞快地走进了公寓楼里。

在阳台上目睹了一切的顾先生和女王大人早已感动地抱在了一起,不愧是他们的女儿,果然有当言情女主角的潜力啊,都有人大声在楼下跟她告白了,那离她出嫁的日子还远吗?

两个人展望了一下未来,伤感不已。

安安一上楼,就看见两个人泪眼婆娑地看着她,场景格外惊悚诡异。

"你们干吗?"安安害怕地后退了一步。

女王大人却早已飞扑过来,紧紧地抱住了她:"噢,我的心肝宝贝。"

顾先生站在一旁,严肃地看着安安:"乖女儿,我们来聊聊人生。"

顾先生认为,在女儿面对情感交叉路口的时候,作为父母的他们是很应该辅导一番的。

于是顾先生和女王大人坐在沙发上,赐了一张小凳子给安安,居高临下地看着她:"乖女儿,我们今天要告诉你一个真相。其实……你妈妈曾经也是一个富二代!"

什么?安安惊呆了,当着居委会大妈的女王大人是个富二代?

"然后她不顾一切嫁给了帅得一塌糊涂的我,这真是一段可歌可泣的爱情故事。"顾先生眯起了眼睛,骄傲地昂起头颅。

安安浑身鸡皮疙瘩:"我还是先去睡了。"

安安走出一步就被拎着脖子逮回来。

女王大人露出在居委会解决家庭不和时的温和笑容："安安，我们是想告诉你，喜欢一个人，一定要努力一次，不管结局如何。"

安安低下头摆弄自己的手指："可是，我和他差太多了。"

像周晓媛说的，以后他的前途无量，身边会有无数美女环绕，她没自信能守得住他，第一次，她觉得自卑。

顾先生却挑了眉毛："听说，那小伙子是处女座？"

安安瞪大眼睛："这和处女座有什么关系？"

"怎么没有？"顾先生一把搂过女王大人，"处女座的男人啊，像你老爹我，认准了一个人，就是一辈子的事情。我和你妈认识三个月我就跟她求婚了，这不已经快一辈子了吗？"

女王大人搭腔："对啊，女儿，你不能因为人家有钱又长得帅就歧视他。"

哎，不对啊。为什么他们的话题都围绕着陆尧希？

安安提出了这个疑问，然而女王大人一脸遗憾地回答她："扬扬是个好孩子，长得又帅，跟他爹当年一模一样……"

"嗯？！"顾先生一脸"你说他帅我吃醋"的表情，瞪着女王大人找存在感。

女王大人却不理会他："但按照我看了几十年肥皂剧的经验来看，扬扬这么痴心，这么深情，注定只能是个男二……你要记着，那个让你揪着心肝疼的，才是男主。"

安安："……"

顾先生："老婆大人你说得好有道理！"

安安恶寒，慌不择路地逃进了厕所。

顾先生在外面敲门："安安，不就是美国的机票吗？老爸帮你出！"

但女王大人却阻止了他："你以为千里寻夫啊？安安要是追过去，以后还有地位可言吗？不许去！他要是不回来，你就跟了苏维扬吧。"

"你刚刚不是说苏维扬是男二吗？"

"啧,男二怎么了?男二比男主疼人呢!"

"我不服!"

"哎呀!给我跪键盘去!"

两个人吵吵闹闹的声音渐渐远去,安安背靠在厕所的门上,鼓足了所有勇气,看着通信录上陆尧希的名字犹豫了很久,最终,还是放下了手机。

我现在就能回答你……
我爱你

YUJIANNI,
ZHENGGESHIJIE
DOUBUDUILE

安安在家里宅了两个月,等她终于想出去走走的时候,发现外面的年味已经很浓了。

苏维扬从年二十七就开始当司机,帮着顾家买年货,安安这段时间表现乖巧,低眉顺眼得让身边的人心惊。

她大包大揽,年前大扫除的活都被她包下了,大大咧咧的她竟然把家里整理得井井有条,顾先生和女王大人闲得发慌的同时也很欣慰,这孩子终于有那么一点儿像他们了。

过年的时候,安安和周晓媛一起疯闹着放烟火,蹦蹦跳跳,说说笑笑,好像什么都没有发生过一样。

这些日子以来,安安对谁都温和有礼,说话都带着笑容。

苏维扬在一边看着,突然觉得他看不懂她了。

他说了等她,把一切都说得清清楚楚,可是她对他却像从前一样,只是眼里,再也没有那种明明白白的倾慕。

唯一泄露她情绪的是放完烟火回去的时候,周晓媛在后座上睡着了,安安坐在苏维扬身旁,扭头看着窗外灿烂得过分的烟火。

安安突然问他:"苏维扬,你在美国那边的时候,也过年吗?"

苏维扬开车的手抖了抖,隔了片刻他才回她:"嗯,会和华人的朋友们一起过。"

"哦。"她回过头对他笑笑,"那还好,总不至于太孤单。"

苏维扬开车的手慢慢收紧,她没有注意到,她刚才问的是美国,但他是去英国留的学。

他看着趴在窗上的那个人,安安,此时此刻,你究竟在想着谁。

安安趴在窗上,不知道自己一个问题是如何激起别人心底的千层浪,她头也不回地说:"过完年之后,我要回 ST 上班了?"

"嗯?你不是辞职了吗?"

她也以为她辞职了,哦不,是被陆尧希炒了鱿鱼,可是过年前 ST 在景川的分公司突然打电话过来,说她的档案已经调了过去,年后就可以正式上班了。

她一再追问,人事部的张经理却只是告诉她,她的档案早就已经调过去了,至于是谁调的,张经理回答她:"那是上面的事了。"

想来想去,就只有陆尧希了。

车里沉默了一阵,安安低头摆弄了一会儿手指,才抬起头说:"我已经答应了。"

她在心里鼓励自己,ST 那么大的一家公司,总不能因为失恋就彻底放弃。何况,陆尧希已经回美国了,她在 ST,也可以安心地当个小员工了。

本以为苏维扬会反对的,但却听他说:"你做得没错。"

"哎?"安安有些出乎意料。

"ST 那么大一家公司,如果你有被辞退的前科,以后同行业的恐怕没谁会用你了。"

他理性分析,安安终于松了一口气。

把睡得跟死猪一样的周晓媛送回家后,苏维扬才把安安送到了家楼下,她跟他说了再见,就要下车。

谁知道苏维扬却按了开关,把门窗都给锁上了。

安安吓了一跳,夜黑风高的,这是要干什么?

他解开了安全带,转身看向她:"安安,我们谈谈。"

安安的手紧紧地抓着安全带,她知道这一天终究要来的,她要残忍地告诉他,她的决定。她一直害怕,说出来就连朋友都没法做了,但早晚都要说的,安安深呼吸,暗暗给自己鼓气。

"好,我们谈谈。"

苏维扬凝视着她的眼睛:"不要拒绝我。"

安安愣了。

"不要跟我说对不起,也不要跟我说不可以。安安,你知道二十年对一个人的概念吗?从我懂事开始,我就知道我爱你,我之前说我会等你,可是我等得很心慌,我不想再等了。"

在她还没反应过来之前,苏维扬已经调动了座椅的位置,她整个人猛地向后仰去。

苏维扬俯身过来,双手撑着她的椅背,缓缓地低下头来。

安安震惊了,那个温文有礼的少年哪里去了,他……他居然想霸王硬上弓。

安安伸出手挡住他:"有话好好说。"

苏维扬眉头一皱,挡开了她的手。安安慌了,一时之间竟不知道要伸腿踹他好还是伸手打他好,正犹豫着,就听"哐"的一声巨响,似乎有什么东西砸在了车子的引擎盖上。

这一声响,把周围安了报警器的车子都震得此起彼伏地响起来。

居民楼已经有人伸出头来问候别人的户口本了。苏维扬皱着眉头坐直了身子,安安趁机也慌忙坐起来,眼睛扫过停车场,并没有人啊。

苏维扬泄气地趴在方向盘上,他这副样子让安安心惊肉跳。

但该说的还是要说。

"维扬,我不跟你说对不起,我知道半年的时间比不上二十年,可是感觉是一件很神奇的事情。我现在虽然没有追去美国,可是不代表,我以后不会。"

安安努力让自己说得有底气一点儿,虽然她也知道,爱着一个已经远走高飞并扬言不会回来的人,是一件很疯狂的事情。可是她忘不掉他,这些日子,她觉得自己越来越像他,看书要用书镇压平纸张,书的排列要按颜色分类,有时候她甚至觉得,她就是他了。

"为什么要等以后?"那个趴在方向盘上的人幽幽地问。

是啊,为什么要等以后,她也问过自己,答案是……

"我觉得现在的我,还配不上那么优秀的他。"

她要努力工作,等自己变得优秀了,这样才有资格,站到他面前,昂首挺胸地问他,你误会了我这么多年,你要怎么补偿我?

虽然她说得还有点儿道理,但苏维扬还是有种被她噎到的感觉。

"那我就继续等你吧。"他无奈地说。

安安扭过头去看他,一脸的不可置信,她都说得那么清楚了。

"你不要为了我浪费你的大好青春啊。"

"不怕,我大半辈子都浪费在你身上了,多几年也不多,等我三十岁了,你要是不答应我,我就不等你了。"

他说得轻松,可是安安却突然黯然下来,面对一个比杨过还要痴情的男人,她拒绝他其实是很心虚的,蔑视别人的深情,会被万千女同胞鄙视的。

"别同情我,安安,还没走到最后,我们都不知道谁输谁赢。"苏维扬拍了拍她的脑袋,"回去吧。"

她下了车,走出几步,又回过头去,苏维扬在车里朝她挥挥手。

等看着她走进楼里,他才掉转车头,开车离开。

安安垂头丧气地上楼去,过年的时候,大家有些去拜年,有些去旅游,这楼里安静了不少。偏偏大过年的,楼道里的灯泡还坏了,面对着黑乎乎的楼道,她不由得打了个冷战。

安安正低头从包里找手机照明,手臂突然被人一拽,拽进了楼梯间的垃圾桶旁。

她还没来得及尖叫,已经被人按在墙上,那人不由分说,就用嘴巴堵住了自己。她想反抗,脸颊却被死死捏住,她只能感觉到那人浑身的酒气和怒气。

安安脑里有惊雷噼里啪啦地响个不停,第一时间曲起腿,那人却已经用力地推开了她,转过身,奔下了楼梯,飞快地消失在自己的视线里。

安安蒙了,那人是谁,不会是喝醉酒的流浪汉吧?光是想想她都要

哭出来,她害怕地赶紧往上逃,边爬楼梯边喊"老爸救命啊!有色狼!!"

安安被酒鬼非礼的新闻在隔天传遍了整个小区,身为居委会主任的女王大人很生气,调动了所有的闭路电视资料,试图把那个色狼找出来。

奈何那天天太黑了,楼梯的灯还坏了,压根儿什么都拍不到。

安安那天回来,躲在厕所刷了一个晚上的牙,然后整整颓废了三天,谁能想到她刚出狼窝又进虎口。

好在她还没来得及继续颓废下去,ST的人事部张经理就打来电话,喊她去上班。

安安站在镜子面前,揉了揉自己的脸,为了能在未来的某一天,昂首挺胸地站到陆尧希面前,她要努力开始工作了。

安安到 ST 报到的这天,景川的天气好得不像话。

人事部和蔼可亲的张经理接待了她,她左顾右盼,都没见到其他来报到的人,狐疑地问:"张经理,其他人呢?"

张经理奇怪地看着她:"没有其他人,就只有你一个啊,小姑娘运气好啊。"

"那我不是中奖了,呵呵呵。"安安傻笑着,试图减少自己的紧张感。

张经理递给她工作牌:"拿着,去七楼跟上级报到吧。"

安安接过工作牌,登时傻了,职位一栏写着:特别行政助理。

"怎么又是特助?"

她明明是学会计的啊,难道……

脑海里有一道白光闪过,这个场景太熟悉了,上次她拿到了工作牌之后,一上楼,就发现英俊倜傥的陆尧希是她的上司,难道这次也是他。

这样想着,她的脚步竟快了不少。

七楼,安安站在门前,几次抬起手又放下,不怪她啊,万一里面真是陆尧希怎么办?上次他们都决裂成那样了,一副从此不复相见的模样,再见面,她要怎么样才能对他淡定微笑啊?

安安觉得忐忑极了,杵在门口当雕像,就是不敢敲门。

正犹豫着,门却自里面开了,一个中年西装男子从里面出来,低头看了一眼她的工作牌,笑了:"怎么不进去啊?里面那位等你好久了。"

安安一愣,他在等她?

这样想着,心突然欢喜起来,人也淡定不少,谢过那个西装男子帮她开门,她跨步就走了进去。

窗前的人坐在一张真皮转椅里,只露出半个头,阳光正洒在他一头的白发上。

等等……白发?

安安心里一沉,难道他竟然像白发魔女一样,伤心欲绝到一夜白发?

她脚步一顿,那个人已经转了过来:"顾小姐。"

一个白发苍苍的陆尧希在看着她笑。

等等,就算是一夜白发,也不可能突然长出这么多皱纹啊。

"我是陆尧希的外公,陆萧然。"陆老双手搭在桌子上,笑得优雅从容。

安安呆了,这……这算是见家长吗?

场景很诡异,安安变得不安起来,一想起眼前这个老头子有动不动就动用家法的爱好,安安很有逃跑的冲动。

他为什么会在这里,难道是拿着支票来让她离开他的吗?可是,她早就已经离开他了啊。

"我听说顾小姐以前做过 Edvin 的特助?"陆老笑眯眯的,格外慈祥,一点儿都不像传说中那个暴躁的老头。

安安想了一会儿,才意识过来,他说的 Edvin 是陆尧希,她诚实地点了点头。

"那很好,我想你能够胜任你现在的工作。"

呃,安安觉得自己石化了,难道两祖孙都有一样的爱好,为什么都要她给他们当特助,她学的是会计!是会计好吗?

安安把手指捏红了,才终于勇敢开口:"董事长,我……我觉得我还没有资格当您的特助?"

陆老微微一笑:"谁说你是当我的特助了?"

"那……是当谁的特助?"

陆老不应,只是笑着按下内线,对着电话说:"Mark,准备一下,"说完又站起身来,拄着拐杖看向安安,"走吧。"

走去哪里?安安迷惑不已,但看着陆老拄着拐杖,好像走得很艰难的样子,善良的她立刻上前挽住了他的胳膊:"董事长,我扶您。"

安安素来有尊老爱幼的美德,所以一时也没想到这个白发苍苍的老人,是 ST 的最高领导人啊,她挽着他走出去的时候,一堆人睁大了他们的眼睛,包括那个被陆老称为 Mark 的男人。

"愣什么?快走。"

陆老笑眯眯地催促,安安只觉得这个老人很慈祥哎,一定是陆尧希这个坏蛋又在骗她。

Mark 赶紧应下,领着他们下楼,车子已经等在了大门口。

看着女孩儿扶着老人上车,好一副有爱的画面。而 Mark 却冒了一身冷汗,向来让别人闻风丧胆的董事长居然愿意让别人这样亲昵地挽着他,那个女孩儿实在太有胆量了。

安安自然不知道她身边这个看起来很慈祥的老人,是如何在商海里打滚,一手创下 ST 的。

车子拐了又拐,安安不经意间瞥见路牌,不由得紧张起来,这是去医院的路啊。偷眼瞥了陆老一眼,见他气定神闲地闭目养神,安安这才松了一口气,她以为是那个人出了什么事情。

车子在一家私家医院门口停下来的时候,安安心里那些惶恐又再次上涌,她鼓起勇气问陆老:"我们这是要干什么?"

"我们来探望病人。"

"病人……是谁?"

陆老苦涩地笑笑，不作答。

其实事情发展到这里，迟钝如安安，也明白发生了什么事情了，陆老这是要带着她去见陆尧希，可是陆尧希怎么会在医院里呢？

安安觉得她的手心都是湿的。

电梯直上最高层，一踏出电梯，安安就一眼看见对面那个巨大的牌子，上面写着：重症监护病房。

她小腿一软，差点儿扯了陆老一起跌坐在地上。

好在Mark在一边扶住了她，女孩儿整个人都是软的，好像受到了极大的惊吓一样，

一看到那几个字，从进医院起就假装镇定的安安整个心都乱了，她说话都不完整："阿希……阿希他在里面吗？"

陆老看着她："你这心理承受能力不行，这会儿就受不住了，一会儿看见他你可该怎么办啊？"

安安脸唰地白了，难道说，陆尧希他病得很严重？

她坚强地站起来："我可以的，董事长，请让我见见阿希。"

进重症监护室之前，病人家属要先消毒穿医院指定的防护套装，安安的手有点儿抖，那条带子怎么都系不上。

她颤抖着嘴唇问陆老："阿希他……是什么病？"

陆老看了她一眼，手掌在自己的胃部拍了拍："年纪轻轻，谁知道胃就坏了呢，唉……"

是胃癌？怎么可能呢？阿希那么爱干净，从来不乱吃外面的东西。然而她转念一想，就是他太爱干净，有时候饿极了，也不愿意在外面吃东西，宁愿饿着。

所以……才病了吗？

安安已经信了十分，一走进病房里，看见那个安静地躺在床上的人，她的眼泪登时就下来了。

她捂着嘴，浑身都在颤抖，努力不让自己哭出声来。

他消瘦了许多,眼底还浮着不健康的青黑色,闭着眼睛一动不动。

陆老叹了一声:"他昏迷前,一直念叨着你的名字,你们年轻人的事情,我管不了那么多,但他是我亲孙子,我再怎么严苛,也只是希望他好。如今他都已经这样了……我找你来,就是让你来照顾他,你愿意吗?"

安安飞快地点头,愿意,十万个愿意。

他走之后,她每天都在想他,想跟他解释,可是他那脾气,指不定又会怎么误会她。

她走到床边,颤着声音喊了一声:"阿希。"

那人双眼紧闭,对她的呼唤丝毫没有反应。

她轻轻按住他还在输液的那只手,只觉得自己一刻都等不了了,她真蠢,有误会为什么不能及时解开呢?就算他不听,就算他吓唬她,那都是因为他在害怕,她早就知道了不是吗?

当时为什么不告诉他呢?

现在说,还来得及吗?

"阿希。"她又喊了他一声,"我有好多好多话想跟你说,我保证,我说的全都是真话。"

她抹了一把眼泪:"我以前是喜欢苏维扬,我和他认识二十年了,从我出生的时候就认识他。我的世界里只有这么一个人,他那么优秀那么好,我就以为我以后一定是要嫁给他的。"

昏迷中的某人,似乎微微蹙起了眉头。

安安却没有察觉,继续说:"后来他出国了,我打电话去找他,却是别的女人来接,号称是他的女朋友。我那天很伤心,还喝醉了酒,是你送我回家的。"

她蹲在床边,把头轻轻靠在他的手臂上。

"我一直以为我是喜欢苏维扬的,所以当同学会之后,晓嫒说我其实也是在利用你,我很害怕,我以为自己真的是她说的那样,我怕我真的利用了你的感情,所以我和你说了分手。"

安安还是说着，她身后的陆老不知何时已经坐在了沙发上，好整以暇地听她说她和陆尧希的故事。

"后来你追来了港海，说要为了我留下来，我很感动也很开心，那个时候我才确定，我是真的喜欢你，不是因为要报复苏维扬而利用你的感情。"

女孩儿趴在床上哭得抽抽噎噎，说话有些上气不接下气，她身后的老人，却接过 Mark 递过来的一碗炖汤，有滋有味地喝起来。

"我气你瞒着我你是处女座，我气你骗我你是小保姆，我真的很生气很生气，我当年发过誓，绝对不要找一个处女座的龟毛男朋友的！"

安安一边哭一边控诉处女座的龟毛。

床上的人和沙发上的人都微微挑了挑眉毛。

安安却好像跟陆尧希杠上了一样："你还两次在办公室和元素胡搞瞎搞，被我发现，你说她非礼你，我也就信了。"

沙发上的陆老直接瞪大了眼睛，低声吩咐 Mark："调一下他被非礼的监控记录给我看看。"

"可是我还是想原谅你。"女孩儿的声音慢慢地轻下来，"你跑马拉松那天，我是想去的，我特意穿了大红色的裙子，希望你能一眼就看见我。可是苏维扬回来了，晓媛不知道我对你……总之，她发的那些让你误会的图片视频都不是真的。"

她的声音坚定起来："阿希，你之前问我爱不爱你，我现在就能回答你……我爱你！"

这一番爱的宣言，让沙发上的老人满意地点了点头，他站起身，带着 Mark 走了出去。

而床上本应该昏迷的某人，慢慢地张开双眼，眼里都是流光溢彩。

他轻声呼唤："安安……"

沉浸在自己世界里的安安突然听见有人在喊她，她茫然地抬起头，就看见陆尧希已经微微侧过了身子，眼神紧紧地把她锁住。

"你醒了……我……"

刚才他躺着一动不动,她害怕,但却更加坚定自己的心,此刻他醒过来,她却觉得一切都不真实。

一想到他的身体会一日一日破败,她忍不住哭得更凶。

床上的某人叹息了一声:"别哭了别哭了,我不会死的。"

"你骗人!"安安低吼,"你都躺在重症监护室里了!"

陆尧希抬头环视着这间死气沉沉的病房,无奈地叹了口气:"我只是胃不好,老头他小题大做了。"

她知道他胃不好啊,她抬起头:"需要捐献器官吗?我……我可以给你我半个胃,我的胃很大,你看我平时吃那么多东西……"

她毫无章法地解释着,他突然就心软了,太委婉的表达这个小傻瓜完全听不懂,他干脆直接告诉她真相:"老头骗你的,我没有癌症。"

早上他睡得好好的,就被老头派人推来了这里,以为老头要闹什么把戏,没想到竟然把安安给找过来了,真是个多管闲事的老头。

可是他是不是……应该多谢老头的多管闲事?

没有癌症?安安愣住了:"可是……可是你外公说……"

等等,安安醒悟了,陆老其实从头到尾都没有说过陆尧希得了癌症啊,陆老只是暗示她陆尧希胃有问题,她看见了重症监护室,就理所当然地以为他是重病。

"他为什么要骗我?"安安哭了,怎么这祖孙俩都是一个样啊?太腹黑了。

陆尧希看着她像水龙头一样的眼睛,耐着性子解释:"他看你欺负我,想帮我出头。"

所以才把她找来,吓了她一顿。

安安哭得更厉害了:"明明是你欺负我!"

"不许哭!"陆尧希被她哭得烦躁,瞪着眼吼她。

害她吓得肝胆俱裂,她还傻乎乎地当着他外公的面跟他告白了,他居然还敢吼她。

安安哭得更委屈了。

陆尧希没了办法,只能哄她:"好了好了,是我的错,是我欺负你,不哭了好吗?"

他拉了拉她,终于她动了动,顺势爬到了床上,和他并肩坐着。

安安抽着鼻子,指了指连在他手上的输液管:"这是假的吧?"

陆尧希摇头:"这是真的,我真的病了。"

安安刚放下的心一下子又被他吊了起来,她瞪着陆尧希,企图用她纯真的眼神让陆尧希自动投降,坦白从宽。

陆尧希看了她一眼,却沉默着。

要怎么说?难道说他因为她夜夜借酒浇愁,把自己的胃给喝坏了?多窝囊啊。

但安安那样看着他,他终究没有办法。

"因为你跟别的男人跑了,我很难过,回去美国后天天喝酒,就把胃给喝坏了。"

安安怒:"我……我没有跟别的男人跑了!你哪只眼睛看见的!"

"没有?"陆尧希斜睨她,"是谁站在别人身边,死活不肯过来。我两只眼睛都看见了!"

安安张了张嘴,但总不好告诉他,是苏维扬故意要困住她的,她泄气地应他:"总之不是你想的那样。"

陆尧希冷哼一声,扭过头去。

安安偷眼看了看他,他的侧脸冷峭,她突然有些害怕,朝他挪过去一点儿,小心翼翼地抱住了他。

这就是破镜重圆吗?为什么感觉很甜蜜,又有些小别扭。

被人软软抱着的陆尧希终究没了火气,想了想,还是开口说:"我在港海等了你很久,你没有回来。老头知道了,亲自跑来逮人,把我抓回去了。我回到了美国,他就把我的护照给撕掉了。"

"那你后来是怎么回来的?"

"我托人帮我补办了护照,想去找你,远远看你一眼就好,可是我到了景川,就看到你和别的男人逛街放烟火,你们还在车里……哼!"

陆尧希恶狠狠地瞪了她一眼,要不是他阻止,他们是不是要就地洞房!

安安终于想起了什么,抖着手指着他:"你……那天用石头砸苏维扬车的人是你。"

"哼!"

"那……那楼梯间的那个色狼,难道也是你?!"

"哼!"

"果然是你!"

难得安安有这种推理能力,陆尧希很欣慰:"你以前不是用防狼喷雾喷我吗?那我总得如你所愿,当一回狼吧?"

其实那个时候他是被气疯了,他站在树下远远看着,就看见车里,安安的椅子居然矮下去了!!而苏维扬竟然慢慢向她靠过去,他来不及思考,在树下捡起一块砖头,就朝他们的车砸了过去。

要不是怕伤到安安,他砸的就不是引擎盖了。

安安的心理活动却是:这个记仇的小气鬼!

"我老妈差点儿就报警了!"她气红了脸,整个小区都知道她被非礼了,谁知道罪魁祸首居然是他。

"我又没说我不负责。"陆尧希嘴角噙着笑。

他突然又恢复了以前那个样子,坏笑着调侃她,却又一副温柔备至的样子。安安心里一酸,眼睛又红了。

她突然捂住了脸,小脑袋一颤一颤,颤得他的胃和心都揪着疼。

他轻轻掰开她的手,吻她红肿的眼睛:"我原谅你了。"

"什么?"安安茫然地抬起头。

陆尧希轻轻叹了一口气:"刚才是谁趴我床边,哭得声嘶力竭?你说的,我都听到了。是我不好,没有听你解释。"

安安拉着他的手,听着他道歉,心里的酸都化作了甜,但却还忍不住埋怨他:"你和你外公合起来骗我。"

他笑:"是老头子的主意,和我半点儿关系都没有,你去找他算账吧?"

找董事长算账?她、她怎么敢?

祖宗的债子孙还,找陆尧希算账也是一样的。

她睁着红红的眼睛瞪他,瞪得他一阵心虚。

两个人正腻歪着,就听见外面有人在敲门,Mark 尴尬地伸进来一个头,看清楚他们只是坐在床上纯聊天,这才对后面的陆老点点头。

"顾小姐,麻烦出来一下,董事长有话想对你说。"

陆尧希和安安心里都是一紧,说什么?安安心里的画面又活跃起来,难道陆老要问她,你究竟要多少钱才肯离开我的孙子。

光是想想就打冷战。

陆尧希却更为直接:"有什么事不能在这里说?"

他这副充满戒备的样子让陆老大为光火:"你当你外公是什么人,我总不至于把她丢进海里喂鲨鱼。"

陆尧希冷冷地哼了一声,明显不信老头存了什么好心。

眼看爷孙之间的战火就要点燃,安安终于站出来:"你好好休息,我出去一下就回来。"

陆尧希捏了捏她的手:"嗯,那个老头子要是欺负你,你回来告诉我,我替你做主。"

陆老冷冷地哼了一声,转身就走。

安安连忙跟过去。

医院走廊里,安安捧着 Mark 买的汽水,看着对面的陆老,总算鼓起勇气开口:"董事长,我是不会离开阿希的!"

"哦?"

"虽然我现在不够好,但……但我以后会慢慢变好的,变到足够好。"

直到她能够格站在陆尧希身旁。

陆老笑眯眯地看了安安一眼:"你以为我叫你出来是要谈什么?"

安安愣了愣:"呃,你不是要给我钱,让我离开阿希吗?然后……然后让阿希去和××集团的女儿联姻什么的。"

陆老被安安的想象力噎了噎:"你觉得我是那个会拿自己孙子幸福去换生意的迂腐老头?"

安安抬眼看了看他,又看了看,最终还是痛下决心点了点头。

一阵诡异的沉默。

陆老又开口:"阿希从小父母双亡,是我把他带大的,我对他很严格,所以为了不辜负我对他的期望,他对自己也很严格,可是又时时跟我抬杠,我认识一个心理学专家,他跟我说,阿希这种是缺爱的表现。"

缺爱?安安差点儿没被汽水呛到。

陆老看向窗外:"这个孩子很固执,有时候认定了一样东西,就是一辈子。我一开始还以为,他和你在一起,也是为了要和我抬杠。"

安安心里一跳,但还是佯装淡定:"可是……"

陆老笑了笑:"可是我把他抓回美国之后,他的低落消沉,任谁都看得出来的。回中国之前,他在美国已经因为胃出血,进过一次医院,那个时候,我怕我再继续困着他,他真的会死。"

那个尊贵的老人似乎一瞬间苍老不少:"所以我放他回来,让他来找你。"

安安红了脸,董事长神通广大,什么都知道,那她在楼梯间被强吻的事情,他也……安安一时只想找个洞钻进去。

"他这个别扭孩子,智商挺高,从小到大升学都不用我替他操心,也谈过几个女朋友,都淡淡的,我以为他天真镇定,谁知道,只不过是没遇见能治他的人。"陆老背着手站起来,看向窗外,"我就推了他一把,你们俩的事,我也就只能帮到这里了。"

陆老这副深藏功与名的模样,让安安莫名地感动,如果不是陆老这个幕后推手,她和陆尧希的误会,不知道要到何年何月才可以解开。

回到病房的时候,陆尧希正在翻着手头的书,似乎有些焦躁。看到她进来,他才松了一口气:"老头没跟你说什么吧?"

安安调皮地笑:"他说你很爱我,让我好好对你。"

陆尧希冷了脸:"胡说!"

可是他脸上的红晕,又怎么能躲得过安安的眼。

两个人正含情脉脉地对视着,安安的手机就响了起来,她看了陆尧希一眼,还是勇敢地接起来。

"喂?"

"安安,我去接你下班,我们一起吃饭?"

"我不在公司,我……我在医院。"

那边的声音立刻紧张起来:"怎么回事?"

安安深呼吸一口气:"维扬,你到我家楼下那间咖啡店里等我吧,我有话跟你说。"

那边沉默了许久,才说:"好。"

挂断电话,那个一直竖着耳朵偷听的人立刻斩钉截铁地说:"他找你干吗?你们要去哪里?我也要去!"

安安瞪大眼睛:"你还病着,怎么可以乱跑?"

陆尧希不可理喻地回答:"如果我不乱跑,你就又要跟着他跑了!"

安安恼了:"你怎么跟小孩子一样?"

陆尧希终于闭嘴,不说话了,他闭着眼睛躺下去:"你走吧。"

安安看着他的背影,心又软了,好声好气地保证:"我保证,我一定不会跟他跑掉,明天我来看你好不好,带着我自己煮的粥。你知不知道,我已经会煮很好喝的粥了。"

陆尧希想起从前那锅来自黑暗系的大杂烩,还是心有余悸。

沉默了很久,他才再次开口:"你保证?"

安安点头:"嗯,我保证。"

以后你们四只处女座的，就可以
一起来欺负我了

YUJIANNI,
ZHENGGESHIJIE
DOUBUDUILE

不死心的陆尧希又缠了她半天，以至于她赶到咖啡馆的时候，苏维扬手边已经放了两个空杯子了。

苏维扬笑着招呼安安坐下："我点了几份三明治，一会儿再带你去吃好吃的。"

安安不愿意再打太极，干脆单刀直入："维扬，阿希回来了！"

那只递给她三明治的手停在半空，半晌才收回去，他淡淡地问："所以？"

安安觉得自己好残忍，但是这样一直拖下去，最后结局就不只是残忍那么简单了。

她说："你不要再等我了，你说你爱了我二十年，可是在陆尧希出现之前，我以为我也是爱着你的。"

她说着说着，好像陷入了沉思，整个人趴在了桌子上。

"可是原来是不一样的，和你在一起的时候，我很安心，觉得自己被保护得很好；可是和陆尧希在一起，我……我很不安心。"

因为恐惧失去，所以不安心；因为恐惧他们之间的爱情会腐败，所以不安心。

"不用说了，我明白。"苏维扬好脾气地笑了笑，脸上的表情淡淡的，似乎刚刚安安所说的一切，都对他造不成困扰。

安安有点儿蒙，她准备了一肚子的话来解释，他居然就明白了。

她松了一口气之后，又猛地紧张起来："那……那我们还是朋友吗？"

又是一阵沉默，安安的心紧张得快要跳出嗓子眼，她知道自己实在是太贪心了，拒绝了他，又奢望他还能在朋友的位置上。

可是二十年，如果非要断绝来往，她想，她会很伤心。

她已经做好了苏维扬会说 NO 的准备,然而他却笃定地点头:"当然了。"他点头的瞬间,安安差点儿就要喜极而泣。

"可是……如果他做了对不起你的事情,以后抛弃了你,我可能就不会在原地等你了。"

其实还是不甘心啊,要说出来,想小小地报复她一下,想让她失落,甚至天真地想让她回心转意。

安安却笑着保证:"不会的不会的,他不敢的!"

夕阳西下,苏维扬把安安送回家楼下。

"安安,我能不能再抱抱你?"

安安心里突然有些失落,她点了点头,主动走过去,拥抱了他。

苏维扬抱着怀里的人,眼睛却盯着不远处那一片灰色的衣角,你夺走了我心爱的人,我给你这一点儿回礼,也不算过分吧?

他把安安拉开一点儿距离,在她反应过来之前,低头吻上她的额头。

拍了拍傻愣愣地搓额头的某人,苏维扬笑了笑:"回去吧。"

安安扁着嘴转身就走,边走边说:"苏维扬,以后不许再占我便宜了!"

他看着她走远,笑笑,没有说话。

安安,没有以后了。

安安那一晚睡得格外香甜,事情都解决了,那以后她和陆尧希,终于圆满了。

第二天早上,她早早起来煮粥,然后就往医院去。

踏入七楼,她熟门熟路地走进重症监护病房,就被护士拦住:"你是哪个病人的家属?"

"陆尧希。"

"没这个人。"

"怎么可能?我昨天才见过他的。"说着,安安就要往里面冲。

可是护士却拦住了她:"说没有就没有,你这人怎么这样啊?"

安安好说歹说,护士才终于答应让她在外面的窗户看一眼,她趴在窗户外仔细看,果然没有陆尧希。

安安在重症监护室外面发呆好久,想来想去,她那小小的脑袋瓜居然想通了。

难道……陆尧希昨天跟出去了,苏维扬吻她的那一幕,被他看到了?

安安紧张地跳了起来,太言情剧了,接下来陆尧希是不是又要远走高飞了!

她急匆匆地跑下楼,眼泪忍不住就往外冒,陆尧希一直这样,什么都不说,就突然失踪,她现在去机场,还能拦得住他吗?

她慌慌张张地跑出医院大门,也不看路,一辆轿车在她身前刹住了车,差一点儿就要把她撞飞。

她茫然地站在那里,竟然不知道害怕。

司机赶紧跑下车,连后座的人也一起下了车。

"顾小姐,你怎么这么横冲直撞的?差点儿撞到你了!"司机埋怨着。

安安看了看司机,竟然是Mark,而在Mark身后盯着她看的人,不是陆老又是谁。

"你……你们怎么会在这里?不是带着阿希回美国了吗?"

陆老挑起眉毛:"胡说什么?"

经过一番谈话,安安才知道自己闹了大乌龙,昨天陆老把陆尧希弄进重症监护室里,不过是为了要吓唬吓唬安安,今天当然就转去普通病房了。

她却以为他跑路了。

一路跟着去病房,安安都快要把头低到了胸口,好丢脸,她没脸见人了。

偏偏陆老一进门就逮了机会数落陆尧希:"自个儿的女朋友,连换了病房都不告诉人家?"

陆尧希看了一眼陆老身后快把头低到地上的安安,皱了眉头:"怎么回事?"

陆老嗤笑:"她找不到你,跑马路上殉情去了。"

安安猛地抬起头来,红着脸维护自己的清白:"没有没有,绝对没有这种事情。"

她丢脸都快丢到外太空了。

陆尧希稍稍一想,就明白是怎么一回事,带着笑意说:"小傻瓜,我又不会跑了,你这么紧张干什么?"

安安不说话了,惨痛的历史经验告诉她,说多错多。

她抱着保温壶,把保温壶里的粥倒出来。

陆老过去瞟了一眼,有些嫌弃:"他是不会喝的。"

果然,把粥凑到陆尧希嘴边的时候,他坚决地拒绝:"我不喝!"

安安哄了几次,他都闭着嘴摇头。

她今天够丢脸了,他还这样别扭,她放下碗:"你不喝我走了。"

陆老在一边默默地笑,他孙子最不受威胁了,换他拿棍子来要挟他,他都不会吃的。

谁知安安刚刚放下碗要站起,他就抓住了她的手:"别走,我喝!"

就这么妥协了?

陆老恨铁不成钢地看了他几眼,干脆转身出门去了。

陆尧希说了喝粥,却依旧别扭,一小口一小口,跟喂婴儿似的。

吃到一半,他的手机振了振,他拿起来扫了一眼,就对打算放弃喂食的安安说:"粥还有没有?再给我一碗。"

这次他爽快多了,几口就解决了一碗,还吵着要继续吃。

安安莫名其妙地喂完他,手机就响了起来。

对面是周晓媛慌慌张张的声音:"安安,苏维扬说他要回英国去了,我们现在都在机场了,你劝劝他啊!"

安安手一抖,铁制的调羹掉在碗里,发出铿锵的声音。

周晓媛那边声音很嘈杂,似乎拉扯了一下之后,手机终于递到了某人手里。

"安安……"

苏维扬的声音隔着听筒传来，安安不由得叹了一口气。

"我要走了，你……要来送我吗？"

"你会回来吗？"

"不一定，如果我当初不回来，没准你就可以想我一辈子，现在回去，不知道还来不来得及。"

安安捏紧了手机不说话，其实她早料到不会那么圆满的。鱼与熊掌，终究不可兼得。

"维扬，我……"她正想说，要赶去机场送他，就听陆尧希在后面发出一声哀号。

"好痒啊！"

安安回过头，猛地发现陆尧希那张俊脸，不知何时一片红肿，此刻已经肿得跟猪头一样。她吓了一跳，对着手机说："维扬，你等等啊……"

安安连忙把手机放到一边，去看陆尧希，就发现他脸上、脖子、手臂，都起了红疹。

她和他在一起那么久，从没见过他这副模样，她吓得手足无措，最后还是Mark听见声响，来看了一眼，立刻赶去叫医生。

电话彼端的那个人，听着那边嘈杂的声响，还有安安焦急的声音，苦涩地笑了笑："再见了，安安。"

直到电话被挂断，手机屏幕恢复黑暗，陆尧希才微微松开了安安的手。

哼，和他斗。

昨天下午，陆尧希是跟着安安出去的，他不阻止，是因为他决定信任那个小傻瓜。但是，这不代表他不会报那一吻之仇。

小傻瓜全身上下，连眼睫毛都是他的！都是他的！

陆尧希阴森森的眼神看得安安发毛，她以为他难受，善良地安抚着他："不怕不怕，医生快来了。"

说话间,医生果然赶来了,看了看陆尧希的皮肤,皱着眉喝问:"你给他吃了什么?"

安安被医生吓得缩了缩脖子,还在哀号着的陆尧希就猛地瞪向医生,眼里的杀气吓得医生后退了一步,说话也温和了些。

"病人有过敏症,坚果类的东西是不能吃的,你们家属不知道?"

安安抬起头,她的粥里是放了点儿花生的,难道就是那些花生把陆尧希变成这样,安安愧疚极了,连声跟医生说着对不起。

小傻瓜这副担惊受怕的样子让陆尧希不乐意了,他瞟了一眼医生:"是我没告诉她,你开点儿药给我就行了,我要休息了。"

他的眼神冷冷,医生被他镇住,不再说什么,开了药就走了。

陆尧希用了药,迷迷糊糊地睡过去,安安被他抓着手,不敢走开。安安拿起手边的手机,点开,犹豫了一阵,还是没有打过去。

看了看熟睡中还紧紧抓住她手的某人,她最终只是点开图标,发了一条短信过去。

"维扬,对不起,不能去送你了,一路顺风。"

陆尧希出院那天,安安来接他,走到医院门口,就见到他站在车边等她。

他已经脱下了病号服,穿着灰色的长风衣,风一吹,衣摆飘飘,迷得安安七荤八素。

她笑眯眯地蹦过去:"怎么不等我就出来了?"

"你迟到了。"陆尧希眯着眼看她。

她撇嘴:"不就是出院嘛,干吗还那么计较时间?咦,董事长呢?"

当了好几天电灯泡的董事长和 Mark 今天居然不见人影。

"我外公回去了。"陆尧希轻描淡写地回答。

安安瞪大了眼睛:"回美国?那……那你呢?"

陆尧希把她推上车:"我留下来照顾国宝,暂时不回去了。"

安安还是有点儿担忧:"可……你外公同意吗?"

陆尧希坐到驾驶座上,伸手刮了刮她的鼻子:"ST在这边那么多分公司,他孙媳妇也在这儿,他还有什么不同意的。"

安安红了脸:"谁是你媳妇了。"

陆尧希含着笑开车:"很快就是了。"

他专心致志开着车,安安百无聊赖,正好瞥见后座上,放满了大包小包。

她好奇地问:"这些是什么?是好吃的吗?"

他腾出一只手来握住她:"是礼物,第一次见家长,怎么也要带点儿手信。"

见家长?安安怔怔地看着他,再看着飞快倒退的熟悉景色,猛地明白过来:"你这是……要去我家?"

陆尧希点了点头,她立刻慌了:"不行不行,太快了,顾先生他们还没有心理准备呢!"

他好笑地掐一掐她皱成一团的小脸:"我又不是今天就和你去领证,我们这不是在去给他们心理准备的路上吗?"

安安蒙了,他好像说得挺有道理的。

于是还在努力思考究竟有什么不对的安安,被某人光明正大地牵回了家。

安安紧张得手心冒汗,顾先生他们……是真的还没有心理准备啊。万一被他们知道陆尧希就是抛下她去美国的那个人,女王大人不知道会不会当场揍他一顿。

然而事实让安安心惊,顾先生和女王大人非但准备了,还准备得太充分了。

顾先生穿上了去喝喜酒的正装,女王大人更是把她那条碰都不许别人碰的真丝旗袍给穿上了。

安安目瞪口呆地看着面前两个人,觉得一切都很梦幻。

"你们……你们怎么知道……"

陆尧希捏了捏安安的手:"我告诉伯父伯母,我今天要来拜访的。"

四个人在沙发上坐下,女王大人一直眯着眼睛上下盯着陆尧希瞧,而他坦荡荡,任由他们审视。

顾先生率先开口了:"叫什么名字?家住在哪里?家里有几口人?你存款有多少?"

安安汗,这比查户口还夸张啊。

而陆尧希却出乎意料的好脾气,无论顾先生问出什么奇葩的问题,他都一一回答。

陆尧希全程牵着安安的手,让她觉得,前面无论有多少狂风暴雨,他都会一直在她前面挡着。

一轮问答下来,顾先生已经喝了好几杯水,而陆尧希依旧淡定。

最后一个问题,顾先生问:"你什么星座的啊?"

似乎对这个问题有点儿出乎意料,陆尧希顿了顿才回答:"处女座。"

顾先生和女王大人交换了一下眼神,那凶狠得像拦路劫匪一样的表情,突然就柔和下来了。

"小伙子,今晚留下来吃饭吧,听安安说你厨艺不错啊。"

于是,来登门拜访的陆尧希被赶去厨房做饭了,安安被顾先生和女王大人赶进了小黑屋。

顾先生率先开口了:"是个人才。"

女王大人也开口了:"是个帅哥。"

呃,这两个评价,真是直接。安安忐忑地问:"他 PASS 了?"

顾先生冷笑:"还有最后一关。"

陆尧希抛下安安,让她颓废消沉了那么长时间,他们可都记着呢。

晚饭的时候,顾先生从柜子里拿出一瓶陈年老酒。

安安没多留意,她的注意力都被桌子上的饭菜吸引住了,她都多久没吃过陆尧希做的菜了,她招呼大家坐过去,举起筷子就要夹菜。

"筷子拿反了!"三个人一起开口。

安安撇撇嘴,放下筷子,拿了调羹就去舀肉饼吃,陆尧希皱了皱眉毛,在顾先生和女王大人开口之前,拿过安安的调羹,按四等分,整整齐齐地给安安切下了一份。

顾先生和女王大人的眼睛都亮了,果然是名副其实的处女座啊。

饭桌上,顿时变成处女座的交流会。

安安看着相谈甚欢的三个人,突然发现,她仍旧没有摆脱身处处女座家庭这个命运,她对自己的未来不由得有些担忧。

于是,有些担忧的某人,拿过陆尧希饭碗旁的酒,一咕噜给自己倒下了。

而忘记了要检查陆尧希酒品的顾先生,晚饭后一直看着少了一截的酒发呆,他记得他没灌陆尧希酒啊,怎么少了那么多?

安安已经彻底醉了,拉着陆尧希,要他带她去看星星。

鉴于陆尧希今天表现优秀,顾先生和女王大人很爽快地放人了。

他开着车,把她带到了海滩上。

海风徐徐,浪涛拍岸,安安只觉得惬意又舒服。

陆尧希脱下自己的长风衣给她披上,顺手捏了捏她红彤彤的小脸。

"阿希,我今晚很开心。"

"嗯。"他也很开心。

"以后,你们三个处女座的,哦,还有旺财,你们四只处女座的,就可以一起来欺负我了。"

她说得委屈,眼睛却亮晶晶的,像是被水洗过一样。

他心里有个地方发痒,只好紧紧把她拥在怀里:"怎么办呢?我正好是你最讨厌的处女座。"

安安笑眯眯地:"没关系,你是处女座……我也喜欢你的。"

明月照人,把明眸浅笑的少女照得有点儿不食人间烟火,陆尧希从口袋里掏出一对对戒,慢慢地套在安安的中指上。

安安愣:"这是什么?"

陆尧希又给自己戴上戒指:"这对戒,是定金,也是谢礼。"

"谢什么?"

他在她额头上印下一吻:"谢谢你喜欢我,即使我是你最讨厌的处女座。"

安安摸着手上的戒指，幸福得七荤八素，钻到他怀里死命地蹭："那定金是什么意思？"

"安安，你还记得不记得，那天晚上我跟你说过的话？"

他说过什么了呢？安安仔细地回想，终于记起来了。

"我记起来了，等我毕业，我们就结婚吧。"

她乖乖转述他跟她说过的话，就见他粲然一笑："你都这么心急了，那好吧，我答应你，等你毕业我们就结婚。"

安安愣了半晌，才反应过来，又被坑了！

可是看着那个笑得志得意满的男人，那个耳边说着"我终于如愿了"的男人。

安安想，被坑就被坑吧，就算他要坑她一辈子，她也愿意。

-END-

你好，陆太太
YUJIANNI,
ZHENGGESHIJIE
DOUBUDUILE

安安和陆尧希在一起后的某一日,周晓媛忽然被安安几个夺命追魂CALL吵醒。

安安在电话里气吞山河地吼:"亲人啊!出来陪我喝一杯!"

周晓媛眼睛一亮,这是和陆尧希吵架了?有瓜吃!

安安平日被陆尧希管得死死的,衣食住行都要完美主义的陆大人操刀,喝水要喝接近体温的温开水,奶茶不能碰,冰激凌不给吃,更别说出来"喝一杯"。

如今她居然勇于挣脱处女座资本家的压迫,争取自由,周晓媛深感安慰,以军训时的速度飞快抵达约会地点。

陆尧希在市中心昂贵的楼盘买了个顶楼,自己设计个落地窗景观台给安安没事发呆欣赏风景。

周晓媛赶到的时候,就见景观台上放满了各种网红奶茶、小吃,还有一罐一罐的肥宅快乐水。

安安豪气万丈地叉着腰等表扬,看!她反抗了,她多英勇!

周晓媛捂头:"你让我陪你喝一杯,就是喝这个?"

安安蔫了:"肥宅快乐水也是喝啊。"

这是她能做到的最大的反抗了。

周晓媛把白眼翻到了天上去:"啧,夫管严,说吧,什么事?"

安安在陆尧希的钢琴前坐下,她哭唧唧地乱弹一通:"我活得好悲伤,我在雨中弹肖邦。"

周晓媛拆了一罐奶茶:"戏精!"

"晓媛,你说!阿希明明跟我求婚了,我明明答应了,为什么我们的婚礼一拖再拖?为什么每次我提他都顾左右而言他?!"安安一手拿着奶茶，一手气势汹汹地拍着周晓媛的大腿，"他是不是想不负责任？他是不是想始乱终弃？！"

周晓媛颤抖着摸了摸自己被拍红的大腿，很想把眼前这个想结婚想疯了的女人丢出去。

但谁叫她是亲闺蜜，她掰过安安的肩膀，疯狂摇晃："你冷静点！你还年轻，你不想结婚！多玩几年不好吗？"

安安在被摇得口吐白沫之前终于拍开了周晓媛的手："不！我想！我需要家人！只有结了婚，我才能名正言顺地生孩子。"

周晓媛吓得奶茶都掉了，几天不见，她家亲闺蜜非但想结婚，还想生孩子。

这个世界太玄幻了！

安安悲愤了："活在处女座世界里的痛苦你不懂！"

在陆尧希跟她求婚后，他曾经和她进行了一次心灵与心灵的交流。

当时气氛很庄严肃穆，陆尧希表情很凝重，他说："事到如今，我也不瞒你了，其实我家……"

其实他家……

他已故的爸妈是处女座，他爷爷奶奶是处女座，他姥爷姥姥是处女座，他叔伯兄弟，他舅舅阿姨，甚至他爷爷养的波斯猫老王，全是处女座。

处女座欣赏处女座，所以他们家的管家助理，全都会优先考虑处女座。

晴天霹雳啊！她这是要和处女座纠缠一辈子的节奏啊？谁来考虑一下她这个放荡不羁爱自由的射手座？

安安当场倒地不起，缓了好久都没缓过来。

然而等她冷静下来之后，她果断决定，她要打破这个可怕的魔咒！

她急切需要和她一样不是处女座的家人，她试着向女王大人探讨了一下顾家生二胎的可能性，顾先生和女王大人震惊得活像亲眼见证了丧尸围城。

一分钟后，安安被女王大人拿着锅铲拍了出去。

"你大学毕业都两年了,你也不看看你老母亲几岁了?你让我生二胎?!"

安安痛定思痛,觉得这事还是得自己来,不能指望女王大人。

可是要名正言顺地生孩子,不得先结婚吗?

陆尧希迟迟不对她发出举行婚礼的申请,她一等再等,等不下去了啊!

小姐妹的愿望就是自己的愿望,周晓媛为此对游知书使出了软磨硬泡大法,三天后,她给安安打电话。

"我牺牲色相帮你打听过了,陆尧希还没准备好。"

安安来了精神:"我都准备好了?他还需要准备什么?"

周晓媛在那头呵呵:"据说陆尧希这个吹毛求疵的人一直对自己的婚礼计划不满意,所以还在不断地改进和准备中。"

安安泪目,这的确很像陆先生会做的事情。

谁让他是追求完美的处女座?

她有生之年还能穿上婚纱吗?

安安急了!

她很忧愁地在景观台边发了一整天的呆,最后一拍大腿,行,她决定了,这个婚礼,从简!

反正射手座放荡不羁爱自由,说做就做,没有什么不可能。

更何况结婚是他们两个人的事情,她不需要观众,甚至不需要祝福,她只要那一天那一刻,她的新郎在她的身旁。

当天,她就在网上搜了一整天的婚礼攻略,力求一步到位。

于是当天晚上,上了一天班回到家的陆尧希刚打开门,就看见一片蜡烛的海洋,他家小傻瓜穿着曳地的白色婚纱在站在一片蜡烛中,笑眯眯地举着大大的纸板。

房间被精心地装饰过,墙上贴满了他们相识以来拍下的每一张照片。

室内烛光晃动,那个人穿着婚纱,是他在无数次午夜梦回里见过的样子,陆尧希生平第一次,觉得自己失去了说话的能力。

烛光里,安安轻轻地翻动了纸板上的纸张——

【陆!尧!希!】

纸上一笔一画都是她俏皮的样子,连标点符号都像极了她说话时的语气。

【我这辈子最讨厌处女座!】

讨厌到从小就立誓,这辈子绝对不要嫁给处女座,也不要和处女座做朋友!

【但是我喜欢你!】

命运偏偏让我遇见了你。

好喜欢你,喜欢到宁可违背誓言,喜欢到不顾一切,要和你在一起。

【我想一直,一直和你在一起。】

安安抬起眼睛,看向眼前的人,他曾为她跑过马拉松,曾为她的离开难过到胃出血,他包容她的一切,即使她的存在,让他和自己的原则变得南辕北辙。

谢谢你这么爱我,所以……

她鼓起勇气,继续往下翻——

【无论是顺境或逆境——】

【无论富裕或贫穷——】

【无论健康或疾病,快乐或忧愁——】

【我愿意毫无保留地爱你,对你忠诚直到永远——】

翻到最后一页的时候,陆尧希的眼睛里像落入了无数流星,他看到了无比温柔的三个字,她在对他说……

"我愿意。"

安安原本成竹在胸,可是当她真的这么做了的时候,手却止不住微微颤抖,她的余生,仿佛在顷刻间,彻底系在陆尧希的答案上。

她宣誓了,也说了我愿意,他呢?

她向来敢爱敢恨,一咬牙,干脆开口:"陆尧希,你说话啊,你愿意吗?"

陆尧希似乎被她惊醒,张了张口:"我……"

下一秒,安安看着陆尧希眼神突变,飞快地扑了过来:"小心!"

安安顺着他的目光低头,就见脚边的蜡烛倒了,烧上了她曳地的婚纱裙摆。

安安惊了!

她顺手操起桌边的水杯就要往下倒,却被扑过来的陆姜回一手拍开:"别,这是酒!"

她情急之下,拿错了她准备拿来庆祝求婚成功的红酒。

那杯酒被陆尧希拍开,尽数淋到了窗帘上,然后一脸蒙的安安刚看着陆尧希把她裙摆的火踩灭,抬头就看着窗帘上烈火熊熊。她一急,想要去浴室打水救火,谁知婚纱碍手碍脚,一下子扯倒了更多的蜡烛。

安安:"……"

陆尧希:"……"

一小时后,安安灰头土脸地坐在公寓楼下,看着烧得乌黑的窗台,心情一言难尽。

陆尧希就在一旁和消防员交代完前因后果,一回头,就发现坐在花圃边的安安不见了。

安安在街上漫无目的地走着,她觉得自己已经获得了编入糗事大百科的资格,刚才消防员来的时候,看她的目光格外复杂。

"看!就是这个姑娘,想和男朋友结婚,自己弄了个迷你型婚礼,结果把房子烧了!"

太丢脸了!

她越想越沮丧,越发觉得,陆尧希那未说出口的答案,一定是不。

她想发信息跟陆尧希说对不起,求婚的事情就当没发生过,毕竟答应一个烧了自己房子的人的求婚,一定感觉挺硌硬的。

可是她发现,她的手机留在了那所烧焦了一半的房子里。

她的婚纱裙摆烧得焦黑,脸上灰扑扑的,她在一间店铺的玻璃窗前看到自己的倒影，突然悲从中来，大哭了起来。

她这辈子就求这么一次婚啊，太不给面子了！

哭着哭着，忽然听见消防车的声音响起，紧接着陆尧希的声音透过广播传来。

"顾安安！"

安安猛地扭头，就见街尾，一脸红色消防车慢慢靠近，陆尧希攀在车边的升降梯上，手里拿着个扩音器。

西装外套早被他拿去扑火用了，他只穿着白衬衫和西裤，缓缓地从车上下来。

他比起她也没好到哪里去，身上的白衬衫被熏黑了一片，一丝不苟的发型不复存在。

他缓缓朝她走来，周围熙熙攘攘的声音忽然被夜风吹散，她脑海里的记忆轰然而至，她初遇他，直至今日，所有共同经历过的场景历历在目，像一颗融化了的糖果，那些藏匿在回忆里的甜瞬间铺天盖地，浸没了她的眼耳口鼻。

她骄傲的少年，一步一步地朝她走来，肆意张扬，一点也不见狼狈。

她想，真不愧是她看中的男人，被火熏成这样，还帅得一塌糊涂！

陆尧希没有放下手里的扩音器，整条街的人本来就对穿着焦黑婚纱的女孩子报以好奇的目光，如今陆尧希这样高调出场，一时间吸引了所有人的注意力。

"以前我一直想，你是我最爱的人，所以你值得一场最完美浪漫的婚礼，"陆尧希的声音清朗，他低着头，挑眉笑了笑，"可是，我突然发现，原来无论在哪里，在什么时候举办婚礼都不重要，只要你在，已经足够完美。"

他边说边走，潇洒的样子引得路人尖叫着鼓掌，口哨声此起彼伏。

陆尧希终于在安安面前站定，他将扩音器拿开，看着脸跟花猫一样的顾安安，缓缓地单膝下跪。

"我愿意与顾安安结为合法夫妻,无论是健康或疾病,贫穷或富有,无论是年轻漂亮还是容颜老去,我都始终愿意与她,相亲相爱,相依相伴,相濡以沫,一生一世,不离不弃。"

他抬眼看着她,仿佛看着全世界:"顾安安,我愿意!"

在他打开门,看到她穿着婚纱站在烛光里的时候,他想,就算生命就此终结,他也会毫无遗憾。

他父母双亡,从小跟着事务繁忙的老爷子长大,时常十天半个月才间一面,大部分都是管家阿姨在照顾他,所以家于他而言,只是一个名词罢了。

可是今天,有一个女孩子,说她愿意嫁给他。

她愿意给他一个家。

他好幸运。

陆尧希站起身来,笑着抚上她慢慢展开的笑脸,低声说:"陆太太,明天就去领证吧,好不好?"

安安抿了抿嘴,没有回答,只是俏皮地看着他:"陆先生,现在你该亲吻新娘了!"

陆尧回心满意足地笑了,他在一片尖叫声中低下头,珍而重之地吻住了怀里那个人。

"安安,我爱你,谢谢你来到我身边。"

你看,余生岁月漫长,那就,没齿相爱吧。

本书由时巫委托长沙大鱼文化传媒有限公司正式授权贵州人民出版社,在中国大陆地区独家出版中文简体版本。未经书面同意,本书的任何部分不得以图表、电子、影印、缩拍、录音和其他任何手段进行复制和转载,违者必究。

大鱼文化 & 小花阅读
面向全国招聘兼职签约作者
长期有效哦！

公司介绍：

　　大鱼文化是中国一线青春文学图书策划公司，多年来与数十家国内出版社深度合作，每年向市场推出三百余个品种的青春类畅销图书，每年签约推出新人作者近百名。

　　其中公司子品牌"小花阅读"立足传统纸质出版，引导青年休闲阅读风向，主力打造和发掘新人创作者，采用编辑指导创作模式，创作出适合市场的优质阅读产品。

　　现面向全国各高校招聘兼职新作者。

我们的工作说明：

　　还未毕业？有其他正式工作？看清楚了，我们这次招的就是兼职！
　　从未有过发表史？国内一线青春编辑亲自教你点滴成文！
　　想要出版一本属于自己的图书？国内一线出版公司专业签约护航！
　　想要一份收入稳定岁月静好的兼职工作？做做白日梦写写小说最适合不过。

兼职的要求及待遇：

　　年龄不限，学历不限；爱看小说，想要创作。
　　每天只要2~3个小时，日过稿只要三千字，宅在室内，风雨不惊，月兼职收入不低于三千元！

我们需求的题材： 清新恋爱，青春校园，都市言情，甜宠萌文，古风言情，悬疑推理，奇幻武侠，科幻冒险……

应聘的流程：

　1. 上网下载一份标准简历模版，按自己的真实情况填写。
　2. 自行构思一个自己最想创作的长篇故事内容，撰写三百字内容简介，将故事分为12~20个章节，每个章节用100字以内说明本节讲述的主要剧情（内容简介和章节内容加起来不超过2000字）。
　3. 将上述内容用WORD文档整理好，格式清楚，一起发送到以下邮箱：dayuxiaohua@sina.com （两周内百分之百回复，如两周内未收到回复则可视为发送途中邮件丢失，可再次投递）。
　4. 简历和创作大纲如有合作可能，公司将于两周内派出专业编辑一对一联系，进行下一步沟通、指导创作、签约等流程。如暂时不符合合作条件，则可再次努力。
　5. 一经签约，作品将按国家出版规定签订标准出版合同，成为正式出版物，所有程序遵守国家法律法规要求。

其他说明：

　　了解大鱼文化图书产品风格类型，有助于提高签约成功率。

了解途径：

　　公司产品广布于全国各大新华书店青春文学专架、全国各大网络书城、淘宝大鱼文化图书专营店及各大天猫书店
　　微信公众号 **"大鱼文学"** 和 **"大鱼小花阅读"** 均有签约作者作品试读。
　　关注新浪微博官方号 **"大鱼文学"**，有每月产品即时消息发布。

图书在版编目（CIP）数据

遇见你，整个世界都不对了 / 时巫著. -- 贵阳：贵州人民出版社，2016.1（2019.9重印）
ISBN 978-7-221-12957-4

Ⅰ.①遇… Ⅱ.①时… Ⅲ.①长篇小说－中国－当代 Ⅳ.①I247.5

中国版本图书馆CIP数据核字(2016)第014720号

遇见你，整个世界都不对了

时巫 / 著

| 出版统筹：陈继光 |
| 选题策划：大鱼文化 |
| 责任编辑：黄蕙心 |
| 特约编辑：欧雅婷 |
| 封面设计：颜小曼 |
| 内页设计：西　楼 |
| 封面绘制：tendy |
| 出版发行：贵州人民出版社（贵阳市观山湖区会展东路SOHO办公区A座邮编：550081） |
| 印　　刷：长沙鸿发印务实业有限公司 |
| 开　　本：880×1230毫米 1/32 |
| 字　　数：283千字 |
| 印　　张：9.125 |
| 版　　次：2016年4月第1版 |
| 印　　次：2019年9月第2次印刷 |
| 书　　号：ISBN 978-7-221-12957-4 |
| 定　　价：36.80元 |

贵州人民出版社微信

版权所有　盗版必究。举报电话：策划部0851-86828640
本书如有印装问题，请与印刷厂联系调换。联系电话：0731-82755298